Goldmann SCIENCE FICTION
Band 0131

Philip K. Dick · Hauptgewinn: Die Erde

Von Philip K. Dick
sind außerdem im Wilhelm Goldmann Verlag erschienen:

Hauptgewinn: Die Erde. 0131
Die seltsame Welt des Mr. Jones. 0126
Vulkan 3. 0170
Und die Erde steht still. 0123
Zehn Jahre nach dem Blitz. 0112

PHILIP K. DICK

Hauptgewinn: Die Erde

SOLAR LOTTERY

Science Fiction-Roman

WILHELM GOLDMANN VERLAG
MÜNCHEN

Made in Germany · II · 11120

Umschlag: F. Jürgen Rogner. Satz und Druck: Presse-Druck, Augsburg. SF 0131 · ze/Pay
ISBN 3-442-23131-0

I

Anfang Mai des Jahres 2203 hatte es schon Vorboten gegeben. Die Nachrichtenmedien regten sich über einen Schwarm weißer Krähen auf, der über Schweden gesichtet worden war. Eine Serie unerklärlicher Brände zerstörten halb Oiseau-Lyre-Hill, ein industrielles Potential des Systems. Kleine, runde Steine stürzten in der Nähe eines Arbeitslagers auf dem Mars herab. In Batavia, dem Sitz des Direktoriums des Neun-Planeten-Bundes, wurde ein zweiköpfiges Kalb geboren: ein Zeichen, daß sich etwas von ungeheurer Tragweite zusammenbraute.

Jeder brachte diese Zeichen auf die seinem Charakter entsprechende Formel; Spekulationen über die Zufallskräfte der Natur waren ein Lieblingsthema der Allgemeinheit. Jeder vermutete und argumentierte über die Flasche – das einzige staatlich konzessionierte Glücksspiel. Die Wahrsager des Direktoriums waren Wochen im voraus ausgebucht.

Aber die Vorboten des einen sind die Ereignisse des anderen. Die erste Reaktion seitens Oiseau-Lyre-Hill auf die begrenzte Katastrophe war die Schaffung einer totalen Katastrophe für fünfzig Prozent seiner klassifizierten Angestellten. Arbeitsverträge wurden gelöst, und eine Anzahl hochqualifizierter Forschungstechniker wurde vor die Tür gesetzt. Einfach weggeschickt, wurden sie ein weiteres Symptom des sich nähernden Augenblicks der Wichtigkeit innerhalb des Systems. Die meisten entlassenen Techniker versanken, gingen unter in der unqualifizierten Masse. Aber nicht alle.

Ted Benteley nahm seine Kündigung aus der Kartentafel, kaum daß er sie entdeckt hatte. Als er den Korridor zu seinem Büro entlangging, riß er die Kündigung in Fetzen und warf sie in einen Abfallschlitz. Seine Reaktion auf die Entlassung war energisch und spontan. Doch sie unterschied sich sehr wesentlich von der Reaktion seiner Kollegen. Denn er war froh, daß sein Arbeitsvertrag hinfällig war. Dreizehn Jahre hatte er mit allen möglichen Tricks versucht, sich von ihm zu befreien.

Wieder in seinem Büro, schaltete er alle Beobachtungsmonitoren ab und dachte nach. Er brauchte zur Entwicklung seines Aktionsplans nur eine Stunde, und dieser Plan war denkbar einfach.

Um die Mittagszeit leitete ihm die Oiseau-Lyre-Arbeitseinsatzleitung seine P-Karte zu, ein obligatorischer Vorgang, wenn ein Arbeitsvertrag gelöst wurde. Es war ein merkwürdiges Gefühl, diese Karte nach so vielen Jahren wiederzusehen. Er betrachtete sie einen Moment, bevor er sie sorgfältig in seine Brieftasche steckte. Sie repräsentierte nämlich seine einzige Chance in sechs Billionen Chancen der großen Lotterie, seine dürftige Möglichkeit, von der sich aufs Geratewohl bewegenden Flasche in eine Erster-Klasse-Position befördert zu werden. Politisch gesehen lag er dreiunddreißig Jahre zurück; die P-Karte war im Augenblick seiner Geburt chiffriert worden.

Um 2.30 Uhr löste er seine letzten Bindungen zu Oiseau-Lyre. Es waren nur noch Kleinigkeiten, die er erledigen konnte. Dann hatte er seine Vermögenswerte eingesammelt und sie auf Abruf deponiert – er nahm bei diesem raschen Wechsel einen hohen Prozentsatz an Verlusten in Kauf – und kaufte sich ein Ticket Erster Klasse auf einem öffentlichen Transportmittel. Noch vor Anbruch des Abends befand er sich auf dem Weg und hatte direkten Kurs auf die indonesische Hauptstadt.

In Batavia mietete er in einem Logierhaus ein billiges Zimmer und packte seinen Koffer aus. Seine restlichen Habseligkeiten waren noch in Frankreich. Hatte er Erfolg, würde er sie später nachholen, wenn nicht, dann spielte das auch keine Rolle. Zufälligerweise konnte er von seinem Zimmer aus das Hauptdirektionsgebäude überblicken. Menschenschwärme, die wie emsige tropische Insekten aussahen, schienen in den verschiedenen Eingängen des Gebäudes ein- und auszukriechen. Alle Wege und alle Luftkorridore führten nach Batavia.

Er besaß nicht viel Kapital; er konnte nur eine bestimmte Zeit bleiben, und dann mußte er handeln. Aus der Volksinformationszentrale holte er einen Armvoll Tonbänder und sonstige Mikrospulen. Im Laufe der Tage verleibte er sich alle möglichen Informationen über Biochemie ein, ein Gebiet, auf dem er ursprünglich promoviert hatte. Und während er sich damit beschäftigte, hatte er nur einen grimmigen Gedanken: Bewerbungen an den Quizmaster waren nur einmal zulässig. Versagte er beim ersten Versuch, dann war er restlos erledigt.

Dieser erste Versuch bedeutete ihm viel. Er war vom Hill-System befreit, und er würde nicht zurückgehen.

In den nächsten fünf Tagen rauchte er eine Zigarette nach der anderen, wanderte unzählige Male in seinem Zimmer herum und blätterte schließlich im Branchenregister des örtlichen Fernsehtelefonbuchs, um eine Call-Girl-Agentur anzurufen. Seine Lieblingsagentur hatte ein Büro in der Nähe. Nach einer Stunde gehörte der größte Teil seiner psychologischen Probleme der Vergangenheit an.

Mit der schlanken Blondine, die ihm die Agentur geschickt hatte, und der renommierten Cocktailbar in der Nähe konnte er es weitere vierundzwanzig Stunden aushalten. Aber weiter konnte er die Geschichte nicht ausdehnen. Die Zeit zum Handeln war gekommen – jetzt oder nie.

Er fröstelte, als er an jenem Morgen sein Bett verließ. Quizmaster Verrick engagierte anscheinend rein zufällig. In sechs Tagen hatte Benteley kein bestimmtes System erkennen können. Es war ihm unmöglich gewesen, einen Faktor zu entdecken, der eine Bewerbung grundsätzlich erfolgreich gemacht haben würde. Er schwitzte, duschte sich und schwitzte wieder. Trotz seines tagelangen Paukens hatte er nichts gelernt. Er würde ohne Wissen antreten. Er rasierte sich, kleidete sich an, zahlte Lori das Honorar und schickte sie zurück zur Agentur.

Einsamkeit und Furcht setzten ihm heftig zu. Er gab sein Zimmer auf, verstaute seinen Koffer und kaufte sich – aus Sicherheitsgründen – ein zweites Amulett, das er sich in einer öffentlichen Toilette unter dem Hemdkragen befestigte, und steckte dann ein Zehncentstück in einen Erfrischungsautomaten. Dieses Mittel beruhigte ihn ein wenig. Er tauchte wieder draußen auf und winkte ein Robottaxi heran.

»Hauptdirektionsgebäude«, sagte er zu dem Fahrer.

»Okay, Sir oder Madam«, erwiderte der MacMillan-Roboter und fügte hinzu: »Wie Sie wünschen.« Er hatte für feinere Unterscheidungen keinen Sinn.

Die laue Frühlingsluft wehte durch das Taxi, als es über die Dächer schwirrte. Benteley interessierte das nicht; sein Blick war auf den Gebäudekomplex vor sich gerichtet. Gestern nacht mußten seine Papiere auf dem Schreibtisch des ersten Prüfers gelandet sein, um dann über eine unendliche Reihe Direktionsangestellter weitergereicht zu werden.

»Hier wären wir, Sir oder Madam.« Das Robottaxi setzte auf.

Benteley zahlte und stieg aus.

Überall eilten Leute herum. Ein aufgeregtes Gemurmel vibrierte in der Luft. Die Spannung der letzten Wochen hatte ihren Höhepunkt erreicht. Spielmacher und Scharlatane priesen angeblich todsichere Systeme an, mit denen man das ganze Minimax-Spiel machen könne, wurden aber nur von wenigen Leuten ernstgenommen. Denn wäre das System gut gewesen, hätten sie es nicht nötig gehabt, es zum Kauf anzubieten.

Benteley blieb auf dem Bürgersteig stehen und zündete sich eine

Zigarette an. Seine Hände zitterten nicht – nicht direkt. Er klemmte die Tasche unter den Arm, schob seine Hände in die Hosentaschen und ging langsam in Richtung des Bearbeitungsraums. Der schwere Kontrollrahmen schloß ihn ein, und dann war er drinnen. Vielleicht hatte er im nächsten Monat um diese Zeit einen Direktionsvertrag ... Er berührte bei diesem Gedanken eines seiner Amulette unter dem Hemd.

»Ted!« hörte er eine Frauenstimme. »Warte!«

Er blieb stehen. Lori drängte sich durch die Menge und kam rasch näher. »Ich habe etwas für dich«, sagte sie atemlos. »Ich wußte, daß ich dich hier antreffen würde.«

»Was ist los?« fragte Benteley gepreßt. Er war sich darüber im klaren, daß seine intimen Gedanken bald von achtzig Telepathen abgetastet werden würden. Das war ihm unangenehm.

»Hier.« Sie legte ihm etwas um den Hals. Die anderen Leute grinsten belustigt. Es war ein weiteres Amulett.

Benteley sah es sich an. Es machte einen ziemlich teuren Eindruck. »Glaubst du, daß mir das etwas hilft?« fragte er sie und erkannte wieder, daß Lori nicht in seine Pläne paßte.

»Ich hoffe es jedenfalls.« Sie berührte kurz seinen Arm. »Vielen Dank, daß du so nett zu mir warst. Aber du hast mich abgewimmelt, bevor ich es dir sagen konnte. Glaubst du, daß du eine reelle Chance hast? Wenn es klappt, wirst du wahrscheinlich hier in Batavia bleiben.«

Benteley sagte leicht gereizt: »Deine Gedanken werden registriert, während du hier stehst, meine Liebe. Verrick hat diese Dinger überall installiert.«

»Macht mir nichts aus«, sagte Lori leichthin. »Ein Call-Girl hat nichts zu verbergen.«

Benteley fand das nicht spaßig. »Gefällt mir trotzdem nicht.« Er zuckte die Achseln. »Aber wenn ich hier eingelassen werde, muß ich mich wohl daran gewöhnen.«

Er ging auf das Zentralpult zu, seine Identitäts- und P-Karte bereithaltend. Die Reihe bewegte sich jetzt rasch. Wenige Augenblicke später wurden sie von dem MacMillan-Angestellten empfangen. »In Ordnung, Ted Benteley, Sie können hineingehen.«

»Nun«, sagte Lori, »ich besuche dich vielleicht, wenn du hier gelandet bist ...«

Benteley drückte seine Zigarette aus und wandte sich dem Eingang der inneren Büroräume zu. »Wenn nicht, lasse ich von mir hören«, murmelte er, sich kaum um das Mädchen kümmernd. Er ging an der wartenden Menschenschlange vorbei, seine Tasche an sich gepreßt, und trat rasch durch die Tür, die sich sofort hinter ihm schloß.

Er war drinnen. Es hatte angefangen.

Ein kleiner Mann mittleren Alters mit einer Stahlrandbrille und einem schmalen Schnurrbart stand neben der Tür und musterte ihn intensiv. »Sie sind Benteley, nicht wahr?«

»Das ist richtig. Ich möchte mich Quizmaster Verrick vorstellen.«

»Warum?«

»Ich interessiere mich für eine Position der 8-8-Klasse.«

Ein Mädchen platzte abrupt ins Büro, ignorierte Benteley und sagte rasch: »Nun, es ist vorüber.« Sie berührte ihre Schläfe. »Sehen Sie? Zufrieden?«

»Sie dürfen mir keinen Vorwurf machen«, sagte der kleine Mann. »Es ist Gesetz.«

»Gesetz!« Das Mädchen strich ihr rotes Haar aus der Stirn, nahm ein Päckchen Zigaretten vom Schreibtisch und zündete sich mit nervösen, zitternden Fingern eine an. »Scheren wir uns doch zum Teufel, Peter. Hier haben wir nichts mehr verloren.«

»Du weißt, daß ich bleiben werde«, sagte der kleine Mann.

»Du bist ein Narr.« Jetzt nahm das Mädchen zum erstenmal von Benteley Notiz. Ihre grünen Augen leuchteten überrascht und interessiert zugleich auf. »Wer sind Sie denn?«

»Vielleicht kommen Sie am besten ein andermal wieder«, sagte der kleine Mann zu Benteley. »Dies ist nicht ganz der richtige –«

»Ich bin nicht gekommen, um mich so einfach abwimmeln zu lassen«, sagte Benteley heiser. »Wo ist Verrick?«

Das Mädchen musterte ihn. »Sie wollen Reese sehen? Was haben Sie zu verkaufen?«

»Ich bin Biochemiker«, entgegnete Benteley schroff. »Ich möchte mich um eine Position der 8-8-Klasse bewerben.«

Ein leichter Anflug von Belustigung umspielte die Lippen des Mädchens. »So? Interessant ...« Sie zuckte ihre nackten Schultern. »Dann vereidige ihn, Peter.«

Der kleine Mann zögerte und streckte dann Benteley die Hand entgegen. »Ich bin Peter Wakeman«, sagte er, »und dies ist Eleanor Stevens – Verricks Privatsekretärin.«

Es war nicht genau das, was Benteley erwartet hatte. Alle drei musterten sich einige Zeit schweigend.

»Der MacMillan schickt ihn zu ihm«, sagte Wademan. »Das ist

eine öffentliche Ausschreibung für 8-8-Leute. Aber ich glaube, daß Verrick keine Biochemiker mehr braucht. Es sind schon genug da.«

»Was weißt du darüber?« wollte Eleanor Stevens wissen. »Das geht dich doch nichts an. Du bist nicht der Personalstab.«

»Ich berufe mich auf den gesunden Menschenverstand«, sagte Wakeman und stellte sich absichtlich zwischen das Mädchen und Benteley. »Sie verschwenden hier nur Ihre Zeit. Gehen Sie zur Hill-Einstellungs-Abteilung – die brauchen immer Biochemiker.«

»Ich weiß«, sagte Benteley. »Ich habe seit meinem sechzehnten Lebensjahr für das Hill-System gearbeitet.«

»Was wollen Sie dann hier?« fragte Eleanor.

»Oiseau-Lyre hat mich fallenlassen.«

»Gehen Sie doch zu Soong.«

»Für Hill arbeite ich nicht mehr!« Benteleys Stimme klang schroff. »Mit Hill bin ich fertig!«

»Warum?« fragte Wakeman.

Benteley grunzte ärgerlich. »Das Hill-System ist korrupt und verfault. Dort wird meistbietend verkauft.«

Wakeman überlegte. »Ich weiß nicht, was Sie das kümmert. Sie haben Ihre Arbeit, und nur daran sollten Sie denken.«

»Für meine Zeit, Geschicklichkeit und Loyalität bekomme ich Geld«, pflichtete Benteley ihm bei. »Ich habe ein sauberes weißes Labor und die Benutzung einer Einrichtung, die mehr kostet, als ich im Leben jemals verdienen werde. Ich genieße Statusversicherung und totale Protektion. Aber ich frage mich, was das Endresultat meiner Arbeit ist. Ich frage mich, wohin das alles führt.«

»Und wohin?« fragte Eleanor.

»Ins Nichts! Es hilft niemandem.«

»Wem sollte es helfen?«

Benteley suchte nach der Antwort. »Ich weiß es nicht. Irgendwem, irgendwo. Wollen Sie nicht auch mit Ihrer Arbeit etwas Gutes bewirken? Ich habe den Geruch, der über Oiseau-Lyre hängt, so lange wie möglich ertragen. Die Hills sollen separate und unabhängige ökonomische Einheiten sein; tatsächlich gibt es Schiebungen, Spesenbetrug und frisierte Steuerrückzahlungen. Aber es geht tiefer. Sie kennen den Hill-Slogan: ›Dienst ist gut, und besserer Dienst ist am besten!‹ Zum Lachen! Glauben Sie, daß die Hills daran denken, jemandem zu dienen? Statt für das Gemeinwohl der Öffentlichkeit zu wirken, sind die Hills Parasiten der Öffentlichkeit.«

»Ich habe die Hills noch nie für eine philanthropische Organisation gehalten«, sagte Wakeman trocken.

Benteley entfernte sich einen Schritt von den beiden. Sie schienen ihn zu betrachten wie einen Alleinunterhalter. Warum regte er sich über die Hills eigentlich auf? In finanzieller Hinsicht hatte niemand Grund zur Klage. Aber er beklagte sich. Vielleicht war das auf seiner Seite ein Mangel an Realismus, ein anachronistisches Überbleibsel aus der Kindheit, das er nicht hatte abschütteln können.

»Woher wollen Sie wissen, daß das Direktorium besser ist?« fragte Wakeman. »Sie scheinen sich eine Menge Illusionen darüber zu machen, glaube ich.«

»Vereidige ihn«, sagte Eleanor gleichgültig. »Wenn er es will, soll er es haben.«

Wakeman schüttelte den Kopf. »Ich werde es nicht tun.«

»Dann tue ich es«, sagte Eleanor.

»Sie entschuldigen mich«, sagte Wakeman, nahm eine Flasche Whisky aus dem Schreibtisch und goß sich ein Glas ein. »Möchte mir jemand Gesellschaft leisten?«

»Vielen Dank«, murmelte Eleanor.

Benteley kehrte ihm gereizt den Rücken zu. »Zum Teufel, was soll das alles? Ist das im Direktorium an der Tagesordnung?«

Wakeman lächelte. »Sie sehen, Ihre Illusionen sind schon zerstört. Bleiben Sie, wo Sie sind, Benteley. Ihnen geht's einfach zu gut.«

Eleanor rutschte von der Schreibtischkante, auf der sie gesessen hatte, und eilte hinaus. Nach einem Moment kam sie mit der üblichen Symbolfigur des Quizmasters wieder. »Kommen Sie hier herüber, Benteley. Ich werde Ihnen den Eid abnehmen.« Sie stellte eine kleine fleischfarbene Plastikbüste von Reese Verrick in die Mitte des Schreibtisches und wandte sich lebhaft an Benteley. »Kommen Sie.« Als Benteley langsam auf den Schreibtisch zuging, hob sie eine Hand und berührte den Stoffbeutel, den er an einer Halskette trug – Loris Amulett. »Was ist das für eine Art Glücksbringer?« fragte sie, ihn zu sich herüberziehend. »Erzählen Sie mir davon.«

Benteley zeigte ihr ein bißchen magnetisierten Stahl und ein wenig weißes Pulver.

»Mehr tragen Sie nicht bei sich?« Eleanor deutete auf eine ganze Amulettsammlung auf ihrem nackten Busen. »Ich begreife nicht, wie Leute nur mit einem Amulett auskommen können.« In ihren grünen Augen flackerten kleine Lichter. »Vielleicht gehören Sie zu diesen Leuten und haben deshalb kein Glück.«

»Ich habe sehr wohl Glück«, sagte Benteley gereizt. »Und ich habe noch zwei andere Amulette. Dieses hat mir jemand erst vor kurzem gegeben.«

»So?« Sie beugte sich vor und sah es sich genauer an. »So ein Amulett würde eine Frau kaufen. Teuer und ein wenig zu auffallend.«

»Stimmt es, daß dieser Verrick überhaupt kein Amulett trägt?« fragte Benteley.

»Das stimmt«, warf Wakeman ein. »Er braucht keins. Als er auf Eins gesetzt wurde, war er schon Klasse 6-3. Und weil wir gerade vom Glück sprechen – dieser Mann hat es. Haufenweise. Und mit Glück ist er nach oben gekommen. Das Glück rieselt ihm aus den Ohren.«

»Ich habe beobachtet, wie manche Leute ihn berühren wollten, um auch etwas davon abzubekommen«, sagte Eleanor mit scheuem Stolz. »Ich kann ihnen keinen Vorwurf machen. Ich selbst habe ihn schließlich viele Male berührt . . .«

»Und was hat es genützt?« fragte Wakeman ruhig. Er deutete auf die verfärbten Schläfen des Mädchens.

»Ich wurde auch nicht zur gleichen Zeit und am gleichen Ort geboren wie Reese«, entgegnete Eleanor kurz.

»Ich halte es nicht mit der Astrokosmologie«, sagte Wakeman. »Ich bin vielmehr der Ansicht, daß man das Glück gewinnen oder verlieren kann. Es kommt und geht, möchte ich sagen.« Er wandte sich an Benteley und sprach langsam und intensiv weiter. »Verrick mag jetzt Glück haben, aber das bedeutet nicht, daß er es stets und ständig hat. Sie« – er deutete vage nach oben – »sind für einen gewissen Ausgleich.« Er fügte hastig hinzu: »Ich bin kein Christ oder dergleichen, müssen Sie wissen. Ich weiß, daß alles auf einem Zufall beruht.« Er atmete Benteley einen vermischten Pfefferminz- und Zwiebelgeruch ins Gesicht. »Aber eines Tages hat jeder seine Chance. Und die Großen und Mächtigen pflegen früher oder später immer zu fallen.«

Eleanor warf Wakeman einen warnenden Blick zu. »Sei vorsichtig.«

Ohne seinen Blick von Benteley zu wenden, sagte Wakeman langsam: »Denken Sie an das, was ich Ihnen erzählt habe. Sie sind aus dem Vertrag heraus; nutzen Sie diesen Vorteil. Lassen Sie sich nicht auf Verrick vereidigen, denn sonst bleiben Sie als Leibeigener an ihm kleben. Und das wird Ihnen nicht gefallen.«

Benteley stutzte. »Sie meinen, daß ich direkt auf Verrick vereidigt werde? Daß ich keinen Eid auf den Quizmaster ablege?«

»Das ist richtig«, sagte Eleanor.

»Warum?«

»Die Dinge sind im Augenblick ein wenig ungewiß. Eine weitere Information kann ich Ihnen nicht geben. Später werden Sie einen Posten im Rahmen Ihrer Klassifizierung erhalten; das ist garantiert.«

Benteley griff nach seiner Tasche und machte eine halbe Kehrtwendung. Seine Strategie, sein Plan war auseinandergefallen. Nichts, was er gehört hatte, entsprach seinen Erwartungen. »Dann bin ich dabei?« fragte er verärgert. »Bin ich akzeptabel?«

»Sicher«, antwortete Wakeman lustlos. »Verrick möchte schließlich alle 8–8 haben, die er bekommen kann. Insofern liegen Sie richtig.«

Benteley entfernte sich ein paar Schritte von den beiden. »Warten Sie«, sagte er verwirrt und unschlüssig. »Ich muß darüber nachdenken. Geben Sie mir ein wenig Zeit.«

»Dann fangen Sie gleich mit dem Nachdenken an«, sagte Eleanor.

»Danke.« Benteley dachte nach.

Eleanor schlenderte, die Hände in den Taschen vergraben, in dem Raum herum. »Noch ein paar Neuigkeiten über jenen anderen Burschen?« fragte sie Wakeman. »Ich warte.«

»Nur eine Initialkurzschlußwarnung an mich«, sagte Wakeman. »Sein Name ist Leon Cartwright. Er ist Mitglied irgendeiner Sekte, einer Splitterorganisation. Ich bin neugierig, wie er aussieht.«

»Ich nicht.« Eleanor blieb am Fenster stehen und blickte auf die Straßen und Rampen hinunter. »Sie werden bald schreien. Dauert nicht mehr lange.« Sie strich mit ihren schlanken Fingern über ihre Schläfen. »Gott, vielleicht habe ich einen Fehler gemacht. Aber es ist vorbei. Ich kann nichts mehr ändern.«

»Es war ein Fehler«, gab Wakeman zu. »Wenn du ein wenig älter bist, wirst du den Grad dieses Fehlers erkennen.«

Eine Spur von Furcht huschte über das Gesicht des Mädchens. »Ich werde Verrick niemals verlassen. Ich muß bei ihm bleiben!«

»Warum?«

»Bei ihm bin ich sicher. Er wird sich um mich kümmern – wie immer.«

»Das Korps wird dich beschützen.«

»Mit dem Korps will ich nichts zu tun haben.« Ihre roten Lippen gaben ihre hübschen weißen Zähne frei. »Meine Familie. Mein bereitwilliger Onkel Peter – käuflich wie seine Hills.« Sie deutete auf Benteley. »Und er glaubt, hier sei es anders ...«

»Das ist keine Verkaufsfrage«, sagte Wakeman, »sondern ein Prinzip. Das Korps steht über dem Menschen.«

»Das Korps ist ein Inventarstück – wie dieser Schreibtisch.« Eleanor kratzte mit ihren langen Fingernägeln über die Fläche. »Man kauft das Mobiliar, den Schreibtisch, die Lampen, sämtliches Zubehör und das Korps.« Widerwillen spiegelte sich in ihren Augen. »Ist es nicht so?«

»So ist es.«

»Kein Wunder, daß du Cartwright, den Prestoniten, gern sehen möchtest. In gewisser Hinsicht bin ich auch neugierig. Ich wäre ja auch neugierig auf irgendein bizarres Tier auf einem der kolonisierten Planeten.«

Benteley löste sich indessen aus seinen Gedanken. »Nun gut«, sagte er laut. »Ich bin bereit.«

»Fein.« Eleanor trat hinter den Schreibtisch, hob eine Hand und legte die andere auf die Verrick Büste. »Kennen Sie den Eid? Oder brauchen Sie Nachhilfe?«

Benteley kannte den Treueeid auswendig, aber ein nagender Zweifel ließ ihn seinen Entschluß beinahe rückgängig machen. Wakeman stand da und betrachtete gelangweilt und mißbilligend seine Fingernägel. Eleanor Stevens beobachtete gierig, in ihrem Gesicht spiegelten sich Gefühle, die ständig wechselten. Mit der wachsenden Überzeugung, daß irgend etwas nicht stimmte, begann Benteley seinen Treueeid aufzusagen.

Er hatte die Hälfte hinter sich gebracht, als die Tür aufglitt und geräuschvoll eine Gruppe Männer eintrat. Einer war auffallend größer als die anderen; ein riesiger Mann, schwerfällig und breitschultrig, mit einem grauen, wetterzerfurchten Gesicht und dichtem graumeliertem Haar. Reese Verrick, umgeben von den Leuten, die ihm persönliche Treue geschworen hatten, blieb stehen, als er die am Schreibtisch stattfindende Prozedur sah.

Wakeman blickte auf. Verrick sah ihn an. Wakeman lächelte schwach und sagte nichts; aber seine Haltung verriet deutlich seinen Respekt. Eleanor Stevens schien versteinert zu sein. Mit geröteten Wangen und angespanntem Körper überhörte sie Benteleys zögernde Worte. Als er geendet hatte, kam wieder Leben in ihre Gestalt. Sie eilte mit der Plastikbüste aus dem Büro, kam wieder und streckte eine Hand aus.

»Ich möchte Ihre P-Karte, Mr. Benteley. Wir brauchen sie.«

Benteley übergab ihr benommen seine Karte.

»Wer ist dieser Bursche?« grunzte Verrick und machte eine Geste in Benteleys Richtung.

»Ich habe ihn eben eingeschworen. Ein 8–8.« Eleanor raffte ihre

Utensilien auf dem Schreibtisch zusammen. Ihre Amuletts tanzten zwischen ihren Brüsten. »Ich hole meinen Mantel.«

»8–8? Biochemiker?« Verrick musterte Benteley interessiert. »Taugt er etwas?«

»Er wird gut sein«, sagte Wakeman. »Nach allem, was ich aus ihm gezapft habe, ist er erstklassig.«

Eleanor warf den Mantel über ihre nackten Schultern und stopfte die Taschen voll. »Er traf soeben ein – von Oiseau-Lyre.« Sie rannte atemlos zu der Gruppe, die sich um Verrick versammelt hatte. »Er weiß noch nichts.«

Verricks breites Gesicht war von Sorgen und Müdigkeit zerknittert, aber ein Funke Belustigung blitzte in seinen tiefliegenden Augen, diesen harten grauen Augen unter den wulstigen Brauenknochen. »Für eine Weile die letzten Reste. Alles andere geht an Cartwright, den Prestoniten.« Er sah wieder Benteley an. »Ihr Name?«

Sie tauschten einen Händedruck aus, während Benteley seinen Namen kundgab. Verricks massige Hand hatte eine knochenzermalmende Gewalt, als Benteley zögernd fragte: »Was tun wir? Ich dachte –«

»Farben-Hill.« Verrick und seine Gruppe bewegten sich auf die Ausgangsrampe zu, bis auf Wakeman, der sich zurückhielt, um auf den neuen Quizmaster zu warten. Verrick erklärte Eleanor kurz: »Wir werden von dieser Basis aus operieren. Ich hatte Farben im letzten Jahr unter persönlicher Kontrolle, kann aber trotz allem noch mit Loyalität rechnen.«

»Trotz – was?« fragte Benteley, plötzlich entsetzt. Die Außentüren standen offen; helles Sonnenlicht flutete auf sie herab. Der Straßenlärm war zu hören, und zum erstenmal dröhnte auch der Lärm der Nachrichtenmaschinen in seinen Ohren. Als die Gruppe die Rampe hinunter auf das Feld und die wartenden Interkon-Transporter zuging, fragte Benteley heiser: »Was ist geschehen?«

»Kommen Sie, kommen Sie«, grunzte Verrick. »Sie werden schon noch alles kennenlernen. Wir haben zuviel Arbeit vor uns, als daß wir hier herumstehen und reden können.«

Benteley folgte langsam der Gruppe, den bitteren Geschmack der Furcht in seinem Mund. Er wußte es jetzt. Es schrie von allen Seiten mit den mechanischen Stimmen der Nachrichtenmaschinen.

»Verrick schwindelt!« schrien die Maschinen, als sie sich zwischen Gruppen von Leuten bewegten. »Ein Prestonit auf Nummer Eins; Ein Ruck der Flasche heute vormittag 9.30 Uhr Batavia-Zeit! Verrick total unten!«

Dieser ›Ruck‹ war genau zu dem Zeitpunkt erfolgt, an dem ihn einschlägige Kreise erwartet hatten. Verrick war von Position Eins weggefegt worden und nicht länger Quizmaster. Er war abgerutscht – heraus aus dem Bereich des Direktoriums.

Und Benteley hatte sich auf ihn vereidigen lassen!

An eine Umkehr war nicht mehr zu denken. Er war auf dem Weg zu Farben-Hill. Alle waren sie in dem Strudel der Ereignisse gefangen, die durch das Neun-Planeten-System rasten wie ein Wirbelsturm.

2

Früh am Morgen fuhr Leon Cartwright in seinem alten 82er Chevrolet die schmalen, gewundenen Straßen entlang. Seine Hände umklammerten fest das Steuer, sein Blick war auf den Verkehr gerichtet. Wie immer trug er einen altmodischen, wenn auch tadellosen Anzug, einen verbeulten Hut und in seiner Westentasche eine alte tickende Uhr. Alles an ihm atmete Alter und Würde. Er war ungefähr sechzig Jahre alt, ein hagerer, sehniger Mann, sehr groß und aufrecht, doch schmalgliedrig mit milden blauen Augen und Leberflecken auf den Handrücken. Seine Arme waren dünn, dennoch kräftig, und sein mageres Gesicht hatte einen fast sanftmütigen Ausdruck. Er fuhr in einer Weise, als traue er weder sich selbst noch dem alten Wagen.

Auf dem Rücksitz waren Haufen von versandbereiten Postbändern gestapelt. In der Ecke lag ein alter Regenmantel, dann sah man noch einen Lunchbehälter und ein Paar abgelegte Überschuhe. Unter dem Sitz lag seit Jahren unbenutzt eine alte Pistole.

Die Gebäude zu beiden Seiten von Cartwright sahen alt und die Fenster staubig aus. Auch die Neonröhren waren noch Reste des verflossenen Jahrhunderts – wie er selbst und sein Wagen. Graue Männer in verschossenen Hosen und Arbeitsjoppen, Hände in den Taschen, Augen leer und unfreundlich, lehnten an den Hauswänden oder lungerten in den Hauseingängen herum. Plumpe Frauen mittleren Alters in phantasielos geschnittenen Mänteln zogen Einkaufskarren in dunkle Läden, an den langweiligen Auslagen vorbei, und schleppten die Lebensmittel dann zu ihren Familien in den muffigen Wohnungen.

Die Masse, dachte Cartwright, hat sich im wesentlichen nicht sehr verändert. Das Klassifizierungssystem, das ständige Quiz, hatte den Leuten nicht viel Gutes gebracht. Die Unks, die Unklassifizierten, waren geblieben.

Anfang des zwanzigsten Jahrhunderts hatte man das Produktionsproblem gelöst. Anschließend plagte das Verbraucherproblem die Gesellschaften. In den fünfziger und sechziger Jahren des zwanzigsten Jahrhunderts türmten sich in der westlichen Welt die Landwirtschaftsprodukte zu riesigen Bergen auf. Vieles wurde kostenlos abgegeben, aber das drohte, die freie Marktwirtschaft zu zerstören. Im Jahre 1980 kam man auf die einstweilige Lösung, die Produkte zu vernichten: Milliardenwerte, Woche für Woche.

An jedem Sonnabend versammelten sich die Städter in schweigenden, mürrischen Gruppen und beobachteten, wie Truppeneinheiten Benzin über Wagen, Elektrogeräte, Kleider, Orangen, Kaffee, Zigaretten und so weiter gossen – Dinge, die niemand kaufen konnte und die demzufolge vernichtet wurden. Vor jeder Stadt war ein Verbrennungsplatz, eine Art Müll- und Aschenhaufen, der abgezäunt war. Dort wurden sämtliche Dinge, die nicht verkauft wurden, systematisch zerstört.

Das sogenannte Quiz hatte ein wenig geholfen. Wenn die Leute sich nicht den Kauf von teuren Gütern leisten konnten, so blieb ihnen immer noch die Möglichkeit, sie zu gewinnen. Seit Jahrzehnten produzierte man allerlei Kram, von dem man wußte, daß er im Prinzip vollkommen überflüssig war. Doch auf jeden Menschen, der vielleicht ein Fahrzeug, einen Kühlschrank, einen Fernsehapparat und dergleichen gewann, kamen Millionen, die Pech hatten. Im Lauf der Jahre bürgerten sich im Rahmen dieses Quiz realistischere Errungenschaften ein: Macht und Prestige. Und ganz oben saß die Hauptfigur der Macht: der Quizmaster. Quizmaster zu sein, das bedeutete, das Quiz zu leiten.

Die Desintegration des sozialen und ökonomischen Systems war langsam, aber gründlich erfolgt. Dieser Prozeß war so tiefgreifend, daß die Leute den Glauben an die Naturgesetze selbst verloren. Nichts schien mehr fest oder stabil zu sein; das Universum war ein ständiger Wechsel. Niemand wußte, was als nächstes kam. Niemand konnte sich auf etwas verlassen. Statistische Voraussagen wurden ungewöhnlich populär. Das ganze Konzept von Ursache und Wirkung starb völlig aus. Die Leute verloren den Glauben an die Kontrolle ihrer Umgebung. Was blieb, war einfach die Wahrscheinlichkeit, und nur darauf konnte man sich verlassen . . .

Die Theorie von Minimax, dem M-Spiel, war eine Art stoischer

Rückzug, eine Nichtteilnahme an dem planlosen Wirbel, in dem die Menschheit kämpfte. Die M-Spieler spielten nicht mit letzten Einsätzen; sie riskierten nichts, gewannen nichts und waren auch nie überwältigt. Sie suchten nur Punkte zu sammeln und die anderen Spieler zu überdauern. Im wesentlichen wartete man, bis das Spiel oder die Spielrunde zu Ende war.

Minimax, die Methode des Überlebens im großen Spiel des Lebens, war von zwei Mathematikern des zwanzigsten Jahrhunderts erfunden worden, die von Neumann und Morgenstern hießen. Man hatte diese Methode schon im Koreakrieg, in Vietnam und im letzten Krieg benutzt. Militärstrategen und dann Finanziers hatten mit dieser Theorie herumgespielt. Ende des Jahrhunderts wurde von Neumann der US-Atomenergiekommission zugeteilt, eine Anerkennung der Bedeutung seiner Theorie. Und innerhalb von zweieinhalb Jahrhunderten war das System die Basis der Regierung.

Deshalb war Leon Cartwright, Reparaturfachmann elektronischer Geräte, ein Prestonit geworden. Denn er war ein Mensch mit einem Gewissen.

Cartwright lenkte seinen alten Wagen an die Bordsteinkante. Das Gesellschaftsgebäude vor ihm schimmerte in der Maisonne schmutzig-weiß. Es war ein schmales, zweistöckiges Bauwerk; das einzige Zeichen befand sich über der Tür: ›Preston-Gesellschaft – Hauptbüros auf der Rückseite.‹

Dies war der Hintereingang, die Verladerampe. Cartwright öffnete die hintere Wagentür und begann Kartons mit Postversandliteratur auf den Bürgersteig zu stellen. Die vorbeikommenden Leute kümmerten sich nicht um ihn, und einige Schritte weiter entlud ein Fischhändler seinen Lastwagen in ähnlicher Weise. Auf der anderen Straßenseite war ein düster aussehendes Hotel, das sich zwischen eine Reihe billiger Etablissements – Pfandleihanstalten, Zigarettenläden, Freudenhäuser und Bars – geschoben hatte.

Cartwright trug einen Karton in den finsteren Lagerraum des Gebäudes. Eine einzelne Birne glühte schwach in der feuchten Dunkelheit. Auf allen Seiten waren Vorräte gestapelt, Kisten und mit Draht verschnürte Pakete. Er fand noch eine freie Stelle, stellte seine schwere Last ab, ging durch die Halle und trat in das enge kleine vordere Büro.

Das Büro und der kahle Empfangsraum waren – wie üblich – leer. Die Vordertür des Gebäudes stand weit offen. Cartwright nahm einen Packen Post auf, setzte sich auf die durchgesackte Couch, breitete die Post auf dem Tisch aus und blätterte sie durch.

Nichts von Bedeutung: Druckrechnungen, Frachtbriefe, Miete, überfällige Strafen für Energie- und Müllbeseitigungsforderungen, Wasser und Rohstoffe.

Er öffnete einen Brief, entnahm ihm einen Fünf-Dollar-Schein und einen Zettel mit der zittrigen Schrift einer alten Frau. Er fand noch ein paar weitere winzig kleine Anerkennungen. Alles in allem hatte die Gesellschaft dreißig Dollar eingenommen.

»Sie werden unruhig«, sagte Rita O'Neill, die im Türrahmen hinter ihm erschienen war. »Vielleicht sollten wir anfangen.«

Cartwright seufzte. Die Zeit war gekommen. Er stellte sich auf die Beine, entleerte einen Aschenbecher, rückte einen Stapel mit Eselsohren verzierter Exemplare von Prestons ›Flammenscheibe‹ zurecht und folgte dann widerwillig dem Mädchen den schmalen Korridor hinunter. Unter dem mit Fliegenschmutz bedeckten Foto von John Preston, gleich zur linken Seite neben einer Reihe Wandhalter, ging er durch eine Tapetentür in einen Flur, der parallel mit dem normalen Korridor verlief.

Bei seinem Erscheinen beendeten die Leute in dem Raum abrupt ihre Unterhaltung und sahen ihn an. Die Augen aller blickten hoffnungsvoll und furchtsam zugleich. Ein paar Leute schoben sich auf ihn zu. Das Gemurmel wallte wieder auf und wurde zum Geplapper. Jetzt versuchten alle, seine Aufmerksamkeit auf sich zu lenken. Gestikulierende Männer und Frauen umringten ihn, als er auf die Mitte des Raums zuging.

»Da wären wir also«, sagte Bill Konklin erleichtert.

Und neben ihm sagte eifrig Mary Uzich: »Wir haben schon so lange gewartet und können nicht noch länger warten!«

Cartwright suchte in seinen Taschen, bis er die Prüfliste gefunden hatte. Es war eine bunte Menge, die um ihn herumstand: Mexikanische Arbeiter, stumm und verstört, umklammerten ihre Habseligkeiten, ein hartgesichtiges städtisches Paar, ein Heizer, japanische Optiker, ein Call-Girl, ein Mann mittleren Alters – Besitzer eines Kurzwarengeschäfts, das pleite gegangen war –, ein Student der Ackerbaukunde, ein Patentmedizinverkäufer, ein Koch, eine Krankenschwester, ein Zimmermann. Alle schwitzten, drängten sich, lauschten und beobachteten.

Es waren geschickte Leute – mit den Händen, weniger mit den Köpfen. Ihre Fähigkeiten stammten von jahrelanger Praxis und Arbeit, vom direkten Kontakt mit den Objekten. Sie konnten Pflanzen züchten, Fundamente legen, lecke Rohre reparieren, Maschinen überwachen, Kleidungsstücke weben und Mahlzeiten zubereiten. Beurteilte man sie nach ihrem Klassifizierungssystem, waren sie Versager.

»Ich denke, es sind alle da«, sagte Jereti gepreßt.

Cartwright murmelte ein Gebet und hob seine Stimme, damit ihn alle hören konnten. »Ich will euch etwas sagen, bevor ihr geht. Das Raumschiff ist startbereit und wurde von unsern Freunden auf dem Feld überprüft.«

Cartwright raschelte mit seinen Unterlagen. »Nun, das wär's. Hat jemand irgendeinen Zweifel? Möchte jemand zurücktreten?«

Erregung und spürbare Spannung, doch keiner von ihnen rührte sich. Mary Uzich lächelte Cartwright an und dann den jungen Mann an ihrer Seite. Konklin legte einen Arm um sie und zog sie näher zu sich heran.

»Dafür haben wir gearbeitet«, fuhr Cartwright fort. »Dies ist der Augenblick, zu dem uns Zeit und Geld geführt haben. Ich wollte, Preston wäre hier. Er würde sich freuen. Er wußte, daß es eines Tages so und nicht anders kommen würde. Er wußte, daß ein Raumschiff an den kolonisierten Planeten vorbei bis jenseits der Regionen fliegen würde, die vom Direktorium kontrolliert werden. In seinem Herzen wußte er, daß Männer neue Grenzen suchen würden ... und die Freiheit.« Er blickte auf seine Uhr. »Auf Wiedersehen – und viel Glück. Ihr seid bald unterwegs. Vertraut euren Amuletten und laßt Groves das Steuer übernehmen.«

Einer nach dem anderen raffte seine wenigen Habseligkeiten zusammen und schlurfte aus dem Raum. Cartwright drückte jedem die Hand und murmelte Worte der Hoffnung und des Trostes. Als der letzte Mann verschwunden war, stand er einen Moment schweigend und nachdenklich in dem jetzt verlassenen Raum.

»Ich bin froh, daß es vorüber ist«, sagte Rita, sich entspannend. »Ich hatte schon Angst, daß einige zurücktreten würden.«

»Das Unbekannte ist ein schrecklicher Ort. Da draußen gibt es Ungeheuer. Und Preston schildert in seinen Büchern gespenstisch rufende Stimmen.« Cartwright goß sich aus dem Thermosbehälter eine Tasse schwarzen Kaffee ein. »Nun, wir müssen hier ausharren. Ich weiß nicht, was schlimmer ist.«

»Ich habe es nie richtig geglaubt«, sagte Rita und glättete mit ihren schlanken Fingern ihr schwarzes Haar. »Du könntest das Universum verändern. Es gibt nichts, was du nicht tun könntest.«

»Es gibt viel, was ich nicht tun kann«, sagte Cartwright trocken. »Ich versuche dies und das, starte hier und dort ein wenig Aktivität; aber es dauert nicht mehr lange, dann werden sie mich erwischen.«

Rita war entsetzt. »Wie – wie kannst du so etwas sagen?«

»Ich bin Realist.« Seine Stimme klang hart, fast brutal. »Die Mörder haben noch immer jeden Unk getötet, den die Flasche anzeigte. Wie dem auch sei, was mir von jetzt an passiert, ist meine eigene Schuld.«

»Ob sie etwas von dem Schiff wissen?«

»Das bezweifle ich«, murmelte Cartwright und fügte hinzu: »Jedenfalls hoffe ich, daß es niemand weiß.«

»Aber du wirst wenigstens in Sicherheit sein, bis auch das Schiff in Sicherheit ist. Und das ist doch auch –« Rita sprach den Satz nicht zu Ende und sah Cartwright ängstlich an.

Draußen waren die Geräusche von Düsenaggregaten zu hören. Ein Luftgleiter landete auf dem Dach – ein metallenes Schwirren, das an ein stählernes Insekt erinnerte. Ein kurzes Poltern, dann oben rasche Bewegungen, als die Dachluke geöffnet wurde. Rita sah den verstörten Blick in Cartwrights Gesicht. Dann war in seinen Augen wieder die Güte und ruhige Gelassenheit zu sehen, und er lächelte ihr zögernd zu.

»Sie sind da«, sagte er mit kaum hörbarer Stimme.

Die Schritte schwerer Militärstiefel wurden im Korridor laut. Die Direktionsposten verteilten sich, kaum daß sie im Raum waren, und hinter ihnen trat ein höherer Beamter des Direktoriums ein, der eine verschlossene Tasche unter dem Arm hatte.

»Sind Sie Leon Cartwright?« erkundigte sich der Mann. »Geben Sie mir Ihre Papiere. Sie haben die Papiere doch bei sich – oder?«

Cartwright zog ein Plastiketui aus der Innentasche, nahm die Papiere heraus und legte sie nacheinander auf den Tisch. »Geburtsurkunde, Schulungs- und Ausbildungszertifikate. Psychoanalyse. Gesundheitszeugnis. Polizeiliches Führungszeugnis. Status. Vereidigungsnachweis. Eidesbefreiungen. Und der Rest.« Er schob den Haufen dem Beamten zu, zog dann seinen Rock aus und rollte einen Ärmel hoch.

Der Beamte blickte kurz auf die Papiere und dann auf die Identifizierungszeichen, die in Cartwrights Unterarm gebrannt waren. »Fingerabdrücke und Gehirnströme werden wir später überprüfen.« Er schob die Papiere zurück. »Ich bin Major Shaeffer vom Überwachungskorps des Direktoriums. Heute morgen, kurz nach neun Uhr, fand eine Kraftverlagerung statt.«

»Ich verstehe.« Cartwright rollte den Hemdsärmel wieder zurück.

Major Shaeffer berührte den glatten Rand von Cartwrights Statusgenehmigung. »Sie sind nicht klassifiziert?«

»Nein.«

»Ich nehme an, daß Ihre P-Karte von der Schutzgenossenschaft eingezogen wurde. Das ist doch das übliche System, nicht wahr?«

»Das übliche System«, sagte Cartwright. »Aber ich bin bei keinem Hill unter Vertrag. Wie aus meinen Papieren ersichtlich, wurde ich Anfang dieses Jahres entlassen.«

Shaeffer zuckte die Achseln. »Dann haben Sie Ihre P-Karte natürlich auf dem schwarzen Markt verkauft beziehungsweise sie angeboten.« Er klappte mit Nachdruck sein Notizbuch zu. »Meistens spuckt die Flasche Unklassifizierte aus, weil sie die Klassifizierten mengenmäßig bei weitem übertreffen. Aber die Klassifizierten beschaffen sich P-Karten.«

Cartwright legte seine P-Karte auf den Tisch. »Hier ist meine.«

Shaeffer war erstaunt. »Unglaublich ...« Er überprüfte rasch Cartwrights Gedanken, einen mißtrauischen, verblüfften Ausdruck in seinem Gesicht. »Sie wußten es schon. Sie wußten, daß es so kommen würde.«

»Ja.«

»Unmöglich. Es fiel mir ein. Wir kamen sofort. Die Nachricht hatte noch nicht einmal Verrick erreicht. Sie sind – außerhalb des Korps – die einzige Person, die es weiß.« Er trat näher an Cartwright heran. »Da stimmt doch etwas nicht. Woher wußten Sie das alles?«

»Vorahnungen«, erwiderte Cartwright.

Der Beamte verlor sich in Gedanken, noch immer Cartwrights Gedanken überprüfend. »Nun, spielt keine Rolle«, sagte er dann. »Ich vermute, daß Sie irgendeine besondere Innenantenne haben. Nun, das ließe sich herausfinden.« Er streckte seine Hand aus. »Glückwunsch. Wenn es Ihnen recht ist, beziehen wir hier unsere Positionen. In wenigen Minuten wird Verrick informiert sein. Dann möchten wir bereit sein.« Er gab Cartwright die P-Karte in die Hand. »Berufen Sie sich darauf. Das ist Ihr Hauptanspruch für Ihre neue Position.«

Cartwright konnte wieder ruhiger atmen. »Ich denke, ich kann mich auf Sie verlassen.« Er steckte die P-Karte sorgfältig ein.

»Ich glaube schon.« Shaeffer feuchtete seine Lippen an. »Merkwürdig ... Sie sind jetzt unser Vorgesetzter, und Verrick ist nichts. Es wird vielleicht einige Zeit dauern, bis wir den Wechsel in psychologischer Hinsicht abgeschlossen haben. Einige der jüngeren Korpsmitglieder können sich an keinen anderen Quizmaster erinnern ...« Er zuckte wieder die Achseln. »Ich schlage vor, daß Sie sich für einige Zeit in die Hände des Korps begeben. Hier können wir nicht bleiben, und viele Leute in Batavia haben Verrick einen persönlichen Treueeid geleistet, nicht aber seiner Position. Wir werden alle Leute systematisch aussortieren müssen, denn Verrick hat sie benutzt, um die Kontrolle über die Hills zu gewinnen.«

»Das überrascht mich nicht.«

»Verrick ist schlau.« Shaeffer musterte Cartwright mit kritischem Blick. »Während seiner Zeit als Quizmaster wurde er ständig herausgefordert. Irgend jemand funkte stets dazwischen. Wir waren beschäftigt, aber ich glaube, dazu sind wir da.«

»Ich bin froh, daß Sie gekommen sind«, gab Cartwright zu. »Als ich das Geräusch hörte, dachte ich an Verrick.«

»Er wäre es auch gewesen, wenn wir ihn benachrichtigt hätten.« Ein grimmiger Humor leuchtete in Shaeffers Augen. »Ohne die älteren Aufzeichnungen hätten wir ihn wahrscheinlich zuerst benachrichtigt und uns Zeit gelassen. Doch Peter Wakeman machte eine große Sache daraus. Pflicht und Verantwortung – so was.«

Cartwright machte sich im Geiste eine Notiz. Er könnte Peter Wakeman ja einmal aufsuchen.

»Als wir uns näherten«, fuhr Shaeffer langsam fort, »empfing unsere erste Gruppe die Gedanken einer größeren Gruppe von Leuten, die anscheinend von hier weggingen. In ihren Gedanken war Ihr Name und Ihre Position.«

Cartwright wurde sofort wachsam. »Oh?«

»Sie entfernten sich von uns, deswegen bekamen wir nicht viel mit. Etwas über ein Schiff. Hatte etwas mit einem langen Flug zu tun.«

»Sie sprechen wie ein Regierungswahrsager.«

»Diese Gruppe war von einem starken Spannungsfeld umgeben, das Furcht und Aufregung verriet.«

»Darüber kann ich Ihnen nichts sagen«, sagte Cartwright mit Nachdruck. »Ich weiß nichts davon.« Und ironisch fügte er hinzu: »Vielleicht einige Gläubige.«

Auf dem Hof vor dem Gesellschaftsgebäude wanderte Rita O'Neill im Kreis herum. Sie kam sich plötzlich einsam und verloren vor. Der große Moment war gekommen und gegangen und gehörte jetzt der Vergangenheit an.

Neben dem Gebäude befand sich die kleine Gruft, in der die sterblichen Überreste John Prestons ruhten. Sie konnten seinen häßlichen Körper unter dem mit Fliegenschmutz übersäten gelblichen

Plastikdeckel sehen. Er hatte die Hände über seiner Brust gefaltet und die Augen geschlossen. Die Brille war für alle Zeiten überflüssig. Die Gruft war staubig und mit Abfällen verunziert. Niemand besichtigte Prestons sterbliche Hülle. Die Gruft war ein vergessenes Monument.

Doch eine halbe Meile weiter stiegen auf dem Raumflughafen Passagiere aus archaischen Fahrzeugen und kletterten dann eine schmale Metallrampe hinauf ins Innere der ihnen unbekannten Metallhülle.

Die Fanatiker waren unterwegs. Sie wollten in die Tiefen des Weltraums starten und jenen mythischen zehnten Planeten des Sonnensystems suchen, die legendäre Flammenscheibe, John Prestons märchenhafte Welt jenseits des bekannten Universums.

3

Bevor Cartwright die Direktionsgebäude in Batavia erreichte, war alles bekanntgeworden. Er beobachtete unterwegs den Bildschirm, als die Interkontinentalrakete durch den südpazifischen Himmel schoß. Unter ihr breitete sich der blaue Ozean mit den zahllosen schwarzen Punkten der Metall- und Plastikhausboote aus, auf denen asiatische Familien lebten – zerbrechliche Plattformen von Hawaii bis Ceylon.

Auf dem Bildschirm jagten sich die Szenen. Gesichter tauchten auf und verschwanden. Die Geschichte von Verricks zehn Jahren rollte ab: Schnappschüsse von dem massigen Ex-Quizmaster mit den buschigen Augenbrauen und Resümees dessen, was er geleistet hatte. Cartwright wurde nur vage behandelt.

Er mußte lachen. Nichts war über ihn bekannt, nur daß er irgendwie mit der Preston-Gesellschaft in Verbindung stand. Die Nachrichtenmaschinen hatten einiges ausgegraben, aber nicht viel. Da waren Fragmente der Geschichte John Prestons selbst, jenem gebrechlichen Mann, der in Informationsbibliotheken und Observatorien herumgestöbert hatte, Bücher geschrieben, Fakten gesammelt, seine ohnehin gefährdete Klassifizierung verloren hatte und schließlich im Meer der Vergessenheit versunken war. Gewiß, man errichtete ihm eine armselige Gruft. Die erste Versammlung der Gesellschaft wurde abgehalten. Der Druck von Prestons halbverrückten und halbprophetischen Büchern begann . . .

Cartwright hoffte, daß sie nicht mehr über ihn wußten. Er errichtete eine geistige Barriere und hielt seine Augen auf den Bildschirm gerichtet.

Er war jetzt die oberste Macht im Neun-Planeten-System. Er war der Quizmaster, umgeben von einem telepathischen Korps, und er hatte über eine ungeheure Armee, eine Kriegsflotte und eine Polizeistreitmacht zu befehligen. Er war der uneingeschränkte Herrscher über das gesamte Zufallsystem, den gewaltigen Klassifizierungsapparat, Quiz, Lotterien und Ausbildungsinstitute.

Andererseits waren da die fünf Hills, jenes industrielle Gefüge, welches das gesellschaftliche und politische System stützte.

»Ist Verrick weit gekommen?« fragte er Major Shaeffer.

Shaeffer blickte hinter seine Stirn, um zu sehen, was er wollte. »Oh, er machte sich ganz gut. Im August hätte er den Zufallsfaktor und die ganze M-Spielstruktur eliminiert.«

»Wo ist Verrick jetzt?«

»Er verließ Batavia in Richtung Farben-Hill. Dort ist er am stärksten. Von dort aus wird er auch operieren; wir haben einige seiner Pläne erwischt.«

»Ich kann mir vorstellen, daß Ihr Korps wertvoll sein wird.«

»Unsere Aufgabe ist es, Sie zu beschützen. Wir sind weder Spione noch Geheimagenten. Wir beschützen nur Ihr Leben.«

»Und in der Vergangenheit?«

»Das Korps wurde vor hundertsechzig Jahren gegründet. Seit dieser Zeit haben wir fünfundneunzig Quizmaster bewacht. Elf von ihnen retteten wir vor der Herausforderung.«

»Und wie lange machten sie mit?«

»Einige nur wenige Minuten, einige mehrere Jahre. Verrick hielt es fast am längsten aus, aber in den siebziger Jahren war der alte McRae dreizehn Jahre lang Quizmaster. Für ihn fing das Korps über dreihundert Herausforderungen ab, aber das hätten wir nicht ohne seine Hilfe tun können. Er war ein schlauer Fuchs. Manchmal glaube ich, daß er ein Telepath war.«

»Ein telepathisches Korps, das mich beschützt«, murmelte Cartwright. »Und öffentliche Meuchelmörder, die mich umbringen wollen.«

»Nur ein Mörder, immer nur einer. Natürlich können Sie auch von einem Amateur ermordet werden, von jemandem, der einen persönlichen Haß auf Sie hat. Doch das ist selten. Er hätte nichts davon und würde die P-Karte verlieren. Politisch würde man ihn neutralisieren, und er könnte nie mehr Quizmaster werden.«

»Und was glauben Sie, wie lange ich regieren werde?«

»Durchschnittlich – zwei Wochen.«

Zwei Wochen, und Verrick war schlau. Er hatte alles durchorganisiert. Eine konzentrierte Maschinerie würde einen Mörder nach dem anderen nach Batavia kriechen lassen, bis das letzte Ziel erreicht und Leon Cartwright vernichtet war.

»In Ihrem Gehirn«, sagte Shaeffer, »sehe ich einen interessanten Wirbel der üblichen Furcht und eines sehr ungewöhnlichen Syndroms, das ich nicht analysieren kann. Etwas über ein Raumschiff.«

»Dürfen Sie jederzeit die Gedanken eines anderen prüfen, wenn Ihnen danach zumute ist?«

»Ich kann nichts dagegen tun. Wenn ich mit einer Gruppe zusammen bin, sind die Gedanken verwischt und verzerrt. Doch jetzt bin ich nur mit Ihnen zusammen.«

»Das Schiff ist unterwegs«, sagte Cartwright.

»Dann wird es nicht weit kommen. Der erste Planet, auf dem es landen will – Mars, Jupiter oder Ganymed –«

»Das Schiff fliegt weiter. Wir errichten keine weitere Siedlerkolonie.«

»Sie scheinen eine Menge von diesem alten Lastschiff zu halten.«

»Ich baue darauf.«

»Und Sie glauben, daß Sie lange genug aushalten können?«

»Ich hoffe es.«

»Ich auch«, sagte Shaeffer ruhig. Er deutete auf die blühende Insel, die unten sichtbar wurde. »Wenn wir gleich landen, wird Sie einer von Verricks Agenten erwarten.«

Cartwright stöhnte laut. »Schon?«

»Kein Mörder. Der Herausforderungskongreß hat noch nicht getagt. Dieser Mann ist ein Gefolgsmann von Verrick. Gehört zu seinem persönlichen Stab. Er heißt Herb Moore. Er wurde nach Waffen durchsucht und durfte passieren. Er möchte Sie nur sprechen.«

»Woher wissen Sie das?«

»Ich hatte mich mit der Korpskommandozentrale in Verbindung gesetzt. Eine Information wird von einer Person zur anderen weitergegeben. Wir sind eine Kette. Sie brauchen sich keine Sorgen zu machen, denn mindestens zwei von uns werden in Ihrer Nähe sein, wenn Sie sich mit Herb Moore unterhalten.«

»Und wenn ich nicht mit ihm sprechen will?«

»Darüber haben Sie zu entscheiden.«

Cartwright schaltete den Bildschirm ab, als sich das Schiff den Magnet-Ankern näherte. »Was empfehlen Sie mir?«

»Sprechen Sie mit ihm. Hören Sie, was er zu sagen hat. Dann werden Sie besser wissen, mit wem Sie es zu tun haben.«

Herb Moore war ein stattlicher blonder Mann Anfang Dreißig. Er stand schwungvoll auf, als Cartwright, Shaeffer und zwei andere Korpsleute die Halle des Direktionsgebäudes betraten.

»Willkommen«, sagte Moore mit heller Stimme zu Shaeffer.

Shaeffer öffnete die Tür zu den inneren Büros und trat zur Seite, um Cartwright vorbeizulassen. Zum erstenmal sah der neue Quizmaster sein Erbe. Er stand im Türrahmen, den Mantel über dem Arm, und war von dem Anblick völlig gefangen.

»Ein weiter Weg vom Gesellschaftsgebäude«, sagte er schließlich. Er schlenderte in den Raum hinein und fuhr mit der Hand über die polierte Mahagonifläche des Schreibtisches. »Merkwürdig ... Ich hatte mir von allem eine ungefähre Vorstellung gemacht, aber der Anblick dieses Schreibtisches, dieser Teppiche –«

»Das ist nicht Ihr Schreibtisch«, erklärte Major Shaeffer. »Hier sitzt Ihre Sekretärin. Eleanor Stevens, eine Ex-Telepathin.«

»Oh!« Cartwright errötete leicht. »Wo ist sie jetzt?«

»Sie ging mit Verrick weg. Eine interessante Situation.« Major Shaeffer schlug die Tür hinter ihnen zu und ließ Herb Moore im Vorraum zurück. »Sie war neu im Korps und kam, nachdem Verrick Quizmaster geworden war. Sie war gerade siebzehn geworden, und Verrick war die einzige Person, der sie jemals gedient hat. Nach zwei Jahren änderte sie ihren Eid. Wir nennen es eine Übertragung des Positionseides auf einen Persönlichkeitseid. Als Verrick ging, packte sie ihre Sachen und folgte ihm. Sie mußte jedoch auf ihre Fähigkeit verzichten. Interessant dürfte auch sein, daß solch eine persönliche Loyalität aufgebaut werden kann. Soviel ich weiß, sind darin keine sexuellen Beziehungen enthalten. In Wirklichkeit war sie die Geliebte von Moore – das ist der junge Mann, der draußen wartet.«

Cartwright schlenderte in dem luxuriös ausgestatteten Büro herum und sah sich alles genau an. »Und wo ist mein Büro?« fragte er dann.

Shaeffer öffnete eine schwere Tür. Er und die beiden Korpsleute folgten Cartwright an einer Serie Kontrollpunkte und dicken Schutzwänden vorbei in einen Raum mit Kunstlederwänden. »Groß, aber nicht so luxuriös«, sagte Shaeffer. »Verrick war Realist. Als er hier eintraf, war dies eine Art arabisches Freudenhaus. Überall lagen Bettgespielinnen herum, es gab eine Menge berauschender

Düfte, Musik und sich ständig verändernde Farben. Verrick ließ alles hinauswerfen und schickte die Mädchen in die Arbeitslager auf dem Mars und ließ das hier installieren.« Shaeffer klopfte an die Wand. »Bombensicher, sprengsicher, strahlungsgeschützt, eigene Luftversorgung, eigene Klimaregelung und Feuchtigkeitskontrolle, eigene Lebensmittelversorgung.« Er öffnete einen Schrank. »Sehen Sie.«

Der Schrank war ein kleines Waffenarsenal.

»Verrick konnte mit allen Waffen umgehen. Einmal wöchentlich ging er in den Dschungel und schoß auf alles, was ihm in die Quere kam. Niemand kommt in diesen Raum, es sei denn, er benutzt die reguläre Tür. Oder –« Er ließ seine Finger über die eine Wand gleiten. »Verrick dachte an alle Tricks. Er entwarf diesen Raum und inspizierte jeden Zentimeter. Als alles fertig war, schickte er die Handwerker ins Arbeitslager – wie das bei den Pharaonen und ihren Grabkammern der Fall war. Während der letzten Stunden wurden sogar die Korpsleute ausgeschlossen.«

»Warum?«

»Verrick hatte Apparaturen installiert, die er während seiner Zeit als Quizmaster nicht benutzen wollte. Aber wir forschten in den Gehirnen der Handwerker. Telepathen sind immer neugierig, wenn sie ausgeschlossen werden.« Er schob eine Sektion der Wand zur Seite. »Das ist Verricks Spezialgang. Offensichtlich führt er hinaus, in Wirklichkeit führt er hinein.«

Cartwright bemühte sich, das Frösteln aus seinem Körper zu verscheuchen. Der Gang endete hinter dem großen Stahlschreibtisch, man konnte sich den Mörder vorstellen, der direkt hinter dem neuen Quizmaster erschien. »Was schlagen Sie vor? Soll ich diesen Gang abdichten lassen?«

»Die von uns entwickelte Strategie sieht vor, daß wir den Gang mit Gaskapseln spicken werden. Der Mörder wird tot sein, bevor er noch seine ganze Länge durchmessen hat.« Shaeffer zuckte die Achseln. »Aber das ist von geringerer Bedeutung.«

»Ich nehme Ihren Rat an«, stieß Cartwright hervor. »Sollte ich in dieser Hinsicht noch etwas wissen?«

»Sie sollten sich Moore anhören. Er ist ein Biochemiker der ersten Garnitur und kontrolliert die Farben-Forschungslabors. Seit Jahren ist er zum erstenmal wieder hier. Wir haben natürlich versucht, etwas über seine Arbeiten herauszufinden, aber seine Gedanken sind uns zu technisch.«

Einer der anderen Telepathen, ein kleiner Mann mit Schnurrbart und spärlichem Haar, meldete sich zu Wort. »Es wäre sicher interessant zu wissen, wie viele technische Daten unverständlicher Art er uns absichtlich auftischt.«

»Das ist Peter Wakeman«, stellte Shaeffer vor.

Cartwright und Wakeman tauschten einen Händedruck aus. Wakemans Finger wirkten zart und zerbrechlich, schüchterne Finger, die nicht jene Stärke hatten, welche Cartwright bei den Unklassifizierten gewohnt war. Kaum zu glauben, daß dies der Mann war, der das Korps im kritischen Moment von Verrick abgeschwenkt hatte.

»Angenehm«, sagte Cartwright.

»Das hat nichts mit Ihnen zu tun.« Der Telepath interessierte sich gleichermaßen für den großen alten Mann. »Wie wird man eigentlich ein Prestonit? Ich habe kein Buch von Preston gelesen. Gibt es nicht drei davon?«

»Vier.«

»Preston war ein schrulliger Astronom, der die Observatorien mit seinem Planeten in Atem hielt, nicht wahr? Sie schwenkten ihre Teleskope herum und sahen nichts. Preston versuchte seinen Planeten zu erreichen und starb schließlich in seinem Raumschiff. Ja, ich blätterte einmal in der ›Flammenscheibe‹. Der Mann, der die Zeitschrift herausgab, war wirklich ein Narr. Ich versuchte einmal, seine Gedanken zu lesen, und ich konnte nur ein chaotisches Gewirr von Übereifer feststellen.«

»Und was stellen Sie bei mir fest?«

Einige Zeit herrschte absolutes Schweigen. Die drei Telepathen arbeiteten an ihm. Er konzentrierte seine Aufmerksamkeit auf den Bildschirm in der Ecke und versuchte, sie zu ignorieren.

»Ungefähr dasselbe«, sagte Wakeman. »Sie haben alle Karten auf das Raumschiff gesetzt. Wenn es untergeht, dann gehen auch Sie unter.«

»Das wird nicht der Fall sein«, sagte Cartwright schroff.

Die drei Telepathen waren belustigt. »In einem Universum der Zufälle kann niemand etwas Konkretes voraussagen«, meinte Shaeffer trocken. »Es wird wahrscheinlich zerstört werden. Doch es kann natürlich auch durchkommen ...«

»Wenn Sie mit Moore gesprochen haben«, sagte Wakeman, »werden Sie möglicherweise nicht mehr so optimistisch sein.«

Herb Moore stand flink auf, als Cartwright und Wakeman in den Vorraum traten.

»Nehmen Sie Platz«, sagte Cartwright. »Ich unterhalte mich hier mit Ihnen.«

Moore blieb stehen. »Ich werde Ihre Zeit nicht übermäßig in Anspruch nehmen, Mr. Cartwright. Ich weiß, daß Sie eine Menge zu tun haben.«

Wakeman grunzte mürrisch.

»Sie wünschen?« fragte Cartwright.

»Sehen wir es so. Sie sind drin, Verrick ist draußen. Sie halten im System die erstrangige Stellung. Richtig?«

»Seine Strategie ist die«, sagte Wakeman nachdenklich, »Sie zu überzeugen, daß Sie ein Amateur sind. Das wissen wir. Er will, daß Sie sich wie eine Art Pförtner vorkommen, der im Sessel seines Chefs sitzt, während er draußen irgendeine große Geschäftsverhandlung führt.«

Moore begann herumzuwandern; seine Wangen waren vor Eifer gerötet, und er gestikulierte lebhaft, als die Worte aus seinem Mund sprudelten. »Reese Verrick war zehn Jahre lang Quizmaster. Er wurde täglich herausgefordert und begegnete jeder Herausforderung. Im wesentlichen war Verrick ein geschickter Operateur und ist es noch. Er war – als Quizmaster – wendiger als all seine Vorgänger zusammen.«

»Ausgenommen McRae«, sagte Shaeffer, der gerade eingetreten war. »Vergessen Sie ihn nicht. Guter alter McRae.«

Cartwright war elend zumute. Er warf sich in einen der weichen Sessel und lehnte sich müde zurück. Die Unterhaltung ging einstweilen ohne ihn weiter, und er hörte die Worte der beiden Telepathen und von Verricks intelligentem jungen Mann wie im Traum. Er versuchte, sich auf ihre Begründung zu konzentrieren, aber sie schienen ihn nicht zu betreffen.

In vielen Hinsichten hatte Herb Moore recht. Er war in das Büro eines anderen gestolpert, in seine Position, seine Probleme. Er fragte sich, wo das Raumschiff sein mochte. Verlief alles planmäßig, so steuerte es den Mars und den Asteroidengürtel an. Er blickte auf seine Uhr. Das Schiff gewann in diesem Augenblick Geschwindigkeit.

Moores scharfe Stimme holte ihn in die Gegenwart zurück. Er richtete sich in seinem Sessel auf und öffnete die Augen.

»In Ordnung«, sagte Moore aufgeregt. »Es ist eine beschlossene Sache. Der Kongreß wird wahrscheinlich im Westinghouse-Hill zusammentreten. Dort ist mehr Raum.«

»Ja«, sagte Wakeman gepreßt. »Dort ist der übliche Platz für die Mörder. Viele Zimmer zu billigen Preisen.«

Wakeman und Moore diskutierten einige Zeit über den Herausforderungskongreß im allgemeinen.

Cartwright stand unschlüssig auf. »Ich möchte mich jetzt mit Moore unterhalten. Sie beide können hinausgehen.«

Die beiden Männer konferierten schweigend und gingen dann auf die Tür zu.

»Seien Sie vorsichtig«, warnte ihn Wakeman. »Sie hatten heute schon mehrere seelische Schocks zu überwinden. Ihr Thalamus-Index ist zu hoch.«

»Danke.« Cartwright schloß hinter ihnen die Tür und drehte sich nach Moore um. »So, jetzt können wir das ein für allemal regeln.«

Moore lächelte zuversichtlich. »Wie Sie wollen, Mr. Cartwright. Sie sind der Boss.«

»Ich bin nicht Ihr Boss.«

»So ist es. Einige von uns blieben Reese ergeben, nur wenige von uns ließen ihn fallen.«

»Sie müssen eine Menge von ihm halten.«

Moores Gesichtsausdruck war der Beweis. »Reese Verrick ist ein großer Mann, Mr. Cartwright. Er hat eine Menge großer Dinge getan. Er arbeitete im großen Rahmen. Er war ein Praktiker.«

»Und was erwarten Sie von mir? Soll ich ihm seinen Posten wieder zurückgeben?« Cartwright hörte seine eigene Stimme vibrieren. »Ich gebe nichts auf. Es ist mir egal, wie irrational dies auch ist. Ich bin hier und ich bleibe hier. Sie können mich nicht einschüchtern. Sie können mich nicht lächerlich machen und auf diese Weise hinausbugsieren.«

Seine Stimme war immer lauter geworden. Er zwang sich zur Ruhe.

Herb Moore lächelte strahlend und badete sich in seiner eigenen Wärme.

Er könnte mein Sohn sein, dachte Cartwright. Er ist nicht über dreißig Jahre, und ich bin dreiundsechzig. Er ist noch ein Jüngling, ein Wunderkind. Cartwrights Hände zitterten, er konnte es nicht unterdrücken. Er war aufgeregt, zu aufgeregt. Er konnte kaum sprechen. Und er hatte Angst.

»Sie werden nicht damit fertig«, sagte Moore ruhig. »Das ist nicht Ihr Gebiet. Was sind Sie schon? Ich habe mich mit Ihren Akten befaßt. Sie wurden am 5. Oktober 2140 geboren, außerhalb des Imperial-Hill. Dort haben Sie Ihr ganzes Leben verbracht; jetzt sind Sie zum erstenmal auf dieser Seite der Erde, von einem anderen Planeten ganz zu schweigen. Sie besuchten zehn Jahre die Nominalschule in der Wohlfahrtsabteilung von Imperial-Hill. Sie haben sich nie ausgezeichnet. Nach der Mittelschule belegten Sie Handwerkerkurse und übernahmen dann Reparaturen elektronischer Geräte. Sie versuchten sich auch als Drucker und arbeiteten als Mechaniker in einer Fabrik. Sie machten dort einige kleine Erfindungen, aber das Direktorium verwarf Ihre Pläne als trivial.«

»Diese Verbesserungen wurden ein Jahr später an der Flasche selbst installiert«, erklärte Cartwright gepreßt.

»Von da an verbitterten Sie. Sie beaufsichtigten die Flasche in Genf und sahen Ihre eigenen Erfindungen. Sie versuchten über fünftausendmal, eine Klassifizierung zu gewinnen, verfügten aber nie über das nötige theoretische Wissen. Im Alter von neunundvierzig Jahren gaben Sie auf. Mit fünfzig Jahren schlossen Sie sich dieser kuriosen Preston-Gesellschaft an.«

»Sechs Jahre lang besuchte ich die Versammlungen.«

»Es gab damals nicht viele Mitglieder, und Sie wurden schließlich zum Präsidenten der Gesellschaft gewählt. Sie steckten Ihre ganze Zeit und Ihr ganzes Geld in diese verrückte Geschichte, die bei Ihnen zur Manie wurde.« Moore strahlte über das ganze Gesicht, so als habe er eine komplizierte Gleichung gelöst. »Und jetzt haben Sie diese Position als Quizmaster – über eine ganze Rasse, Milliarden von Menschen, endlose Quantitäten von Menschen und Material, vielleicht über die gesamte Zivilisation des Universums. Und dabei denken Sie stets an die Ausdehnung Ihrer Gesellschaft.«

Cartwright schluckte.

»Was werden Sie tun?« sprach Moore weiter. »Milliarden Exemplare von John Prestons Traktaten drucken? 3-D-Bilder von ihm herstellen und sie im ganzen System verbreiten? Wollen Sie Statuen herstellen und ganze Museen mit seinen Kleidungsstücken, seinen falschen Zähnen, seinen Schuhen und so fort füllen lassen? Sie haben ja auch schon ein Monument: seine sterblichen Überreste in einem baufälligen Holzgebäude der Imperial-Slums, die Knochen eines ›Heiligen‹ in der Gruft, die man berühren und anbeten kann. Planen Sie eine neue Religion, eine neue Gottheit? Werden Sie ungeheure Raumschiff-Flotten organisieren und sie auf die Suche nach diesem geheimnisvollen Planeten schicken?« Moore sah, daß Cartwright blaß geworden war, sah es mit Genugtuung. »Sollen wir wegen seiner ›Flammenscheibe‹ unsere ganze Zeit im Universum verbringen? Erinnern Sie sich doch an Robin Pitt, den vierunddreißigsten Quizmaster. Er war neunzehn Jahre alt, ein Homosexueller, ein Psychopath. Er lebte nur mit seiner Mutter und seiner Schwester zusammen, las in alten Büchern, malte Bilder und schrieb alles mögliche.«

»Poesie.«

»Er war eine Woche Quizmaster; dann erwischte ihn die Herausforderung – Gott sei Dank. Er wanderte im Dschungel herum, sammelte wilde Blumen und schrieb Gedichte. Vielleicht haben Sie davon gelesen.«

»Ich war dreizehn, als er ermordet wurde.«

»Erinnern Sie sich an das, was er für die Menschheit geplant hatte? Denken Sie zurück. Warum existiert der Herausforderungskongreß? Das ganze Flaschensystem ist da, um uns zu beschützen; es hebt und stürzt aufs Geratewohl, wählt zufällig Individuen in zufälligen Abständen. Niemand kann Macht gewinnen und sie halten, niemand kennt seinen Status des nächsten Jahres oder schon der nächsten Woche. Niemand kann sich zum Diktator emporschwingen, alles kommt und geht wie subatomare Zufallspartikel. Die Herausforderung beschützt uns vor etwas anderem, nämlich vor Unzuständigen, vor Narren und Verrückten. Wir sind völlig sicher. Keine Despoten und keine Witzfiguren.«

»Ich bin keine Witzfigur, wie Sie das nennen«, murmelte Cartwright heiser. Der Klang seiner eigenen Stimme wunderte ihn. Sie hörte sich schwach und verloren an, ohne jede Überzeugung. »Ich brauche einige Zeit, um mich zu akklimatisieren«, sagte er lahm.

»Und Sie glauben, sich akklimatisieren zu können?« fragte Moore.

»Ja!«

»Ich glaube das nicht. Sie haben ungefähr vierundzwanzig Stunden. So lange brauchen wir, um den ersten Kandidaten herauszusuchen.«

»Warum?« Cartwrights hagerer Körper zuckte zusammen.

»Verrick hat demjenigen, der Sie erwischt, eine Million Dollar in Gold versprochen.«

Cartwright hörte die Worte, aber sein Verstand registrierte sie nicht. Er merkte nur, daß Wakeman eingetreten war und auf Moore zuging. Beide gingen weg und unterhielten sich gedämpft.

Wie ein sich ständig wiederholender Alptraum nagten die Worte ›eine Million Dollar in Gold‹ an seinem Gehirn. Da würde es viele Interessenten geben. Mit dieser Summe konnte ein Unk auf dem schwarzen Markt eine Vielzahl von Klassifizierungen kaufen. Die besten Geister im System würden dafür ihr Leben aufs Spiel setzen in einer Gesellschaft, die ein konstantes Spiel, eine unaufhörliche Lotterie war.

Wakeman kam wieder auf ihn zu und schüttelte den Kopf. »Was für ein wirrer Geist. Da war eine Menge Zeug, das wir nicht identifizieren konnten. Etwas über Leichen, Bomben, Mörder und Zufälligkeit. Er ist jetzt gegangen. Wir haben ihn weggeschickt.«

»Was er sagte, ist wahr«, keuchte Cartwright. »Er hat recht. Für mich ist hier kein Platz. Ich gehöre nicht hierher.«

»Seine Strategie ist, Ihnen das einzureden.«

»Aber es stimmt tatsächlich!«

Wakeman nickte zögernd. »Ich weiß. Darum ist es eine so gute Strategie. Aber ich denke, auch wir haben eine gute Strategie. Zur gegebenen Zeit werden Sie Bescheid wissen.« Er griff plötzlich nach Cartwrights Schulter. »Setzen Sie sich. Ich gieße Ihnen einen Drink ein. Verrick hat zwei volle Kisten Whisky hinterlassen.«

Cartwright schüttelte stumm den Kopf.

»Wie Sie wollen.« Wakeman zog sein Taschentuch hervor und fuhr damit über seine Stirn. Seine Hand zitterte. »Ich werde ein Glas trinken, wenn Sie nichts dagegen haben. Nachdem ich diese hochkonzentrierten pathologischen Gedanken gelesen habe, kann ich einen Drink gebrauchen.«

4

Ted Benteley stand in Nähe der Küchentür und atmete das angenehme Küchenaroma ein. Das Haus der Davis' war hell und gemütlich. Al Davis saß ohne Schuhe im Wohnzimmer vor dem Fernsehgerät und sah sich ernsten Gesichts die Werbung an. Seine hübsche brünette Frau Laura bereitete das Essen zu.

»Wenn das Protin ist«, sagte Benteley zu ihr, »dann ist das die beste Fälschung, die ich jemals geschnuppert habe.«

»Wir verwenden nie Protin«, erwiderte Laura lebhaft. »Wir haben das Zeug in unserm ersten Ehejahr verwendet, aber man schmeckt es heraus, egal, wie man es zubereitet. Selbstverständlich sind natürliche Lebensmittel schrecklich teuer, aber sie sind es letzten Endes wert. Protin ist nur für die Unks.«

»Und gäbe es kein Protin«, warf Al ein, der mitgehört hatte, »dann wären die Unks schon im zwanzigsten Jahrhundert verhungert. Du verbreitest übrigens immer die typischen Laieninformationen. Gestatte mir, die Angelegenheit richtigzustellen.«

»Bitte, bitte«, sagte Laura.

»Protin stammt nicht aus natürlichen Algen. Es sind Mutanten, die im Mittleren Osten in riesigen Tanks gezüchtet wurden und sich nach und nach im Frischwasser verbreiteten.«

»Das ist mir bekannt. Wenn ich morgens ins Badezimmer komme, finde ich das verdammte Zeug im Waschbecken, im Badewannenabflußrohr und sonst noch überall.«

»Es wächst auch in den großen Weltmeeren«, stellte Al fest.

»Nun, dies ist kein Protin«, sagte Laura zu Ted. »Das ist ein richtiges Roastbeef mit richtigen Frühkartoffeln, grünen Erbsen und weißen Bohnen.«

»Ihr beide lebt besser als bei meinem letzten Besuch«, sagte Benteley. »Was ist passiert?«

»Ja, hast du das nicht gehört?« fragte Laura. »Al ist eine ganze Klasse aufgerückt. Er schlug das Regierungsquiz. Wenn er von der Arbeit kam, haben wir beide Abend für Abend studiert –«

»Ich habe noch nie gehört, daß jemand das Quiz geschlagen hat. Wurde das im Fernsehen bekanntgegeben?«

»Allerdings.« Laura furchte die Stirn. »Dieser schreckliche Sam Oster sprach ausführlich darüber. Er ist dieser Aufputscher, der unter den Unks so viele Gefolgsleute hat.«

»Tut mir leid, aber ich kenne ihn nicht«, gestand Benteley.

Al Davis deutete auf den Bildschirm. »Der Kongreß sucht Bewerber und gibt einen Bonus.«

Ein Wirbel bunter Impressionen flackerte über den Bildschirm, und die Hintergrundmusik schob sich grell in den Vordergrund.

»Was bedeutet das?« fragte Benteley.

»Ich kann auf den ersten Kanal umschalten, wenn du willst. Dann bekommst du es direkt serviert.«

Laura eilte mit Silber und Chinaporzellan ins Zimmer. »Stelle nur nicht den ersten Kanal an. Den beobachten alle Unks. Darum haben sie ein Doppelprogramm; eines für uns und das andere wortgetreue Programm für die Unks.«

»Das stimmt nicht ganz, mein Schatz«, sagte Al ernst. »Der erste Kanal ist für Nachrichten und Tatsacheninformationen. Der S-Kanal dient der Unterhaltung. Ich sehe mir alles gern so an, aber –« Er machte eine Handbewegung, und das Bild veränderte sich abrupt. Der Farben- und Musikwirbel war weg und von dem ruhigen Gesicht des Westinghouse-Nachrichtensprechers abgelöst worden. »Das hier ist im Grunde dasselbe.«

Laura deckte den Tisch und eilte emsig in die Küche zurück. Das Wohnzimmer war freundlich und gemütlich. Eine Wand war transparent, und man sah die tanzenden gelblichen Lichtpunkte von Luftfahrzeugen im Nachthimmel. Einige verschwanden jeweils in dem riesigen kegelförmigen Turm – wie Motten im Zylinder einer kosmischen Lampe.

»Wie lange warst du auf Verrick eingeschworen?« fragte Benteley Al Davis.

Al riß seinen Blick vom Bildschirm, auf dem jetzt neue Experimente in den C-plus-Reaktoren geschildert wurden. »Was sagtest du, Ted? Ach ja, drei oder vier Jahre.«

»Bist du zufrieden?«

»Sicher. Warum nicht?« Al deutete auf das komfortable Wohnzimmer. »Wer wäre nicht zufrieden?«

»Ich spreche nicht davon, Al. Ich hatte das gleiche drüben bei Oiseau-Lyre; die meisten klassifizierten Leute wohnen so. Ich spreche von Verrick.«

Al schien Schwierigkeiten zu haben, Benteley zu folgen. »Ich habe Verrick nie gesehen. Er ist bis heute in Batavia.«

»Weißt du, daß ich auf Verrick vereidigt bin?«

»Du erzähltest es heute nachmittag.« Davis lächelte Benteley unbesorgt an. »Ich hoffe, dann wirst du hierherziehen.«

»Warum?«

Davis blinzelte. »Weil wir dann mehr von dir und Julie sehen würden.«

»Ich lebe schon seit sechs Monaten nicht mehr mit Julie zusammen«, sagte Benteley ungeduldig. »Das ist vorbei. »Sie ist auf Jupiter – als eine Art Arbeitsbevollmächtigte.«

»Das wußte ich nicht. Wir haben uns ja auch zwei Jahre nicht gesehen.«

»Ich kam mit Verrick und seinem Stab hierher.« In Benteleys Stimme schwang Ironie mit. »Als Oiseau-Lyre mich entließ, ging ich direkt nach Batavia. Ich wollte ein für allemal aus dem Hill-System aussteigen und suchte also schnurstracks Reese Verrick auf.«

»Das war doch vollkommen richtig.«

»Verrick hat mich getäuscht! Er war bereits aus dem Direktorium verdrängt. Ich wußte, daß jemand den Hills ein großes Angebot gemacht hatte. Ich wollte nichts damit zu tun haben – und jetzt?« Benteleys Ärger nahm zu. »Ich wollte von den Hills wegkommen und bin nun da, wo es am schmutzigsten ist!«

Entrüstung überzog Davis' tolerantes Gesicht. »Einige der nettesten Leute, die ich kenne, sind Verricks Gefolgsleute.«

»Das sind Leute, denen es egal ist, wie sie zu Geld kommen.«

»Willst du Verrick bestrafen lassen, weil er Erfolg hat? Bei ihm läuft alles. Ist es etwa sein Fehler, daß es bei keinem anderen so gut läuft? Wir leben im System der natürlichen Auswahl und Evolution. Wer nicht überleben kann, der stirbt.«

»Verrick feuerte unsere Forschungslabors.«

»Unsere? Du bist doch jetzt bei Verrick.« Davis' Entrüstung kochte über. »Wie kannst du dann so reden? Verrick ist dein Beschützer, und du erklärst hier –«

»Okay«, sagte Laura mit geröteten Wangen. »Das Essen steht auf dem Tisch. Besorge ein paar Stühle, Al, und wasche dir die Hände, bevor wir essen. Und ziehe deine Schuhe an.«

»Okay, Schatz«, sagte Davis gehorsam und stand auf.

»Kann ich irgendwie helfen?« fragte Benteley.

»Suche dir einen Stuhl und nimm Platz. Wir haben auch richtigen Kaffee. Nimmst du Sahne? Ich weiß es nicht mehr.«

»Ja«, erwiderte Benteley. »Danke.« Er zog zwei Stühle heran und nahm mürrisch Platz.

»Mach nicht so ein betrübtes Gesicht«, sagte Laura zu ihm. »Du wohnst nicht mehr mit Julie zusammen, wie? Du ißt wohl nur in Restaurants, wo diese Protinlebensmittel serviert werden.«

Benteley spielte mit seinem Besteck herum. »Du hast es hübsch hier«, sagte er. »Als ich dich zum letztenmal sah, wohntest du in einer Hill-Unterkunft. Aber damals warst du nicht verheiratet.«

»Erinnerst du dich, daß wir einmal zusammenlebten? Nicht länger als einen Monat, soviel ich weiß.«

»Nicht ganz einen Monat«, sagte Benteley, sich erinnernd. Er entspannte sich ein wenig, taute auf bei dem angenehmen Essensduft, dem freundlichen Wohnzimmer und der hübschen Frau, die ihm gegenübersaß. »Damals warst du noch auf die Oiseau-Hill vereidigt. Dann verlorst du deine Klassifizierung.«

Al erschien wieder, nahm Platz, entfaltete seine Serviette und rieb sich erwartungsvoll die Hände. »Das riecht angenehm«, gab er bekannt. »Essen wir – ich sterbe vor Hunger.«

Während sie aßen, schickte der Bildschirm flackernde Lichtfluten ins Wohnzimmer. Benteley lauschte zwischen der Unterhaltung und hörte nur halb auf das, was Laura und Al zu erzählen hatten.

». . .Quizmaster Cartwright hat die Entlassung von zweihundert Angestellten des Direktoriums bekanntgegeben«, gab der Ansager bekannt. »Der angegebene Grund ist USR.«

»Ungünstiges Sicherheitsrisiko«, murmelte Laura, während sie ihren Kaffee trank. »Das sagen sie immer.«

Der Ansager sprach weiter: » . . . gedeihen die Pläne des Kongresses. Schon treffen Hunderttausende von Bewerbungen in der Verwaltung und dem Westinghouse-Hill-Büro ein. Reese Verrick, der ehemalige Quizmaster, hat sich bereit erklärt, die vielfältigen technischen Details zu manipulieren, um das in Bewegung zu setzen, was das erregendste und spektakulärste Ereignis des Jahrzehnts . . .«

»Da möchte ich wetten«, sagte Al. »Verrick wird diese Sache schnurren lassen.«

Sitzt der alte Richter Waring noch immer im Verwaltungsrat?« fragte Laura. »Er muß doch jetzt schon hundert Jahre alt sein.«

»Ja, er ist noch da. Er gibt erst mit seinem Tod auf. Dieses knorrige alte Fossil! Er sollte endlich einem jüngeren Mann weichen.«

»Aber er kennt sich genau aus«, sagte Laura. »Er hält alles auf einer hohen moralischen Ebene. Ich erinnere mich noch, als ich ein kleines Schulmädchen war. Dieser ulkige stotternde Quizmaster wurde gerade abgesetzt. Ein wundervoller und gutaussehender junger Mann wurde sein Nachfolger, jener schwarzhaarige Mörder, der so ein großartiger Quizmaster war. Und damals rief der alte Richter Waring den Verwaltungsrat ins Leben. Er herrschte über den Kongreß wie Jehova in dem alten Mythos.«

»Er hat einen Bart«, sagte Benteley.

»Einen langen weißen Bart.«

Auf dem Bildschirm hatten die Ansager gewechselt. Der Kongreßsaal tauchte auf.

»Wenn man sich vorstellt, daß so wichtige Dinge geschehen, während wir hier friedlich essen«, murmelte Laura.

»Das ist weit, weit entfernt«, sagte Al gleichgültig.

» . . . nachdem Reese Verrick eine Million Dollar in Gold geboten hat, nehmen die Bewerbungen kein Ende. Jeder möchte die wagemutigste Rolle seit der Existenz des Systems spielen. Die Augen von Milliarden Menschen auf neun Planeten sind heute abend auf Westinghouse-Hill gerichtet. Wer wird der erste Mörder sein? Wer von diesen vielen brillanten Bewerbern aller Klassifizierungen wird als erster seine Hand nach der Million Dollar ausstrecken und den Beifall einer ganzen Zivilisation auf sich ziehen?«

»Wie wäre es mit dir?« fragte Laura plötzlich Benteley. »Warum bewirbst du dich nicht? Du hast doch im Moment keinen Auftrag.«

»Das ist nicht mein Gebiet.«

Laura lachte. »Dann beschäftigst du dich eben damit. Al, haben wir nicht noch das Band mit der Geschichte aller erfolgreichen Mörder der Vergangenheit. Zeige es doch mal Ted.«

»Ich hab's schon gesehen«, sagte Benteley kurz.

»Hast du als Junge nicht immer davon geträumt, ein erfolgreicher Mörder zu werden?« In Lauras braunen Augen spiegelte sich ein schmerzlicher Ausdruck. »Ich weiß noch, wie ich es haßte, ein Mädchen zu sein – weil ich kein Mörder sein konnte, wenn ich erwachsen war. Ich kaufte mir eine Menge Amulette, aber sie verwandelten mich leider nicht in einen Jungen.«

Al Davis schob mit einem zufriedenen Grunzen seinen Teller zur Seite. »Darf ich meinen Gürtel um ein Loch erweitern?« fragte er.

»Sicher«, sagte Laura.

Al machte den Gürtel ein Loch weiter. »Das war ein großartiges Essen, Schatz. Ich hätte nichts dagegen, jeden Tag so prächtig zu essen.«

»Praktisch tust du das doch.« Laura trank ihren restlichen Kaffee und betupfte sich mit ihrer Serviette die Lippen. »Noch eine Tasse Kaffee, Ted?«

» . . . nach Ansicht der Experten beträgt die Chance, Quizmaster Cartwright zu vernichten, siebzig zu dreißig. Wem das gelingt, der kann die eine Million Dollar gewinnen, die Reese Verrick, der ehemalige Quizmaster, ausgesetzt hat. Er wurde vor weniger als vierundzwanzig Stunden durch einen unerwarteten Ruck der Flasche ausgebootet. Versagt der erste Mörder, so hat es der zweite entsprechend schwerer. Denn nach den ersten zwei Tagen wird Quizmaster Cartwright eine bessere Kontrolle über seine Armee und sein telepathisches Korps haben. Für den Mörder zählt in erster Linie die Geschwindigkeit, besonders in der Eröffnungsphase. Während des letzten Laufs wird die Situation . . .«

»Von privater Seite werden schon eine Menge Wetten abgeschlossen«, sagte Laura, lehnte sich, eine Zigarette zwischen den Fingern, bequem zurück und lächelte Benteley an. »Nett, daß du mal vorbeigekommen bist, Ted. Wenn du zu Farben übersiedeln willst, kannst du einige Zeit bei uns wohnen, bis du eine vernünftige Wohnung gefunden hast.«

»Viele Wohnungen sind von den Unks mit Beschlag belegt«, stellte Al fest.

»Die ziehen auch überall hin«, pflichtete Laura ihm bei. »Erinnerst du dich an dieses wundervolle Wohngebiet in der Nähe des Synthetik-Forschungslabors, Ted? An all diese grünen und rosa Wohneinheiten? Dort wohnen jetzt die Unks, und da sieht natürlich alles schmutzig und verwahrlost aus. Es ist eine Schande! Warum verpflichten sie sich nicht für ein Arbeitslager? Da gehören sie hin.«

Al gähnte. »Ich bin müde.« Er nahm eine Dattel aus der Schale in der Mitte des Tisches. »Eine Dattel ... Zum Teufel, was ist eine Dattel?« Er aß langsam. »Zu süß. Von welchem Planeten kommt sie? Von der Venus? Schmeckt wie eine von diesen breiigen Venusfrüchten.«

»Aus Vorderasien«, sagte Laura.

»Von hier? Von der Erde? Wer hat die denn mutiert?«

»Niemand. Es ist eine natürliche Frucht. Sie stammt von einer Palme.«

Al schüttelte verwundert den Kopf. »Die unendliche Mannigfaltigkeit von Gottes Schöpfung.«

Laura war schockiert. »Angenommen, jemand hört dich so reden!«

»Soll er's hören.« Al reckte sich und gähnte wieder. »Geht mich nichts an.«

»Man könnte dich ja für einen Christen halten.«

Benteley stellte sich langsam auf die Beine. »Ich muß jetzt gehen, Laura.«

Al stand überrascht auf. »Warum denn?«

»Ich muß in Oiseau-Lyre meine Sachen zusammenlesen.«

Al klopfte ihm auf die Schulter. »Farben wird sie transportieren. Du bist jetzt einer von Verricks Erfolgsleuten – klar? Rufe den Hill-Transport an, dann wird das erledigt. Keine Gebühren.«

»Ich erledige das lieber selbst«, meinte Benteley.

»Warum das?« fragte Laura verwundert.

»Um so weniger wird zerbrochen«, antwortete Benteley ausweichend. »Ich miete ein Taxi und verlade über das Wochenende. Ich glaube nicht, daß er mich vor Montag braucht.«

»Hm! Ich weiß nicht«, sagte Al skeptisch. »Am besten, du schaffst dein Zeug so rasch wie möglich herüber. Manchmal braucht Verrick sofort eine bestimmte Person, und wenn er jetzt gerade dich braucht –«

»Zum Teufel mit Verrick«, sagte Benteley. »Ich lasse mir Zeit.«

Sie sahen ihn schockiert an, als er sich zurückzog. Sein Magen war angenehm mit warmem Essen gefüllt, aber sein Geist war seltsam leer.

»So spricht man doch nicht«, sagte Al.

»Aber so fühle ich.«

»Ich halte dich nicht für sehr realistisch, mein Lieber.«

»Vielleicht hast du recht.« Benteley zog seinen Mantel an. »Danke für das Essen, Laura. Es war großartig.«

»Hört sich nicht sehr überzeugend an.«

Benteley seufzte. »Stimmt ... Ihr habt es gut hier. Ich hoffe, daß ihr beide noch sehr glücklich werdet.«

»Das werden wir«, versprach Laura.

Der Ansager gab bekannt: » ... über zehntausend aus allen Erdteilen. Richter Waring hat verlauten lassen, daß der erste Mörder noch auf dieser Sitzung gewählt wird ...«

»Noch heute!« sagte Al und pfiff anerkennend. »Verrick verschwendet wirklich keine Zeit.« Er schüttelte beeindruckt den Kopf. »Dieser Mann reagiert wirklich wie ein Blitz.«

Benteley bückte sich und schaltete den Fernsehapparat aus. Ton und Bild verschwanden gleichermaßen. »Was dagegen?« fragte er.

»Was ist passiert?« fragte Laura. »Der Kasten ist plötzlich ausgegangen und –«

»Ich habe ihn ausgeschaltet. Ich kann das nicht mehr hören!«

Einen Moment herrschte ein unnatürliches Schweigen.

Dann sagte Al mit einem unschlüssigen Grinsen: »Wie wär's mit einem Drink, bevor du gehst? Er würde dich entspannen.«

»Ich bin jetzt entspannt«, erwiderte Benteley, ging zu der transparenten Wand herüber, kehrte Laura und Al den Rücken zu und blickte mürrisch in die Nacht hinaus und auf das endlose Zwinkern der Lichter über und um Farben-Hill. In seinem Gehirn wirbelte eine ähnliche Phantasmagorie von Formen und Impressionen herum. Er konnte den Bildschirm abschalten und die Wand verdunkeln, aber er konnte nicht die Aktivität in seinem Gehirn bremsen.

»Nun«, sagte Laura schließlich, »warum sollen wir nicht den Kongreß beobachten ...«

»Die Rückblickbänder kannst du dir doch immer noch ansehen«, sagte Al freundlich.

»Ich möchte sie jetzt sehen!«

»Das dauert eine Weile.«

Laura atmete hörbar ein und rollte den Eßtisch in die Küche. Benteley hörte das Wasser ins Spülbecken rauschen und wütendes Geschirrgerassel.

»Sie ist ärgerlich«, stellte Al fest.

»Meine Schuld.«

»Aber sie wird schon darüber hinwegkommen. Wenn du mir sagst, was verkehrt ist, höre ich bestimmt aufmerksam zu.«

Was soll ich sagen? dachte Benteley. »Ich hätte in Batavia mit etwas wirklich Großem gerechnet. Mit etwas mehr als nur Machtstreben. Und statt dessen muß ich mir dieses alberne Getöse anhören.« Er deutete auf den Bildschirm.

Al Davis streckte feierlich einen seiner dicken Finger aus. »Glaube mir, innerhalb einer Woche wird Reese Verrick wieder auf dem ersten Platz sein. Mit seinem Geld kauft er den Mörder, der auf ihn eingeschworen ist. Wenn er diesen Cartwright umbringt, ist Verrick wieder da. Du bist nur so verdammt ungeduldig. Warte eine Woche, Mann, dann ist alles wieder so, wie es war – vielleicht sogar besser.«

Laura erschien im Türrahmen. Ihr Zorn war verraucht, ihr Gesicht sah jetzt eher besorgt aus. »Können wir uns nicht den Kongreß anhören, Al? Ich höre den Fernsehapparat unserer Nachbarn – und jetzt wird gerade der Mörder gewählt.«

»Ich schalte den Kasten an«, sagte Benteley müde. »Ich gehe ja sowieso.« Er drückte auf den Knopf, und als er hinausging, begleiteten ihn die blechernen Hochrufe.

»Der Mörder!« hörte er noch die Stimme des Ansagers, als er, die Hände in den Taschen vergraben, den dunklen Weg entlangging. »Wir hoffen, seinen Namen sofort bekanntgeben zu können ... Ja! ... Der Mörder ist – Keith Pellig!«

5

Ein Luftgleiter setzte fast geräuschlos vor Ted Benteley auf. Die Tür wurde geöffnet, und eine schlanke Frauengestalt stieg aus.

»Was soll das?« fragte Benteley. Der Wind raschelte mit den Blättern der Rankengewächse an Davis' Hauswand.

»Um Himmels willen, wo waren Sie?« Die melodische Altstimme eines Mädchens wehte zu ihm herüber. »Verrick schickte schon vor einer Stunde nach Ihnen.«

»Ich war hier«, erwiderte Benteley.

Eleanor Stevens trat aus dem Schatten. »Sie hätten sich nach der Landung des Schiffs bereit halten müssen. Er ist ärgerlich.« Sie blickte nervös herum. »Wo ist Davis? Drinnen?«

»Natürlich.« Ärger stieg in Benteley auf. »Was soll das alles?«

»Regen Sie sich nicht auf.« Die Stimme des Mädchens war jetzt so eisig wie die frostigen Sterne über ihnen. »Gehen Sie wieder hinein und holen Sie Davis und seine Frau. Ich warte im Gleiter.«

Al Davis sah ihn erstaunt an, als er in das helle Wohnzimmer trat.

»Er braucht uns«, sagte Benteley. »Laura soll auch mitkommen.«

Laura saß auf der Bettkante, zog gerade ihre Sandaletten aus und sah ihren Mann an, der ins Schlafzimmer trat.

»Komm, Liebling«, sagte Al.

»Ist etwas nicht in Ordnung?« Laura sprang rasch auf. »Was gibt's?«

Zu dritt traten sie in die kühle Nacht hinaus, in Mänteln und schweren Arbeitsschuhen.

Eleanor startete den Motor des Gleiters.

»Einsteigen«, murmelte Al und half Laura hinein. »Kein Licht?«

»Nicht nötig«, sagte Eleanor, die Tür schließend.

Dann glitten draußen dunkle Häuser und Bäume vorbei, und wenig später waren sie in der Luft.

»Was hat das alles zu bedeuten?« wollte Benteley wissen, als ein Leitstrahl den Gleiter erfaßte und ihn auf einen Gebäudekomplex dirigierte. »Wir haben schließlich ein Recht, es zu wissen.«

»Wir werden eine kleine Party feiern«, sagte Eleanor mit einem Lächeln, das ihre Augen nicht berührte. Dann setzte der Gleiter auf, und sie öffnete die Tür. »Aussteigen. Wir sind da.«

Ihre Absätze klapperten einen verlassenen Korridor entlang. In regelmäßigen Abständen trafen sie uniformierte Posten mit schläfrigen Puddinggesichtern.

Auf Eleanors Wink öffnete sich eine Doppeltür.

Sie traten ein.

Reese Verrick hatte ihnen den Rücken zugekehrt. Er fummelte an etwas herum und grunzte: »Zum Teufel, wie funktioniert dieses Ding?« Ein metallenes Knirschen war zu hören. »Ich denke, ich habe es zerbrochen.«

Herb Moore erhob sich aus einem tiefen Sessel in der Ecke. »Sie haben keine manuelle Geschicklichkeit«, sagte er.

»Darauf können Sie wetten!« Verrick drehte sich um. Er war ein Bär von einem Mann und hatte ungewöhnlich buschige Augenbrauen. Seine funkelnden Augen bohrten sich in die drei Neuankömmlinge, die unschlüssig und befangen zusammenstanden.

Eleanor Stevens zog ihren Übermantel aus und warf ihn auf eine luxuriöse Couch. »Hier wären wir«, sagte sie zu Verrick. »Alle zusammen.« Sie stelzte auf ihren langen hübschen Beinen zum Kamin hinüber und wärmte sich. In dem flackernden Feuerschein sah ihre Haut tiefrot aus.

Verrick wandte sich schroff an Benteley. »Seien Sie immer dort, wo ich Sie schnellstens finden kann.« Er sprach abgehackt und verächtlich. »Ich habe nicht genügend Telepathen, die die Leute mittels Gedankenwellen herbeiholen können.« Er deutete mit dem Daumen auf Eleanor. »Sie hat es geschafft, aber ohne diese Fähigkeit.«

Eleanor lächelte schwach und sagte nichts.

Verrick wirbelte herum und schrie Moore an: »Ist das verdammte Ding nun fertig oder nicht?!«

»Beinahe fertig.«

Verrick stieß einen verdrießlichen Grunzlaut aus. »Dies ist eine Art Feier«, sagte er zu Benteley, »obwohl ich nicht weiß, was wir zu feiern haben.«

Moore kam herangeschlendert, das schlanke Modell einer Rakete in seinen Händen. »Wir haben sogar eine Menge zu feiern. Zum erstenmal wählt ein Quizmaster einen Mörder. Pellig ist nicht irgendwer, der von einem Haufen seniler alter Schwachköpfe ausgesucht wurde. Verrick hatte ihn schon angezapft und alles vorbereitet seit –«

»Sie reden zuviel!« unterbrach ihn Verrick. »Bei Ihnen laufen die Worte nur so über. Die Hälfte davon sagt überhaupt nichts.«

Moore lachte fröhlich. »Das hat das Korps behauptet.«

Benteley trat von einem Fuß auf den anderen. Verrick war leicht betrunken und so bedrohlich und unberechenbar wie ein Bär, den man aus dem Zwinger gelassen hatte. Doch hinter seinen plumpen Bewegungen verbarg sich ein wendiger Geist, dem nichts entging.

Der Raum hatte eine hohe Decke und eine altmodische Holztäfelung, die wahrscheinlich aus einem alten Mönchskloster stammte. Die ganze Struktur erinnerte an eine Kirche, auch die Trägerbalken fehlten nicht. Benteley berührte eine der glänzenden Holztafeln. Das Holz war alt, aber seltsam glatt und hell.

»Dieses Holz«, erklärte Verrick, Benteleys Interesse bemerkend, »stammt aus einem Bordell des Mittelalters.«

Laura untersuchte die Gardinen, die tot und schwer vor den bleiverglasten Fenstern hingen. Auf dem Sims des gewaltigen Kamins standen verbeulte Zinnkrüge, die Benteley sich ebenfalls ansah.

»In wenigen Minuten werden Sie Pellig kennenlernen«, sagte Verrick zu ihnen. »Eleanor und Moore kennen ihn bereits.«

Moore lachte wieder. Es war mehr ein offensives Bellen, das an einen kleinen Hund erinnerte. »Ja, ich kenne ihn bereits«, sagte er.

»Er ist klug«, sagte Eleanor tonlos.

»Pellig macht die Runde«, fuhr Verrick fort. »Sprechen Sie mit ihm, bleiben Sie in seiner Nähe. Ich möchte, daß ihn jeder sieht. Ich will nur immer einen Mörder losschicken.« Er wedelte ungeduldig mit der Hand. »Es hat keinen Sinn, einen endlosen Strom hinauszusenden.«

Eleanor blickte ihn scharf an.

»Bringen wir es also hinter uns.« Verrick ging auf die große Doppeltür am Ende des Raums zu. Die Tür öffnete sich. Benteley hörte Lärm, sah Lichtkaskaden und die zuckenden Bewegungen vieler Menschen. »Gehen Sie hinein«, befahl Verrick. »Ich hole Pellig.«

»Ein Drink, Sir oder Madam?«

Eleanor Stevens nahm ein Glas von dem Tablett, das ihr ein leergesichtiger MacMillan-Roboter anbot. »Und Sie?« sagte sie zu Benteley. Sie nickte dem Roboter zu und nahm ein zweites Glas von dem Tablett. »Versuchen Sie das mal. Schmeckt gut. Es wird aus einer Beere destilliert, die auf der Sonnenseite von Callisto wächst. In den Spalten eines gewissen Schiefergebirges. Verrick unterhält dort ein spezielles Arbeitslager, dessen Angehörige die Beeren sammeln.«

»Danke.« Benteley nahm das Glas.

»Seien Sie ein bißchen fröhlicher.«

»Was hat das alles zu bedeuten?« Benteley deutete auf die sich unterhaltenden Leute. Alle waren gut gekleidet und trugen alle möglichen Farbkombinationen zur Schau. Die erste Garnitur war in dieser Höhle versammelt. »Ich rechnete mit Musik und Tanz.«

»Getanzt wurde schon früher. Es ist jetzt fast zwei Uhr. Heute ist eine Menge geschehen. Der Ruck der Flasche, der Herausforderungskongreß und die ganze Aufregung.« Eleanor konzentrierte ihren Blick auf einen bestimmten Punkt. »Da kommen sie schon . . .«

Die Leute schwiegen plötzlich. Benteley drehte sich um wie alle anderen. Sie beobachteten unruhig Reese Verrick, der in Begleitung eines anderen Mannes in Erscheinung getreten war. Letzterer war schlank und trug einen gewöhnlichen graugrünen Anzug. Seine Arme hingen locker herab, sein Gesicht war leer, ausdruckslos.

»Das ist er«, stieß Eleanor zwischen ihren weißen Zähnen hervor. Ihre Augen blitzten. Sie griff nach Benteleys Arm. »Das ist Pellig. Sehen Sie ihn sich an.«

Pellig sagte kein Wort. Sein Haar war strohgelb, feucht und nachlässig gekämmt. Sein Gesicht war schwer zu beschreiben. Gegen Verrick war er eine völlig farblose Persönlichkeit. Einen Moment später waren beide in der Menge verschwunden, und das Gemurmel der Unterhaltung um Benteley herum setzte wieder ein.

»Sie kommen noch mal hierher«, sagte Eleanor. Sie fröstelte. »Wenn ich ihn sehe, läuft mir eine Gänsehaut über den Rücken.« Sie blickte lächelnd zu Benteley auf und hielt noch immer seinen Arm fest. »Was halten Sie von ihm?«

»Das kann ich noch nicht sagen. Bis jetzt habe ich überhaupt noch keinen Eindruck von ihm bekommen.« In einiger Entfernung war Verrick von einer Gruppe Leute umgeben. Benteley hörte Herb Moores lebhafte Stimme aus dem Gemurmel heraus. Er redete schon wieder zuviel. Benteley trat einige Schritte zurück.

»Wohin wollen Sie?« fragte Eleanor.

»Nach Hause.« Er hatte es unwillkürlich gesagt.

»Und wohin?« Eleanor lächelte schief. »Ich kann Sie nicht mehr telepathisch überwachen, mein Freund. Das habe ich aufgegeben.« Sie hob ihr rötliches Haar in die Höhe, um die beiden Flecken über ihren Ohren zu zeigen, die auf ihrer Haut deutlich auffielen.

»Das begreife ich nicht«, sagte Benteley. »Das war doch eine Gabe, eine angeborene Fähigkeit.«

»Sie reden jetzt wie Wakeman. Wäre ich beim Korps geblieben, hätte ich meine Fähigkeiten gegen Reese anwenden müssen. Was konnte ich anderes tun, als das Korps verlassen?« Ihre Augen blickten schmerzlich. »Alles weg . . . Ich kam mir zuerst vor wie blind und weinte lange Zeit. Ich wurde nicht damit fertig und brach völlig zusammen.«

»Und wie fühlen Sie sich jetzt?«

Sie machte eine vage Geste. »Ich werde weiterleben. Ich könnte die Fähigkeit nicht mehr wiederbekommen. Reden wir nicht mehr davon. Trinken Sie jetzt und entspannen Sie sich.« Sie stieß mit ihrem Glas an das seine. »Der Drink heißt Methan-Sturm. Ich denke, Callisto hat eine Methan-Atmosphäre.«

»Waren Sie schon mal auf einem der kolonisierten Planeten?« erkundigte sich Benteley. Er trank von der braunen Flüssigkeit und merkte, daß sie es in sich hatte. »Haben Sie schon einmal eines von diesen Arbeitslagern besichtigt? Oder diese Siedlerkolonien?«

»Ich bin immer nur auf der Erde gewesen«, sagte Eleanor. »Vor neunzehn Jahren wurde ich in San Francisco geboren. Alle Telepathen kommen von dort. Während des letzten Krieges wurde die große Forschungsanlage von einer russischen Rakete getroffen. Das war schlimm. Wir sind alle Nachkommen einer Familie: Earl und Verna Philips. Das ganze Korps ist blutsverwandt. Ich wurde mein ganzes Leben lang für meine speziellen Aufgaben ausgebildet.«

Musik klang in einer Ecke des großen Raumes auf. Einige Paare begannen lustlos zu tanzen. Eine Gruppe Männer hatte sich versammelt. Man unterhielt sich laut und offensichtlich verärgert miteinander. Benteley schnappte einige Wortfetzen auf.

»Im Juni aus dem Labor, heißt es.«

»Soll eine Katze vielleicht Hosen tragen? Das ist unmenschlich.«

». . . und bei dieser Geschwindigkeit? Ich persönlich würde mich an die alte Sub-C halten und –«

»Was macht Verrick jetzt?« fragte Benteley Eleanor.

»Sie hören es.«

Verricks tiefe Baßstimme war deutlich aus dem Gemurmel herauszuhören. Er versammelte immer mehr Leute um sich und diskutierte immer lauter und heftiger mit Moore.

»Für unsere Probleme haben wir gesorgt«, sagte Verrick. »Sie sind nicht realer Natur wie Versorgungsprobleme und Arbeitsüberschuß.«

»Wie sehen Sie es nun?« fragte Moore.

»Dieses ganze System ist künstlich. Das M-Spiel wurde von zwei Mathematikern in der ersten Phase des Zweiten Weltkrieges erfunden.«

»Entdeckt, meinen Sie. Sie sahen die gesellschaftlichen Situationen analog der strategischen Spiele, ähnlich wie Poker. Ein System, das sich beim Poker anwenden ließ, mußte auch in einer gesellschaftlichen Situation – wie Geschäfte oder Kriege – wirksam sein.«

»Was ist der Unterschied zwischen einem Glücksspiel und einem taktischen Spiel?« fragte Laura Davis von der Stelle her, wo sie und Al standen.

Moore antwortete verärgert: »Ein Unterschied in allem. Bei einem Glücksspiel kann es keinen bewußten Betrug geben. Beim Poker steht es jedem frei, mit den Karten zu bluffen, um die Mitspieler in Verwirrung zu bringen.«

»Sie meinen, daß er gute Karten vortäuschen kann?«

Moore beantwortete ihre Frage nicht und wandte sich wieder an Verrick. »Wollen Sie bestreiten, daß die Gesellschaft wie ein strategisches Spiel funktioniert? Das Minimax-Prinzip ist eine brillante Hypothese. Es gab die wissenschaftliche Methode, sich auf jegliche Strategie einzustellen und das taktische Spiel wieder in ein Glücksspiel zu verwandeln. Das reine Glücksspiel funktioniert nach den statistischen Methoden der exakten Wissenschaften.«

»Wie dem auch sei«, brummte Verrick, »diese verdammte Flasche katapultiert einen Mann ohne jeden Grund hinaus und ›befördert‹ einen Esel, einen Idioten, den sie aufs Geratewohl herausgelesen hat, ohne Rücksicht auf seine Klasse und seine Fähigkeiten.«

»Sicher«, sagte Moore in wilder Aufregung. »Unser ganzes System ist auf Minimax aufgebaut. Die Flasche zwingt jeden, das Minimax-spiel mitzumachen. Sonst wird er zerquetscht. Täuschungen scheiden bei dieser Methode aus. Es handelt sich um eine rationale Prozedur.«

»Da ist überhaupt nichts rational«, entgegnete Verrick ärgerlich. »Wie kann ein Glücksspiel rational sein, wie?«

»Oh, der Zufallsfaktor ist sogar das in rationaler Hinsicht dominierende Schema. Angesichts der ungeheuer vielen Möglichkeiten kann niemand eine bestimmte Strategie verfolgen. Und Ihr Widersacher wird genausowenig eine bestimmte Taktik anwenden können wie Sie selbst. Oder sind Sie in der Lage, alle sich ergebenden Faktoren vorauszuberechnen?«

»Und so sind wir allesamt ein Haufen abergläubischer Narren«, grunzte Verrick. »Alle versuchen wir Zeichen und Vorboten zu lesen und zu deuten. Alle sehen in einem zweiköpfigen Kalb und in Schwärmen weißer Krähen irgendein Omen. Wir sind alle restlos vom Zufall abhängig – und wir verlieren die Kontrolle, weil wir nicht planen können.«

»Wie kann man planen, wenn Telepathen in der Nähe sind? Gedankenleser füllen perfekt die pessimistischen Erwartungen von Minimax aus, denn sie kommen hinter jede Strategie. Man wird von ihnen aufgespürt, bevor man noch zu planen beginnt.«

Verrick deutete auf seine breite Brust. »Ich trage kein Amulett am Hals. Keine getrockneten Rosenknospen, keinen Kuhmist, keine Eulenfedern. Ich spiele ein Geschicklichkeitsspiel, verlasse mich nicht auf den Zufall und habe auch keine Strategie, da schon mal die Rede davon ist. Ich hielt auch noch nie viel von theoretischen Abstraktionen, sondern ich tue« – er hob seinen Daumen –, »was die Situation erfordert. Das ist Geschicklichkeit – und ich habe sie.«

»Geschicklichkeit ist eine Zufallsfunktion. Es kommt darauf an, was man intuitiv aus einer zufälligen Situation macht. Sie befanden sich schon in so vielen Situationen, daß Sie im voraus die Pragmatik –«

»Was ist mit Pellig? Ist das keine Strategie?«

»Strategie beinhaltet Täuschung, und mit Pellig wird niemand enttäuscht.«

»Absurd«, grunzte Verrick.

»Ich sagte es damals und ich sage es jetzt«, erklärte Moore. »Soll das Korps doch alles erfahren, weil es ohnehin nichts tun kann. War ja auch Ihre Idee. Ginge es nach mir, würde ich morgen alles über das Fernsehen bekanntgeben.«

»Das würden Sie Narr tatsächlich tun!« fauchte Verrick.

»Pellig ist nicht zu schlagen!« fauchte Moore zurück. Er ärgerte sich, weil er vor allen Leuten zurechtgewiesen wurde. »Wir haben die Essenz von Minimax kombiniert. Nehmen wir den Ruck der Flasche als meinen Ausgangspunkt. Ich habe –«

»Halten Sie den Mund, Moore«, murmelte Verrick, ihm den Rücken zu kehrend. »Sie reden zuviel!« Er machte ein paar Schritte, und die Leute gingen ihm rasch aus dem Wege. »Dieser Zufallsblödsinn muß verschwinden. Man kann nichts planen, solange er existiert.«

»Darum haben wir ihn ja!« schrie Moore hinter ihm her.

»Dann weg damit!«

»Minimax ist nicht etwas, das man ein- und ausschalten kann. Minimax ist wie die Schwerkraft – ein Gesetz, ein pragmatisches Gesetz.«

Benteley war näher getreten. »Sie glauben an die Naturgesetze?« fragte er. »Sie ein 8–8?«

»Wer ist dieser Bursche?« schnarrte Moore und sah Benteley wütend an. Sein Gesicht war gelb geworden. »Wie kommen Sie dazu, sich in unsere Unterhaltung einzumischen?«

Verrick schien noch einige Zentimeter größer zu werden. »Das ist Benteley. Einer aus der 8–8-Klasse – wie Sie. Wir haben ihn eingestellt.«

Moore wurde blaß. »Ein 8–8 ... Wir brauchen keine 8–8 mehr! Benteley? Sie sind jemand, den Oiseau-Lyre hinausgeworfen hat.«

»Das ist richtig«, sagte Benteley ruhig. »Und ich kam direkt hierher.«

»Warum?«

»Weil ich mich für Ihre Tätigkeit interessiere.«

»Was ich tue, geht Sie nichts an!«

»Also gut«, sagte Verrick mit heiserer Stimme zu Moore. »Entweder Sie halten den Mund oder verschwinden. Benteley arbeitet von jetzt an mit Ihnen zusammen – ob es Ihnen paßt oder nicht.«

»Ich allein handhabe das Projekt!« Haß, Furcht und Eifersucht spiegelten sich in Moores Gesicht. »Wenn er nicht an einem drittklassigen Hill wie Oiseau-Lyre festhalten kann, dann taugt er erst recht nichts, um –«

»Wir werden sehen«, unterbrach ihn Benteley. »Es wird mir Spaß machen, mich mit Ihrer Arbeit zu befassen. Genau das, was mir immer vorschwebte.«

»Ich brauche jetzt einen Drink«, murmelte Verrick. »Ich habe andere Dinge zu tun, als hier herumzuschwatzen.«

Moore feuerte einen letzten giftigen Blick auf Benteley ab und eilte dann hinter Verrick her. Ihre Stimmen verstummten, als eine Tür zuglitt. Die Leute murmelten beiläufig weiter.

Mit einer Spur von Bitterkeit in der Stimme sagte Eleanor: »Nun, da geht unser Gastgeber. Eine schöne Party – nicht?«

6

Benteley hatte Kopfschmerzen bekommen. Das lag sicher an den Stimmen, der grellen Kleidung und den Bewegungen. Der Fußboden war mit ausgedrückten Zigarettenstummeln übersät, der ganze Raum wirkte verwahrlost. Seine Augen schmerzten von der Deckenbeleuchtung, die ihre Lichtstärke unaufhörlich veränderte. Ein Mann ging an ihm vorbei und rempelte ihn an. Eine junge Frau lehnte, eine Zigarette im Mund, an der Wand, streifte ihre Sandaletten ab und rieb ihre Zehen.

»Was möchten Sie jetzt?« fragte Eleanor.

»Ich möchte gehen.«

Eleanor führte ihn an den Leuten vorbei zu einem der Ausgänge und nippte im Gehen an ihrem Drink. »Das scheint alles grundlos zu sein«, sagte sie, »aber tatsächlich dient es einer bestimmten Funktion. Verrick ist in der Lage –«

Herb Moore verstellte ihnen der Weg. Sein Gesicht war dunkelrot. Der blasse schweigsame Keith Pellig stand an seiner Seite.

»Da sind Sie ja«, murmelte Moore mit schwerer Stimme. Sein Glas schwappte über. »Sie wollen also einsteigen.« Er schlug Pellig auf den Rücken. »Dies ist das größte Ereignis der Welt. Dies ist die wichtigste lebende Persönlichkeit. Weiden Sie Ihre Augen, Benteley!«

Pellig sagte nichts. Er musterte Benteley und Eleanor unbeeindruckt, sein hagerer Körper wirkte entspannt und geschmeidig. Er war eine absolut farblose Erscheinung. Seine Augen, sein Haar, seine Haut und selbst seine Fingernägel sahen blaß aus. Er machte einen verwaschenen und irgendwie antisektischen Eindruck. Er war geruchlos, farblos und geschmacklos – eine Nummer, mehr nicht.

Benteley streckte die Hand aus. »Hallo, Pellig.«

Pellig schüttelte die Hand. Seine Hand war kühl und etwas feucht, aber sonst leblos und ohne Kraft.

»Was halten Sie von ihm?« fragte Moore. »Ist er nicht etwas? Ist er nicht die größte Entdeckung seit der Erfindung des Rades?«

»Wo ist Verrick?« fragte Eleanor. »Pellig sollte in seiner Nähe bleiben.«

Moore wurde noch dunkler im Gesicht. »Das ist ja zum Lachen! Wer hat denn das –?«

»Sie haben zuviel getrunken.« Eleanor blickte herum. »Wahrscheinlich diskutiert dieser verdammte Reese schon wieder mit jemandem ...«

Benteley betrachtete Pellig mit düsterer Faszination. Diese schlaffe interessenlose, saftlose Gestalt wirkte ausgesprochen abstoßend. Pellig hatte nicht einmal ein Glas in der Hand, er hatte überhaupt nichts.

»Sie trinken nicht?« fragte Benteley, um etwas zu sagen.

Pellig schüttelte den Kopf.

»Warum nicht? Trinken Sie doch ein Glas Methan-Sturm.« Benteley tastete nach einem Glas auf dem Tablett eines vorüberwandernden Mac-Millan-Roboters; drei Gläser fielen dabei herunter und zersplitterten unter den gleitenden Schritten des Roboters. Er blieb stehen und nahm die komplizierte Säuberungsaktion in Angriff.

»Hier.« Benteley drückte Pellig ein Glas in die Hand. »Essen Sie, trinken Sie, seien Sie fröhlich! Morgen wird jemand – nicht Sie – sterben.«

»Schluß damit«, flüsterte Eleanor ihm zu.

»Wie fühlt sich eigentlich so ein Berufsmörder, Pellig?« fragte Benteley. »Und wie ein Berufsmörder sehen Sie gar nicht aus. Sie sehen nach überhaupt nichts aus. Nicht einmal wie ein Mann. Gewiß nicht wie ein menschliches Wesen.«

Die noch im Raum weilenden Gäste begannen sich um sie herum zu versammeln.

Eleanor zupfte an seinem Ärmel. »Ted, um Himmels willen. Verrick kommt!«

Benteley riß sich los. »Das ist mein Ärmel!« Er konzentrierte seinen Blick auf das leere Gesicht von Keith Pellig. In seinem Gehirn war ein ständiges Dröhnen, als er fragte: »Was ist es für ein Gefühl, einen Mann zu ermorden, den Sie noch nie gesehen haben? Einen Mann, der Ihnen nie etwas getan hat? Einen harmlosen Narren, der zufällig einer Menge großer Leute im Wege steht?«

»Was meinen Sie damit?« fragte Moore drohend. »Wollen Sie andeuten, daß mit Pellig irgend etwas nicht in Ordnung ist?« Er kicherte höhnisch. »Mein Kollege Pellig ...«

Verrick kam aus einem Nebenraum. »Ich sagte schon, Moore, daß

Sie mit ihm nach oben gehen sollen.« Und zu den anderen: »Die Party ist vorbei. Sie können gehen. Man wird Sie benachrichtigen, wenn Sie gebraucht werden.«

Die Leute verstreuten sich und gingen zu den Ausgängen. Die Roboter überreichten ihnen die Mäntel und Umhänge. Hier und da standen noch kleine Gruppen herum und beobachteten neugierig Verrick und Pellig.

Verrick sagte zu Pellig: »Gehen Sie jetzt nach oben. Es ist schon spät.« Er ging auf die breite Treppe zu und drehte sich noch einmal halb um. »Trotz allem haben wir heute eine Menge erreicht. Ich für meine Person gehe jetzt zu Bett.«

»Moment, Verrick«, sagte Benteley schwankend. »Ich habe eine Idee.«

»Ja?«

»Warum bringen Sie Cartwright nicht selbst um?«

Verrick lachte unerwartet und ging weiter auf die Treppe zu. »Morgen sprechen wir darüber«, sagte er über eine Schulter hinweg. »Gehen Sie jetzt nach Hause und schlafen Sie sich aus.«

»Ich gehe nicht nach Hause«, sagte Benteley stur. »Ich bin gekommen, um die Strategie kennenzulernen, und ich werde bleiben, bis ich sie in Erfahrung gebracht habe.«

Verrick blieb vor der ersten Stufe stehen und drehte sich um. Die Augen in seinem harten Gesicht blickten seltsam. »Was war denn das?«

»Sie haben es gehört«, erwiderte Benteley. Er schloß die Augen und stellte sich breitbeinig hin, um nicht zu schwanken. Als er wieder die Augen öffnete, war Verrick die Treppe hinaufgegangen, und Eleanor zog aufgeregt an seinem Arm.

»Sie verdammter Narr!« sagte sie schrill. »Was ist denn los?«

»Er ist eine Schlange«, sagte Moore und ging mit Pellig zur Treppe. »Begleiten Sie ihn hinaus, Eleanor.«

Benteley war so empört, daß er kein Wort über die Lippen brachte. »Er ist weg«, murmelte er nach einiger Zeit. Sie sind alle weg. Verrick und Moore und diese Wachsfigur . . .«

Eleanor führte ihn in einen Nebenraum und schloß die Tür. Der Raum war klein und düster. Sie zündete sich mit zitternden Händen eine Zigarette an und atmete den Rauch durch die Nase aus. »Sie sind ja wahnsinnig, Benteley!«

»Ich bin betrunken. Dieses Callistogesöff . . . Ist es wahr, daß Tausende von Sklaven in dieser Methan-Atmosphäre schwitzen und sterben, damit Verrick ausgerechnet dieses Zeug bekommt?«

»Setzen Sie sich!« Sie drückte ihn in einen Sessel und ging vor ihm im Kreis herum wie eine Marionette an Lenkfäden. »Alles geht in Fetzen. Moore ist so verdammt stolz auf Pellig, daß er ihn überall herumzeigen muß. Verrick kann sich nicht mit seinem Schicksal abfinden. Er glaubt noch immer an seine Telepathen. Oh, Gott!« Sie drehte sich auf dem Absatz um und verbarg ihr Gesicht in den Handflächen.

Benteley blickte fassungslos zu ihr auf, bis sie sich wieder in der Gewalt hatte und sich ihre geschwollenen Augen wischte. »Kann ich etwas für Sie tun?« fragte er dann.

Eleanor nahm eine Wasserkaraffe von einem niedrigen Tischchen und goß den Inhalt in eine für Süßigkeiten bestimmte Schale. Sie befeuchtete rasch Gesicht, Hände und Arme und trocknete sich an einem Streifen Gardine ab.

»Verschwinden wir von hier, Benteley«, murmelte sie.

Benteley stand auf und ging mit unsicheren Schritten hinter ihr her.

Ihre schmale Gestalt glitt wie ein Phantom an Verricks Statuen und Glasvitrinen vorbei, eine dunkle Treppe hinauf und an starren Robotern vorbei, die schweigend auf Instruktionen warteten.

Eleanor blieb in einem verlassenen Flur stehen und wartete, bis er sie eingeholt hatte. »Ich gehe jetzt zu Bett«, sagte sie kurz. »Sie können mir noch Gesellschaft leisten, wenn Sie wollen, oder Sie können nach Hause gehen.«

»Ich habe kein Zuhause mehr.« Er ging wieder hinter ihr her, einen weiteren Flur entlang und an einer Reihe halbgeöffneter Türen vorbei. Hier und da war ein Lichtschein zu sehen. Er hörte Stimmen – männliche Stimmen vermischt mit schläfrigem weiblichem Gemurmel. Da verschwand Eleanor plötzlich, und er war allein.

Er tastete sich durch einen Nebel von Bewegungen und Formen. Einmal krachte er heftig gegen etwas. Er hörte es klirren und blieb stehen. »Sie gehören nicht hierher!« hörte er eine Stimme sagen, und dann sah er auch ein Gesicht. »Verschwinden Sie, Sie drittklassiges Wrack! Klasse 8–8? Lassen Sie sich nur nicht auslachen. Wer sagt denn, daß Sie –?«

Benteley schlug Herb Moore mitten ins Gesicht, das sich in eine breiige Masse zu verwandeln schien. Dann stürzte er selbst.

»Um Himmels willen, verhalten Sie sich ruhig«, wisperte Eleanor, die plötzlich wieder da war.

Benteley blieb liegen und tastete mit den Händen. Neben ihm

wischte Moore sich keuchend das blutige Gesicht ab. »Ich bringe Sie um, Sie lausiger Halunke!« Schluchzend vor Schmerz und Wut stieß er hervor: »Sie werden es bereuen, mich geschlagen zu haben!«

Dann wußte er nur noch, daß er auf einer kleinen Bank saß und nach seinen Schuhen tastete. Sein Mantel lag vor ihm auf dem Boden, und die Schuhe lagen auf einem luxuriösen Teppich. Kein Laut war zu hören. Der Raum war völlig still und kühl. In einer fernen Ecke sah er Lampenlicht.

»Verriegeln Sie die Tür«, hörte er Eleanor in seiner Nähe sagen. »Ich denke, Moore ist verrückt geworden. Er ist draußen im Flur und tobt wie ein Berserker.«

Benteley ging zur Tür und schob den altmodischen Riegel vor. Eleanor stand in der Mitte des Raums, hatte ein Bein vorgeschoben und löste sorgfältig ihre Sandalenriemen. Als Benteley sie schweigend beobachtete, stieg sie aus ihrer hautengen Hose. Er sah ihre Beine im Licht schimmern – hübsche blasse Waden und perfekte Beine überhaupt.

Dann stolperte er auf sie zu. Sie streckte ihm die Arme entgegen. Er spürte den Druck ihrer straffen Brüste. Sie stieß einen Seufzer aus und schloß ihre Arme um ihn. Das Dröhnen in seinem Kopf wurde lauter; er schloß die Augen und ließ sich in eine Woge des Vergessens sinken.

Viel später wachte er auf. Der Raum war eiskalt. Nichts rührte sich. Kein Geräusch, kein Leben. Er richtete sich mit steifen Bewegungen auf. Durch das offene Fenster sickerte das graue Licht des Morgens herein. Ein kalter unheimlicher Wind umwehte ihn. Er stellte sich auf die Beine, wich zurück und versuchte, sich zu konzentrieren. Seine Gedanken waren ein unmögliches Chaos.

Gestalten und Kleidungsstücke lagen herum. Er stieg über weiße Arme und Beine hinweg, die ihm Angst einjagten. Er erkannte Eleanor. Sie lag an der Wand, einen Arm ausgestreckt, die schmalen Finger gekrümmt und die Beine angezogen. Sie atmete heftig zwischen halbgeschlossenen Lippen. Er wanderte weiter – und blieb stehen.

Das graue Licht zeigte ein anderes Gesicht, eine andere Gestalt. Sein alter Freund Al Davis, friedlich in den Armen seiner schlafenden Frau ruhend. Beide hielten sich umklammert und schienen alles um sich herum vergessen zu haben.

Etwas weiter sah er noch mehr Personen; einige schnarchten, andere wurden langsam wach. Sein Fuß stieß gegen ein Glas. Splitter und eine dunkle Flüssigkeit. Noch ein Gesicht kam ihm bekannt vor. Wer war das? Ein Mann, dunkelhaarig ...

Es war sein eigenes Gesicht!

Er stolperte gegen eine Tür und sah sich in einer Halle mit gelblichem Licht. Angst packte ihn. Er begann wie wild zu laufen, rannte blindlings. Seine bloßen Füße trugen ihn einen mit einem dicken Läufer ausgelegten Korridor entlang, an grauen Fenstern vorbei und eine Treppe hinauf, die nicht zu enden schien. Er taumelte um eine Ecke und fand sich in einem Alkoven gefangen. Ein mannshoher Spiegel blockierte ihm den Weg.

In dem Spiegel war eine verschwommene Gestalt sichtbar. Ein lebloses, insektenartiges Etwas vor gelbem Hintergrund. Er starrte auf den nichtssagenden Mund, die farblosen Augen, die schlaff herunterhängenden Arme. Und das Wesen blinzelte starr zurück – ohne einen Laut und ohne eine sonstige Bewegung.

Benteley schrie, worauf die Erscheinung verschwand. Er taumelte weiter die grauen Korridore entlang. Seine Schritte waren auf den staubbedeckten Läufern nicht zu hören. Er fühlte nichts unter sich. Er wurde von seiner Panik emporgetragen, ein kreischendes Bündel, das an die kuppelförmige Decke geschleudert wurde

Mit ausgestreckten Armen schoß er durch Wände, durch leere Räume, glitt verlassene Korridore entlang, ein wildes terrorisiertes Etwas, das verzweifelt und auf der Suche nach einem Fluchtweg aus diesem Labyrinth gegen dicke Fensterscheiben prallte.

Mit einem gefährlichen Krachen prallte er gegen einen Ziegelkamin und landete auf dem dicken Teppich. Er lag einen Augenblick betäubt da, rappelte sich auf und stolperte mit vorgestreckten Händen und geschlossenen Augen blindlings weiter.

Vor sich hörte er Geräusche. Ein gelblicher Lichtschein fiel durch einen Türrahmen. Er sah eine Handvoll Leute an einem Tisch sitzen, der mit Tonbändern und Berichten übersät war. In der Mitte brannte eine Birne, eine kleine Sonne, die ihn hypnotisch anzog. Die Männer am Tisch schrieben eifrig, hatten Kaffeetassen vor sich stehen, murmelten vor sich hin. Da war auch ein auffallend großer, stämmiger Mann.

»Verrick!« schrie Benteley. Seine Stimme klang schrill, wie ein winziges Insektenstimmchen, ein Zirpen. »Verrick, helfen Sie mir!«

Reese Verrick blickte ärgerlich auf. »Was wollen Sie von mir? Ich habe zu tun. Sehen Sie das nicht. Diese Arbeit muß erledigt werden, bevor wir etwas unternehmen können.«

»Verrick!« schrie er noch einmal und von Panik erfüllt. »Wer bin ich?«

»Was für eine Frage! Sie sind Keith Pellig«, antwortete Verrick gereizt. Er fuhr mit einer mächtigen Pranke über seine Stirn und schob ein paar Spulen Tonbänder zur Seite. »Sie sind der Mörder, den der Kongreß bestimmt hat. In knapp zwei Stunden haben Sie einsatzbereit zu sein – verstanden? Sie haben einen wichtigen Job zu erledigen, und jetzt kein Wort mehr!«

7

Eleanor Stevens trat aus dem grauen Korridor ein. »Er ist nicht Keith Pellig, Verrick. Holen Sie Herb Moore hierher und lassen Sie ihn reden. Er will Benteley in den Rücken fallen. Sie hatten eine Auseinandersetzung.«

Verricks Augen weiteten sich. »Benteley? Dieser verdammte Moore! Er hat keinen Verstand im Kopf und bringt alles durcheinander.«

Benteley konnte wieder ein wenig normaler denken. »Könnte das alles eingefädelt sein?« murmelte er.

»Er war betäubt«, sagte Eleanor mit einer dünnen, abgehackt klingenden Stimme. Sie hatte Hose und Sandalen an und warf sich einen Mantel über die Schultern. Ihr Gesicht wirkte farblos, ihr rotes Haar war strähnig und feucht. »Bei Bewußtsein übersteht er das nicht. Ein Arzt muß ihn betäuben. Und versuchen Sie nicht, dies auszuwerten. Holen Sie ihn wieder zurück, wenn Sie ihm etwas zu sagen haben. Er kann es jetzt nicht aufnehmen. Haben Sie verstanden?«

Moore erschien und machte einen ängstlichen Eindruck. »Es ist nichts passiert. Ich wedelte ein bißchen mit dem Revolver, das war alles.« Er griff nach Benteleys Arm. »Kommen Sie. Wir bügeln das wieder aus.«

Benteley riß sich los und wich vor Moore und seinen fremden Händen zurück. »Verrick«, hörte er seine winzige Stimme sagen. »Helfen Sie mir.«

»Es wird schon alles in Ordnung gebracht«, sagte Verrick schroff. »Hier ist schon der Arzt.«

Beide, Verrick und der Arzt, hielten ihn fest. Herb Moore tippelte ein paar Schritte zurück. Er hatte Angst, in Benteleys Nähe zu kommen. Eleanor zündete sich eine Zigarette an und stand rauchend da, als der Arzt die Nadel einer Injektionsspritze ins Fleisch stach. Und als die Dunkelheit ihn einhüllte, hörte er noch Verricks schwere Stimme, die seltsam fern klang.

»Sie hätten ihn entweder umbringen oder in Frieden lassen sollen. Nicht so etwas. Glauben Sie, daß er das vergessen wird?«

Moore antwortete etwas, aber Benteley hörte es nicht. Die Dunkelheit war pechschwarz – und er war darin.

In weiter Entfernung sagte Eleanor Stevens: »Haben Sie bemerkt, daß Reese gar nicht richtig begriff, wer oder was Pellig ist!«

»Er begreift überhaupt keine Theorie«, murmelte Moore.

»Das hat er auch nicht nötig. Er kann sich eine beliebige Anzahl junger aufgeweckter Männer engagieren, die das für ihn begreifen.«

»Ich denke, Sie meinen mich.«

»Warum sind Sie mit Reese zusammen? Sie mögen ihn doch nicht, kommen auch nicht mit ihm aus.«

»Verrick hat Geld, das er in meine Arbeit investieren kann. Unterstützt er meine Arbeit nicht, habe ich nur Pech.«

»Wenn alles vorbei ist, bekommt Reese die Ausbeute.«

»Das ist nicht so wichtig. Sehen Sie, ich habe MacMillans Papiere übernommen, all diese Konstruktionspläne für die Roboter. Und was kam dabei heraus? Nur diese witzlosen Maschinen. MacMillan hatte die falsche Idee. Er wollte etwas Großartiges, das den Unks die Arbeit abnahm, so daß sie schlafen konnten. MacMillan war ein Pro-Unk. Er kaufte seine Klassifizierung wahrscheinlich auf dem schwarzen Markt.«

Wieder Geräusche. Leute standen auf und gingen herum. Ein Glas klirrte leise. »Whisky und Wasser«, sagte Eleanor.

Die Leute nahmen offenbar Platz. Ein Mann seufzte erleichtert auf. »Ich bin müde. Was für eine Nacht! Und ein ganzer Tag verschwendet.«

»Das war Ihre Schuld.«

»Er bleibt. Er ist für den guten alten Keith Pellig hier.«

»In Ihrem Zustand werden Sie nicht die Durchführung des Projekts übernehmen.«

Moores Stimme war voller Wut. »Er gehört mir – oder?«

»Er gehört der Welt«, sagte Eleanor eisig. »Jede Stunde, die dieser Narr noch hat, vergrößert seine Chance des Überlebens. Hätten Sie nicht einen persönlichen Haß abzureagieren, wäre Cartwright vielleicht schon tot.«

Es war wieder Abend geworden.

Benteley rührte sich, richtete sich auf und war erstaunt, daß er durchaus klar denken konnte. Der Raum befand sich in einem Halbdunkel. Ein einzelner Lichtpunkt leuchtete, ein winziger Punkt, den er als Eleanors Zigarette identifizierte. Moore saß neben ihr, die Beine übergeschlagen, ein Whiskyglas in der Hand und einen mürrischen Ausdruck in seinem Gesicht.

Eleanor stand rasch auf und schaltete die Tischlampe an. »Ted?«

»Wie spät ist es?« fragte Benteley.

»Acht Uhr dreißig.« Sie kam, Hände in den Hosentaschen, zu seinem Bett. »Wie fühlst du dich?«

Er stellte seine Füße auf den Boden. Sie hatten ihm eine Art Einheitsnachthemd übergezogen. Seine Kleidung war nirgendwo in Sicht. »Ich habe Hunger«, sagte er, ballte plötzlich die Fäuste und trommelte damit gegen seine Stirn.

»Du bist es«, sagte Eleanor sachlich.

Benteley wackelten die Beine. »Ich bin froh darüber. Ist es wirklich passiert?«

»Es ist passiert.« Sie griff wieder nach ihrer Zigarette. »Es wird auch wieder passieren. Aber demnächst wirst du darauf vorbereitet sein. Du und dreiundzwanzig andere intelligente junge Männer.«

»Wo ist meine Kleidung?«

»Warum brauchst du sie?«

»Weil ich hier heraus will.«

Moore stand rasch auf. »Sie können nicht weg. Sehen Sie den Tatsachen ins Auge. Sie haben entdeckt, was Pellig ist. Glauben Sie, daß Verrick da auf Sie verzichten wird?«

»Sie mißachten die Regeln des Herausforderungskongresses.« Benteley fand seine Kleidung in einem Seitenschrank und breitete sie auf dem Bett aus. »Sie können immer nur einen Mörder schikken. Was Sie sich ausgedacht haben, ist –«

»Nicht so voreilig«, sagte Moore. »Sie haben noch nicht alles herausgefunden.«

Benteley zog sein Nachthemd aus und warf es zur Seite. »Dieser Pellig ist eine rein synthische Figur.«

»Richtig.«

»Pellig ist ein Fahrzeug, das Sie mit Besatzung nur nach Batavia zu dirigieren haben. Cartwright wird tot sein, Sie werden die Pellig-Angelegenheit einäschern, und niemand wird etwas wissen. Sie werden Ihre Handlanger bezahlen und sie auf ihre alten Arbeitsplätze zurückschicken. Wie mich.«

Moore war belustigt. »Ich wollte, wir könnten das tun. Tatsächlich haben wir es versucht und drei Persönlichkeiten auf einmal als Pellig eingesetzt. Das Resultat war ein Chaos. Jeder schlug eine andere Richtung ein.«

»Hat Pellig eine Persönlichkeit?« fragte Benteley beim Ankleiden. »Was passiert, wenn alle Verstandesfunktionen außer Betrieb sind?«

»Pellig wird das, was wir ›Gemüse‹ nennen. Er stirbt nicht, aber er hält sich auf einer primitiven Existenzebene. Der rein körperliche Prozeß bleibt bestehen. Es ist eine Art Halbschlaf.«

»Und was hielt ihn während der gestrigen Party in Bewegung?«

»Ein Bürokrat aus meinem Labor. Ein negativer Typ. Pellig ist ein gutes Medium. Keine große Verzerrung oder Brechung.«

»Als ich in dieser Traumlandschaft war, glaubte ich, auch Pellig zu sehen.«

»Mir war auch so zumute«, sagte Eleanor. »Wann hattest du erstmals dieses Gefühl?«

»Als ich in den Spiegel sah.«

»Versuche, nicht in den Spiegel zu blicken. Was glaubst du, wie ich mich fühlte? Du bist wenigstens ein Mann. Ich denke, Moore sollte keine weiblichen Operateure mehr ausbilden. Die Schockwirkung ist zu stark.«

»Wir haben eine Gruppe ausgebildet«, sagte Moore. »Während der vergangenen Monate haben wir Dutzende von Leuten ausprobiert. Die meisten versagten. Zwei Stunden, dann bekamen sie eine Art Raumangst. Sie wollten weg davon, so als fürchteten sie die Berührung mit etwas Schleimigem, Schmutzigem.« Er zuckte die Achseln. »Ich bin nicht dieser Ansicht. Ich halte ihn für gut.«

»Wie viele Leute haben Sie?« erkundigte sich Benteley.

»Zwei Dutzend, die es ertragen können. Ihr Freund Davis ist einer von ihnen. Er besitzt die richtige Persönlichkeit: ruhig, friedfertig, gutmütig.«

»Dann ist das also seine neue Klassifizierung. Er soll das Quiz schlagen . . .«

»Jeder rückt eine Stufe höher. Sie sind mit drin, wie Verrick sagt. Es ist nicht so riskant, wie es klingt. Geht etwas schief – wenn man auf Pellig schießt –, wird derjenige, der gerade drin ist, zurückgezogen.«

»Das ist die Methode«, sagte Benteley, mehr zu sich selbst. »Etappenweise.«

»Und man kann uns nichts anhaben«, sagte Moore leichthin. »Das

Gesetz gestattet einen Mörder, gewählt vom öffentlichen Kongreß, und es wird auch immer nur ein Mörder sein.«

»Ich weiß nicht, was für einen Zweck das hat.«

»Du wirst es wissen«, sagte Eleanor. »Moore wird dich ausführlich informieren.«

»Wenn ich gegessen habe«, sagte Benteley.

Zu dritt gingen sie langsam über den dicken Läufer des Korridors auf den Eßraum zu. Benteley erstarrte im Türrahmen. Da saß Pellig an Verricks Tisch, hatte einen Teller mit einem Schnitzel und Kartoffelpüree vor sich stehen und führte ein Glas Wasser an seine blassen und blutleeren Lippen.

»Was ist?« fragte Eleanor.

»Wer ist darin?«

Eleanor zuckte gleichmütig die Achseln. »Einer unserer Labortechniker. Es ist immer jemand zur Stelle. Je vertrauter wir uns mit allem machen können, um so größer sind unsere Chancen.«

Benteley wich vor Pellig zurück. Sein wächsernes Gesicht war ihm unheimlich.

Und dann erinnerte er sich.

»Da ist doch noch etwas«, sagte er heiser.

Moore und Eleanor Stevens sahen sich an.

»Regen Sie sich nicht auf, Benteley«, sagte Moore.

»Dieser Flug . . . Ich hatte den Boden verlassen. Ich rannte nicht nur.« Seine Stimme zitterte ängstlich. »Irgend etwas passierte mit mir. Ich schwebte wie ein Geist. Bis dieser Kamin kam.« Er rieb seine Stirn, konnte aber weder eine Beule noch eine Schramme ertasten.

Natürlich nicht. Es war ein anderer Körper gewesen.

»Erklären Sie mir alles«, sagte er.

»Es hat etwas mit Schwerelosigkeit zu tun«, sagte Moore. »Der Körper ist zweckmäßiger als ein natürlicher menschlicher Körper.«

Benteleys Gesicht mußte seinen Unglauben zeigen, denn Eleanor warf ein: »Pellig könnte einen Drogencocktail getrunken haben, bevor du in den Körper tratst. Es wurden solche Cocktails serviert. Ich sah, wie eine Frau sich bediente.«

Verricks schroffe Stimme unterbrach: »In abstrakten Fragen sind Sie gut, Moore.« Er schob ihm einen Haufen Unterlagen zu. »Ich habe die Informationsbänder über Cartwright studiert. Nichts von Wichtigkeit an ihm; aber ich bin besorgt.«

»Warum?« fragte Moore, als er seinen Platz einnahm.

»Zunächst einmal hat er seine P-Karte. Das ist ungewöhnlich für einen Unk. Die Chance, daß im Leben einer Person eine P-Karte auftaucht, ist so mikroskopisch klein, so völlig unbedeutend –«

»Da bleibt noch immer die statistische Wahrscheinlichkeit.«

Verrick schnaufte verächtlich. »Diese Flasche ist doch der größte Schwindel, den es je gegeben hat. Dieses verdammte Ding ist eine Lotterie, und jeder atmende Mensch hat ein Ticket. Warum eine Karte behalten, die nur eine Möglichkeit von eins zu sechs Billionen bietet? Warum auf eine Chance warten, die niemals kommt? Die Unks sind klug genug, ihre Tickets zu verkaufen – falls man sie ihnen nicht abnimmt. Was ist ein Ticket beziehungsweise eine Karte heute wert?«

»Ungefähr zwei Dollar.«

»Aber dieser Cartwright behielt seine Karte, und das ist alles.« Ein schlauer Blick breitete sich auf Verricks breitem Gesicht aus. »Nach meinen Berichten kaufte Cartwright während des letzten Monats wenigstens ein halbes Dutzend P-Karten. Er verkaufte sie nicht etwa, wohlverstanden.«

Moore richtete sich auf. »Wirklich?«

»Vielleicht hat Cartwright endlich ein Amulett gefunden, das tatsächlich etwas hilft«, sagte Eleanor.

Verrick brüllte wie ein Ochse. »Geschwätz! Diese albernen Amulette!« Er tippte mit dem Zeigefinger auf die nackten Brüste des Mädchens. »Was sehe ich da? Haben Sie auch solche kleinen Säckchen mit den Augen von Wassermolchen oder sonst etwas darin? Werfen Sie diesen Kram weg! Das ist doch nur Verschwendung.«

Eleanor lächelte sanft; jeder war Verricks Exzentrizität gewohnt und wußte, daß er nichts von Glücksamuletten hielt.

»Haben Sie noch weitere Informationen?« fragte Moore.

»An dem Tag, als die Flasche anruckte, fand eine Versammlung der Preston-Gesellschaft statt.« Verricks Knöchel wurden weiß. Vielleicht hat er das, wohinter ich her bin ... Wohinter alle Leute her sind. Die Möglichkeit, die Flasche zu lenken. Eine Berechnung ihrer zukünftigen Bewegungen. Wenn ich daran denke, daß Cartwright an jenem Tag dagesessen und auf die Ankündigung gewartet hat ...«

»Was würden Sie tun?« fragte Eleanor.

Verrick schwieg nachdenklich. Eine merkwürdige Grimasse verzerrte sein Gesicht, ein gequälter Zug, der Benteley überraschte und die anderen vorübergehend erstarren ließ. Dann konzentrierte sich Verrick abrupt auf sein Essen. Die anderen folgten seinem Beispiel.

Als sie gegessen hatten, schob Verrick seine Kaffeetasse zur Seite und zündete sich eine Zigarre an. »Hören Sie jetzt zu«, sagte er zu Benteley. »Sie wollten unsere Strategie kennenlernen. Hier ist sie. Kommt ein Telepath mit dem Mörder in gedankliche Verbindung, so hat er ihn. Das Korps läßt ihn nicht mehr ausbrechen, er wird von einem zum anderen weitergegeben. Sie wissen genau, was er tun wird, wenn er daran denkt.«

»Darum hat das Korps uns gezwungen, Minimax anzuwenden«, warf Moore ein. »Gegen Telepathen gibt es keine Strategie; man muß aufs Geratewohl handeln. Man darf nicht wissen, was man als nächstes tun wird. Man muß die Augen schließen und blind laufen. Das Problem ist: Wie kann man ohne einen bestimmten Plan zweckmäßig sein Ziel ansteuern?«

»Die Mörder der Vergangenheit«, fuhr Verrick fort, »suchten nach Möglichkeiten einer Zufallsentscheidung. Plimp half ihnen. Im wesentlichen ist Plimp eine Mörderpraxis. Die Taschenrechner bringen Zufallskombinationen, nach denen Entscheidungen getroffen werden können. Der Mörder liest die Zahl ab und handelt nach einer vorher getroffenen Vereinbarung. Die Telepathen wissen im Prinzip so wenig wie der Mörder selbst. Aber das bewährte sich auf die Dauer nicht, denn die Telepathen wandten diese Methode selber an. Er wurde statistisch ausgeschaltet. Nur ein einziges Mal klappte das nicht.«

»Pellig ist offensichtlich die Antwort«, sagte Moore. »Wir haben vierundzwanzig verschiedene Gehirne. Sie werden keinen Kontakt miteinander haben. Jeder der vierundzwanzig Personen sitzt hier in Farben-Hill in einer anderen Kammer. Jede Person ist an die Maschinerie angeschlossen. In unregelmäßigen Abständen schalten wir einen x-beliebigen Geist ein. Jeder Geist hat eine vollentwikkelte Strategie. Aber niemand weiß, wer als nächster an die Reihe kommt – oder wann. Niemand weiß, welche Strategie an der Reihe ist. Kein Telepath kann sagen, nicht von einer Minute zur anderen, was der Pellig-Körper tun wird.«

Benteley mußte die Ruchlosigkeit dieses superlogischen Technikers bewundern. »Nicht schlecht ausgedacht«, gab er zu.

»Sie sehen«, sagte Moore stolz, »Pellig ist Heisenbergs Zufallspartikel. Die Telepathen können seinen Weg verfolgen: direkt zu Cartwright. Aber nicht seine Geschwindigkeit. Wo Keith im gegebenen Augenblick sein wird, das weiß niemand.«

8

Eleanor Stevens' Wohnung bestand aus einer Reihe attraktiver Räume in dem klassifizierten Wohnquartier von Farben-Hill. Benteley blickte anerkennend herum, als Eleanor die Tür schloß und die Beleuchtung angeschaltet hatte.

»Es sieht noch wüst aus«, sagte sie.

»Wo ist Moore?«

»Irgendwo im Gebäude.«

»Ich dachte, du lebst mit ihm zusammen.«

»Nicht jetzt.« Sie ließ den durchsichtigen Filter an der Sichtwand des Wohnraums herunter. Der Nachthimmel mit seinen kalten Sternen und den Lichtpunkten der Gleiter wurde abwechselnd heller und dunkler. Eleanor sah Benteley von der Seite an und sagte leicht verlegen: »Um die Wahrheit zu sagen, ich wohne im Moment allein.«

»Hm. Das wußte ich nicht.«

»Zunächst lebte ich mit Moore zusammen, dann mit einem Forschungstechniker, einem Freund von ihm, und dann mit jemandem von der Planungsstelle. Ich war Telepathin, wie du weißt. Viele, die es nicht sind, möchten mit keinem Telepathen zusammenwohnen.«

»Das ist ja nun vorbei.«

»Ganz bestimmt.« Sie wanderte, plötzlich nachdenklich, mit in den Taschen vergrabenen Händen im Zimmer herum. »Ich glaube, ich habe mein Leben verschwendet. Als Telepathin sah ich nie etwas. Ich unterschrieb den Vertrag, weil ich nicht in ein Arbeitslager wollte. Und ich habe keine Klassifizierung. Wußtest du das? Wenn Verrick mich fallenläßt, ist alles zu Ende. Ich kann nie mehr zum Korps zurück, und ich kann nichts tun, um das Quiz zu erlangen.« Sie sah ihn fast flehend an. »Denkst du jetzt anders über mich, weil ich ungebunden bin?«

»Durchaus nicht.«

»Ich komme mir so verdammt verloren vor, so völlig abgeschnitten und auf mich selbst gestellt. Das ist schrecklich für mich, Ted. Ich mußte mit Verrick gehen, weil er der einzige Mann ist, in dessen Nähe ich mich völlig sicher fühle. Aber ich bin von meinen Angehörigen abgeschnitten. Ich hasse es, allein zu sein. Ich habe Angst.«

»Habe keine Angst. Spucke ihnen in die Augen.«

Eleanor fröstelte. »Das kann ich nicht. Wie könnte man so

leben? Man muß doch Menschen haben, auf die man sich verlassen kann. Diese Welt ist feindselig, leer und ohne Wärme. Du weißt doch, was passiert, wenn man fallengelassen wird.«

Er nickte. »Ich weiß.«

»Ich wäre beim Korps geblieben, aber ich hasse das Korps. Immer nur schnüffeln und lauschen und feststellen, was sich hinter der Stirn eines anderen Menschen abspielt. Da lebt man nicht richtig, jedenfalls nicht als Einzelwesen. Man ist eine Art Kollektivorganismus. Man kann nicht richtig lieben, man kann nicht richtig hassen, man hat nur seinen Job. Und selbst der Job gehört einem nicht. Man muß ihn mit achtzig anderen Leuten teilen, mit Leuten wie Wakeman.«

»Du möchtest allein sein, aber du hast Angst«, sagte Benteley.

»Ich möchte einfach ich sein! Ich will nicht allein bleiben. Ich hasse es, morgens aufzuwachen und niemanden neben mir liegen zu sehen. Ich hasse es, in ein leeres Apartment zurückzukehren, alleine zu kochen und zu essen und alle Arbeiten nur für mich allein zu tun. Abends das Licht anschalten, vor dem Bildschirm sitzen und nachdenken. Immer nur nachdenken.«

»Du bist jung und wirst dich daran gewöhnen.«

»Ich werde mich nie daran gewöhnen!« Sie schien wieder Mut zu fassen. »Natürlich war ich besser dran als einige andere.« Sie warf ihr rotes Haar zurück. »Seit meinem sechzehnten Lebensjahr lebte ich mit vielen Männern zusammen. Ich weiß nicht mehr, wie viele es waren. Ich lernte sie kennen, wie ich dich kennenlernte: während der Arbeit, auf Parties und manchmal durch Freunde. Wir lebten eine Weile zusammen und bekamen dann Streit. Nichts hielt lange. Es ging immer etwas schief.« Die Angst flackerte wieder in ihren Augen auf. »Sie verschwanden! Sie blieben eine Weile und verließen mich! Oder . . . sie warfen mich hinaus.«

»Das soll vorkommen«, sagte Benteley, der ihr kaum zugehört hatte, weil er sich mit seinen eigenen Gedanken beschäftigte.

»Aber eines Tages werde ich jemanden finden«, sagte sie erregt. »Oder nicht? Ich bin erst neunzehn. Das ist doch kein Alter. Und Verrick ist mein Beschützer. Auf ihn kann ich mich immer verlassen.«

Benteley stand langsam auf. »Fragst du mich indirekt, ob ich mit dir zusammenleben will?«

Eleanor errötete. »Würde dir das etwas ausmachen?«

Er antwortete nicht.

»Was hast du?« fragte sie enttäuscht.

»Das hat nichts mit dir zu tun.« Benteley kehrte ihr den Rücken zu, schlenderte zu der Sichtwand und blendete sie wieder ab. »Zugegeben, der Hill sieht nachts hübsch aus.«

»Vergiß den Hill!« fauchte Eleanor. »Du denkst nur an Reese Verrick. Mein Gott, wie eifrig du warst, als du an jenem Tag mit deiner Tasche in das Büro kamst.« Sie lächelte ein wenig. »Du warst so aufgeregt. Wie ein Christ, der endlich im Himmel Einlaß gefunden hat ... Du hattest so lange gewartet, dir soviel ausgemalt. Du warst mir sofort sympathisch. Es war mein Wunsch, daß du bleiben würdest.«

»Ich wollte aus diesem Hill-System heraus. Ich wollte etwas Besseres. Ins Direktorium.«

»Direktorium!« Eleanor lachte. »Was ist denn das? Eine Abstraktion! Was glaubst du, was ein Direktorium ausmacht?« Sie atmete heftig. »Leute, die real sind; keine Institutionen und Büros. Wie kann man einem Ding gegenüber loyal sein? Neue Leute kommen, die alten sterben, Gesichter wechseln. Bleibt deine Loyalität? Warum? Wozu? Alles Aberglaube! Man ist loyal zu einem Wort, einem Namen. Keine lebendige Einheit aus Fleisch und Blut.«

»Es ist mehr als das«, sagte Benteley. »Es repräsentiert etwas – nicht nur Büros und Schreibtische.«

»Was repräsentiert es?«

»Es steht über uns allen. Es ist größer als jeder Mensch, jede Menschengruppe. In gewisser Hinsicht ist es stellvertretend für uns alle.«

»Es ist überhaupt nichts. Wenn man einen Freund hat, ist er eine besondere Person – keine Klasse oder Arbeitsgruppe, nicht wahr? Du hast nie einen aus der Klasse 4–7 zum Freund gehabt. Und wenn du mit einer Frau ins Bett gehst, ist es doch eine besondere Frau. Alles im Universum ist zusammengebrochen, bewegt sich unkontrolliert, ist grauer Nebel. Die einzigen noch verbliebenen Dinge sind die Familie, die Freunde, der Geliebte oder die Geliebte, dein Beschützer. Diese Dinge kann man berühren, man kann ihnen nahe sein und ihren Atem spüren. Schweiß, Haut, Haar, Atem, Körper. Man riecht, sieht Farben ... Großer Gott, es muß doch etwas geben, an dem man sich festhalten kann! Was gibt es noch – außer den Menschen? Worauf kann man sich sonst noch verlassen?«

»Verlasse dich auf dich selbst.«

»Reese kümmert sich um mich. Er ist groß und stark.«

»Er ist mehr oder weniger dein Vater«, sagte Benteley. »Und ich hasse Väter.«

»Bei dir ist psychisch etwas nicht in Ordnung.«

»Ich weiß«, murmelte Benteley. »Ich bin eben ein kranker Mann. Und je mehr ich sehe, um so mehr verschlimmert sich mein Zustand. Ich bin so krank, daß ich alle anderen für krank und mich für den einzigen normalen Menschen halte. Ziemlich schlimm, wie?«

»Ja«, sagte Eleanor atemlos.

»Ich möchte alles abreißen, es mit einem lauten Krach zusammenstürzen lassen. Aber das habe ich nicht einmal nötig. Es stürzt von allein. Alles ist dünn, hohl und metallen. Spiele, Lotterien – lauter Unsinn! All das wird durch einen Eid zusammengehalten. Käufliche und verkäufliche Positionen, Zynismus, Luxus, Armut, Teilnahmslosigkeit ... Ein Mann zieht aus, um einen anderen Mann umzubringen. Alle Leute sehen zu und klatschen Beifall. Woran glauben wir? Was ist uns geblieben? Brillante Kriminelle arbeiten für mächtigere Kriminelle. Vor Plastikbüsten legen wir unseren Eid ab.«

»Die Büste ist ein Symbol und nicht zum Verkauf bestimmt. Das kann man weder kaufen noch verkaufen.« Ihre grünen Augen blitzten triumphierend. »Du weißt es, Ted. Es ist das Kostbarste, das wir haben. Loyalität zwischen uns, zwischen dem Protektor und den Gefolgspersonen, zwischen einem Mann und seiner Geliebten.«

»Vielleicht«, sagte Benteley langsam, »sollte eine Person einem Ideal gegenüber loyal sein.«

»Was für ein Ideal?«

Benteleys Verstand lehnte die Antwort ab. Unbekannte, unverständliche Gedanken entstanden und hemmten seine Entschlußkraft. Wo kam dieser Ansturm her? Er wußte es nicht. »Mehr besitzen wir nicht«, sagte er schließlich. »Unsere Eide. Unsere Loyalität. Das ist die Zementmasse, die alles zusammenhält. Und was ist es wert? Wie gut ist es? Nicht sehr gut. Es bröckelt, während wir hier stehen und uns unterhalten.«

»Nein, es bröckelt nicht!« stieß Eleanor hervor.

»Ist Moore loyal zu Verrick?«

»Nein! Darum habe ich ihn verlassen. Ihn und seine Theorien. Und er ist nur seinen Theorien und Herb Moore ergeben.« Ihre Glücksamulette tanzten wild. »Das verabscheue ich!«

»Verrick ist nicht loyal«, sagte Benteley vorsichtig. Er versuchte, Eleanors Reaktion auszuloten. Ihr Gesicht war jetzt starr und farblos. »Mach Moore keinen Vorwurf. Er ist auf das aus, was er bekommen kann. Das gilt auch für alle anderen. Für Reese Verrick. Jeder würde seinen Eid brechen, um etwas weiter zu kommen. Es herrscht ein allgemeiner Kampf um die Spitzenposition. Alle wollen nach oben, und nichts steht ihnen im Wege. Wenn alle Karten aufgedeckt sind, wird man deutlich sehen können, wie wenig Loyalität in Wirklichkeit zählt.«

»Verrick würde seinen Eid niemals brechen! Er würde die Leute nicht fallenlassen, die von ihm abhängig sind.«

»Er hat es schon getan! Er brach den Moralkodex, als er mich einschwor. Du warst auch daran beteiligt, wie du weißt. Ich legte meinen Eid im guten Glauben ab.«

»Mein Gott!« seufzte Eleanor. »Du wirst das niemals vergessen, wie? Du bist ärgerlich, weil du glaubst, daß man dich für dumm verkauft hat.«

»Es ist mehr als das, mach dir nichts vor. Es ist die schwache Struktur, die hinter allem sichtbar wird. Eines Tages wirst du selbst dahinterkommen. Ich weiß es schon jetzt. Was kann man in einer Gesellschaft des Quiz, der Lotterie und des Meuchelmordes schon erwarten?«

»Du kannst Verrick keinen Vorwurf machen. Der Herausforderungskongreß tagte schon vor Jahren, als das ganze Flaschensystem, das ganze M-Spiel ausgearbeitet und in Bewegung gesetzt wurden.«

»Verrick spielt nicht einmal das M-Spiel korrekt. Er will es mit dieser Pellig-Strategie schlagen.«

»Und das wird funktionieren.«

»Wahrscheinlich.«

»Warum beklagst du dich dann? Ist nicht das allein wichtig?« Eleanor griff heftig nach seinem Arm. »Vergiß es. Du machst dir zu viele Gedanken. Moore redet zuviel, und du machst dir zu viele Sorgen. Genieße den Augenblick – morgen ist der große Tag.«

Sie sorgte für Drinks und gab Benteley ein Glas. Er trank nachdenklich. Eleanor saß neben ihm auf der Couch. Ihr rotes Haar schien in dem Halbdunkel zu leuchten. Sie hatte die Beine angezogen, lehnte sich mit geschlossenen Augen an Benteley und sagte leise: »Ich möchte, daß du es mir sagst. Schließt du dich uns an?«

Benteley schwieg einen Moment. »Ja«, sagte er endlich.

Eleanor seufzte. »Gott sei Dank. Ich bin so froh darüber.«

Benteley stellte sein Glas auf den niedrigen Tisch. »Ich habe auf Verrick geschworen und habe keine andere Wahl, wenn ich nicht wortbrüchig werden will.«

»Das darf nicht sein.«

»Ich habe meinen Eid noch nie gebrochen. Ich hatte schon vor

Jahren von Oiseau-Lyre genug, aber ich blieb. Ich akzeptiere das Gesetz nicht, das einem Protektor die Macht über Leben und Tod bei entflohenen Leibeigenen verleiht. Aber ich bin der Meinung, daß ein Eid weder von einem Leibeigenen noch von einem Protektor gebrochen werden sollte.

»Sagtest du nicht, daß alles zerbröckelt?«

»Ja. Aber ich möchte diesen Prozeß nicht unterstützen.«

Eleanor stellte ihr Glas neben das seine und legte ihre nackten Arme um seinen Hals. »Was für ein Leben hast du geführt? Was hast du getan? Hast du mit vielen Frauen zusammengelebt?«

»Mit einigen.«

»Wie waren sie?«

Benteley zuckte die Achseln. »Verschieden.«

»Waren sie nett?«

»Ich denke schon.«

»Wann hattest du die letzte Frau?«

»Vor einigen Monaten. Ein Mädchen namens Julie aus der 7-9-Klasse.«

Eleanors grüne Augen sahen ihn gespannt an. »Wie sah sie aus?«

»Klein. Hübsch.«

»Wie ich?«

»Dein Haar ist hübscher.« Er strich mit der Hand über ihr weiches Haar. »Du hast auch sehr hübsche Augen.« Er drückte sie an sich. »Du bist sehr schön.«

Ihre kleine Faust umschloß die Amulette zwischen ihrem Busen. »Es geht alles auf. Glück, viel Glück . . .« Sie küßte seinen Mund, wobei ihr warmes Gesicht ihn einen Moment berührte, und sank dann mit einem Seufzer zurück. »Gut, daß wir hier zusammenarbeiten und zusammen sind.«

Benteley sagte nichts.

Nach einiger Zeit löste Eleanor sich von ihm und zündete sich eine Zigarette an. Sie musterte ihn dabei mit großen ernsten Augen. »Verrick hält eine Menge von dir, Ted. Ich war sehr besorgt, als du gestern nacht solche Dinge sagtest. Aber er respektiert dich. Er glaubt, daß du etwas im Ärmel hast. Und er hat recht. In dir ist etwas Einmaliges, Starkes.« Sie fügte hinzu: »Schade, daß ich es nicht mehr lesen kann.«

»Ob Verrick weiß, wieviel du seinetwegen aufgegeben hast?«

»Verrick hat an wichtigere Dinge zu denken.« Ihre Stimme klang wieder erregt. »Morgen sind wir wieder dabei. Alles wird sein, wie es war, wie du es möchtest. Ist das nicht wunderbar?«

»Hm.«

Eleanor legte ihre Zigarette weg und küßte ihn. »Und du wirst wirklich mitmachen? Du willst bei dem Pellig-Projekt helfen?«

Benteley nickte schwach. »Ja.«

»Dann ist alles in Ordnung.« Ihre grünen Augen blickten ihn hungrig an. Ihr Atem streifte sein Gesicht. »Sind diese Räume gut? Sind sie groß genug? Hast du viele Sachen?«

»Nicht viele«, sagte Benteley. Ihm war, als schwebe ein schweres Gewicht über seinem Kopf, das jeden Augenblick herabstürzen konnte. »Und die Wohnung ist in Ordnung.«

Mit einem zufriedenen Seufzer knipste Eleanor die Lampe aus und lehnte sich an seine Schulter. Das einzige Licht im Raum war die Glut ihrer in dem Kupferaschenbecher liegenden Zigarette. Sie legte sich langsam zurück, und Benteley sank ihr nach.

Dann lagen sie träge und befriedigt inmitten ihrer zerknitterten Kleidung. Eleanor streckte langsam einen Arm aus und nahm den Rest ihrer Zigarette vom Rand des Aschenbechers. Sie machte noch einen Zug, dicht vor Benteleys Gesicht, und atmete dabei den merkwürdigen süßen Geruch sexueller Befriedigung in seine Augen, seinen Mund und seine Nase.

»Ted«, flüsterte sie. »Ich genüge dir, nicht wahr? Ich weiß natürlich, daß ich nur unbedeutend bin ...«

»Du bist gut.« Seine Stimme klang tonlos. »Gerade richtig.«

»Was ist dann verkehrt?« wollte sie wissen.

»Nichts«, sagte Benteley und stand auf. »Ich bin nur müde und möchte zu Bett gehen.« Seine Stimme klang plötzlich schroff und abweisend. »Wie du sagtest, morgen ist ein großer Tag.«

9

Leon Cartwright frühstückte mit Rita O'Neill und Peter Wakeman, als ihn ein Summton informierte, daß die Verbindung mit dem Raumschiff hergestellt war.

»Entschuldigen Sie«, sagte Captain Groves, als sie sich auf dem Bildschirm über Millionen Meilen hinweg anblickten. »Wie ich sehe, hat der Tag angefangen. Sie tragen noch immer Ihren alten blauen Hausmantel.«

Cartwrights Gesicht wirkte blaß und hager. Das Bild war nicht besonders gut und sah verzerrt aus. Bei dieser Entfernung kein Wunder. »Wo sind Sie?« fragte er zögernd.

»Vierzig astronomische Einheiten weit draußen«, antwortete Groves. Cartwrights Aussehen war ein Schock für ihn; aber er wußte nicht, ob das Bild nur wegen der Entfernung derart unscharf war. »Wir befinden uns bald in Bezirken, die noch auf keiner Karte verzeichnet sind. Ich richte mich bereits nach Prestons Angaben.«

Das Raumschiff hatte ungefähr die halbe Strecke zurückgelegt. Die Flammenscheibe hatte eine Umlaufbahn, die zweimal dem Radiusvektor von Pluto entsprach – vorausgesetzt, daß sie überhaupt existierte. Die Umlaufbahn des neunten Planeten markierte die Grenze der bisherigen Raumvermessung; dahinter lag die endlose Weite, von der wenig bekannt war und viel vermutet wurde. In kurzer Zeit würden sie an den letzten Grenzmarkierungszeichen vorbeifliegen und das bekannte Universum hinter sich lassen.

»Ein paar Leute wollen umkehren«, sagte Groves. »Sie wissen, daß wir das bekannte System verlassen.«

»Wie viele sind es?«

»Zehn – oder noch mehr.«

»Würden Sie ohne diese Leute weiterkommen?«

»Das würde sich günstig auf unsere Vorräte auswirken. Konklin und sein Mädchen Mary bleiben. Der alte Zimmermann Jereti. Die japanischen Optiker, der Heizer . . . Ich denke, wir schaffen es.«

»Setzen Sie die Leute in der nächsten Raumstation ab, wenn das Schiff dadurch nicht in Gefahr gerät.«

»Übrigens hatte ich bei unserer letzten Unterhaltung keine Gelegenheit, Ihnen zu gratulieren«, sagte Groves.

»Gratulieren? Ach so . . . Vielen Dank.«

»Ich wollte, ich könnte Ihnen die Hand schütteln, Leon.« Groves ließ seine große Hand sehen. Cartwright tat dasselbe. Ihre Finger berührten sich auf dem Bildschirm.

Ein Muskel in Cartwrights Gesicht begann zu zucken. »Ich habe Schwierigkeiten, es zu glauben. Es kommt mir wie ein Alptraum vor, aus dem ich nicht erwache.«

»Alptraum! Meinen Sie den Mörder?«

»Das stimmt.« Cartwright zog eine Grimasse. »Er soll schon unterwegs sein. Ich sitze hier und warte, bis er auftaucht.«

Als Groves die Übertragung beendet hatte, rief er Konklin und Mary in den Kontrollraum und sagte: »Cartwright ist dafür, daß die Leute das Schiff verlassen. Kümmert euch um sie. Beim Essen werde ich alles weitere bekanntgeben.« Er deutete auf ein Zifferblatt, das erstmals in Aktion getreten war und rötlich leuchtete.

»Die Nadel bewegt sich. Zum erstenmal seit der Existenz dieses Raumschiffs.«

»Ich kann mir nichts darunter vorstellen«, sagte Konklin.

»Dieses unregelmäßige Zeichen ist ein Robotsignal und zeigt die bisher bekannten Grenzen des Universums an. Kein Schiff – Expeditionsschiffe ausgenommen – hat diese Grenze bisher überschritten.«

»Wenn wir die Flammenscheibe entdeckt haben«, sagte Mary mit großen Augen, »dann wird diese Markierung aufgehoben.«

»Die Expedition von 89 hat nichts gefunden«, sagte Konklin unschlüssig. »Und sie hatte Prestons Informationen und Angaben zur Verfügung.«

»Vielleicht hat Preston eine supergroße Raumschlange gesehen«, meinte Mary belustigt und beklommen zugleich. »Und vielleicht wird sie uns verschlucken wie in den Geschichten, die sich die Leute erzählen.«

Groves sah sie ernst an. »Ich kümmere mich um die Navigation. Ihr beide sorgt dafür, daß die Rettungsboote klargemacht werden, damit die Leute abgesetzt werden können. Ihr schlaft unten im Hauptkabinenraum, nicht wahr?«

»Mit allen anderen Passagieren zusammen«, sagte Konklin.

»Dann habt ihr Anspruch auf eine der Kabinen, wenn die Leute von Bord sind. Die meisten werden leer sein.« Mürrisch fügte Groves hinzu: »Es wird Platz genug vorhanden sein ...«

Die Hauptkabine war gleichzeitig der Kranken- und Aufenthaltsraum. Mary desinfizierte Wände und Decke und sagte zu Konklin: »Wenn das Schiff gut landet, könnten wir hier unser ständiges Wohnquartier einrichten. Größer als mein Quartier, das ich auf der Erde hatte.« Sie ließ sich müde auf eine Pritsche fallen. »Hast du noch eine Zigarette? Meine sind alle.«

Konklin gab ihr sein Päckchen.

Mary zündete sich eine Zigarette an, lehnte sich zurück und schloß die Augen. »Es ist so friedlich hier. Niemand schreit in den Korridoren herum.«

»Zu friedlich. Ich denke an das, was draußen ist. Niemandsland. Zwischen den Systemen. Gott, diese Kälte! Überall um uns herum. Kälte, Schweigen, Tod. Wenn es nicht noch etwas Schlimmeres ist ...«

»Denke nicht darüber nach. Wir sollten uns beschäftigen.«

»Wir scheinen doch nicht solche Fanatiker zu sein. Ein zehnter

Planet für Auswanderer – das schien eine gute Idee zu sein. Aber jetzt, seit wir hier draußen sind . . .«

»Bist du wütend auf mich?« fragte Mary besorgt.

»Ich bin wütend auf uns alle. Die halbe Gruppe ist schon umgestiegen. Ich bin wütend, weil Groves im Kontrollraum sitzt und sich nach den Kursangaben eines Verrückten richtet und nicht nach exakten wissenschaftlichen Daten. Ich bin auch wütend, weil dieses Schiff ein alter Kasten ist, der auseinanderbrechen kann.« Er endete: »Und ich bin ebenfalls wütend, weil wir an der letzten Markierung vorbei sind und noch niemand, abgesehen von Narren und Fanatikern, diese Strecke geflogen ist.«

»Und was sind wir?« fragte Mary kleinlaut.

»Nun, das werden wir bald herausgefunden haben.«

Mary griff schüchtern nach seiner Hand. »Selbst wenn wir nicht ankommen, wird alles sehr hübsch sein.«

»Hier? In dieser kleinen Zelle?«

»Ich glaube es.« Sie blickte ernst zu ihm auf. »Das war schon immer mein Wunsch. Als ich ziel- und planlos herumwanderte, von einer Person zur nächsten. Ich wollte kein Call-Girl sein, aber ich wußte auch nicht genau, was ich wollte. Ich glaube, jetzt habe ich es endlich gefunden. Vielleicht hätte ich es dir nicht sagen sollen, damit du nicht wieder wütend wirst. Ich habe ein Amulett. Du solltest in meiner Nähe bleiben. Jenet Sibley hat es für mich gemacht. Sie versteht etwas davon. Ich wollte, daß du mich sehr, sehr liebst.«

Konklin lächelte und küßte sie.

Plötzlich war Mary weg. Er stand inmitten einer grellen weißen Flamme. Nichts anderes war zu sehen, nur das kalte glitzernde Feuer, das alles andere auslöschte.

Er stolperte zurück und schien in ein Lichtmeer zu stürzen. Er schwamm darin, fand keinen Halt und schrie kläglich vor Entsetzen und Verwunderung.

Und dann setzte die Stimme ein.

Sie begann tief in seiner Seele, und ihre Kraft betäubte ihn. Er sank in die Knie, plapperte zusammenhangloses Zeug. Die Stimme dröhnte in ihm, um ihn herum, eine Welt von Lauten und Flammen, die ihn völlig verzehrte.

›Leute eines irdischen Schiffes‹, sagte die Stimme, ›wohin wollt ihr? Warum seid ihr hier?‹

Die Worte schrillten durch Konklin, als er hilflos in dem Lichtmeer lag. Die Stimme flutete und verebbte wie das Feuer selbst, eine pulsierende Energiemasse, die ihn gleichermaßen umgab und ausfüllte.

›Ihr seid jenseits eures Systems‹, dröhnte die Stimme weiter. ›Ihr habt die Grenze überschritten. Versteht ihr das? Dies ist der Mittelraum, die Leere zwischen euerem und meinem System. Warum seid ihr so weit gekommen? Was sucht ihr?‹

Im Kontrollraum kämpfte Groves verzweifelt gegen die Energiemassen an, die seinen Körper gefangenhielten. Er krachte gegen den Navigationstisch. Instrumente und Karten umtanzten ihn wie glühende Funken. Die Stimme sprach weiter; eine Verachtung für die Wesen, an die sie gerichtet war, schwang darin mit.

›Zerbrechliche Erdenmenschen, die ihr euch hinausgewagt habt, kehrt zurück in euer System. Kehrt in eure Welt, eure Zivilisation zurück! Haltet euch fern von Regionen, die ihr nicht kennt! Haltet euch fern von der Dunkelheit und den Ungeheuern!‹

Groves taumelte gegen die Luke, tastete herum und kroch in die Passage, um sich vor der Stimme in Sicherheit zu bringen. Aber die Stimme war da und drückte ihn an die Wand.

›Ich sehe, daß ihr den zehnten Planeten sucht, die legendäre Flammenscheibe. Warum sucht ihr sie? Was wollt ihr damit? Was versprecht ihr euch?‹

Groves schrie panikerfüllt. Er wußte jetzt, was es war: die ›Stimme‹, die Preston in einem Buch prophezeit hatte. Er wollte etwas sagen, aber er kam nicht dazu.

›Die Flammenscheibe ist unsere Welt. Sie wurde von uns in dieses System getragen und umkreist eure Sonne in alle Ewigkeit. Ihr habt kein Recht darauf. Was wollt ihr?‹

Groves bemühte sich, seine Gedanken nach außen zu richten. Er versuchte, alle Hoffnungen, Pläne und Sehnsüchte der menschlichen Rasse zu konzentrieren . . .

›Vielleicht‹, sagte die Stimme, ›werden wir euere Antworten überprüfen – und euere submarginalen Impulse. Wir müssen vorsichtig sein. Wir könnten euer Raumschiff verglühen lassen, wenn wir es wollten.‹

Eine kurze Pause.

›Im Augenblick nicht. Wir müssen uns Zeit nehmen.‹

Groves stolperte in den Senderaum. Die Anlage tanzte verschwommen im weißen Feuer. Seine zitternden Finger schalteten die Anlage an.

»Cartwright«, keuchte er, als die Verbindung von Planet zu Planet bis in das kleine Büro in Batavia hergestellt war. »Cartwright?«

›Flammenscheibe wurde aus einem bestimmten Grund in Reichweite eueres Systems plaziert‹, donnerte die Stimme. ›Der Kontakt unserer Rassen kann uns auf eine neue Stufe kultureller Integration bringen. Aber wir müssen –‹

Groves beugte sich über den Sender. Seine blinden Augen sahen nicht das Bild. Er konnte nur hoffen, daß das Signal ankam, daß man in Batavia sah, was er sah, und die Worte verstand.

›Wir müssen euch studieren‹, fuhr die Stimme fort. ›Wir müssen mehr über euch wissen. Wir entscheiden nicht rasch. Während euer Schiff sich auf die Flammenscheibe zubewegt, werden wir die Entscheidung treffen. Wir werden wissen, ob wir euch zerstören oder ob wir euch in die Sicherheit der Flammenscheibe führen und damit zu einem Erfolg eurer Expedition . . .‹

Reese Verrick wurde von den Technikern benachrichtigt.

»Cartwrights Schiff«, sagte er Herb Moore. »Eine wichtige Meldung für Batavia!« Er ging zur Tür. »Kommen Sie mit!«

Dann saßen Verrick und Moore vor dem Bildschirm und starrten ungläubig auf die Szene. Groves war eine winzige, von Flammen umgebene Figur, die an ein im Licht gefangenes Insekt erinnerte. Und aus dem Lautsprecher über dem Bildschirm donnerte über Millionen von Meilen hinweg die Stimme.

›. . . unsere Warnung an euch. Versucht ihr, unsere freundlichen Absichten zu ignorieren, versucht ihr, einen eigenen Kurs festzusetzen, so können wir nichts versprechen . . .‹

»Was ist das?« stieß Verrick hervor. »Will uns da jemand einen Streich spielen? Oder ist das wirklich –?«

»Seien Sie still«, knirschte Moore und blickte hastig herum. »Läuft ein Tonband?«

Verrick nickte. »Zum Teufel, was hat das zu bedeuten? Diese Gerüchte von den Fabelwesen draußen im Raum . . . Ich habe sie nie geglaubt. Ich hätte so etwas nie für möglich gehalten!«

Moore inspizierte die Aufzeichner und wandte sich an Verrick. »Halten Sie das für eine supernatürliche Manifestation?«

»Es stammt von einer anderen Zivilisation.« Verricks Stimme zitterte vor Ehrfurcht und Erregung. »Das ist nicht zu fassen . . . Wir haben Kontakt mit einer anderen Rasse.«

»Unglaublich ist der richtige Ausdruck«, entgegnete Moore. Kaum war die Verbindung abgerissen und der Bildschirm dunkel, nahm er die Tonbänder, verließ die Farben-Gebäude und brachte sie zur öffentlichen Informationsbibliothek.

Innerhalb einer Stunde hatte er die Analyse von den Forschungsorganen in Genf. Er brachte die Berichte Reese Verrick.

»Sehen Sie sich das an!« Er warf die Berichte auf Verricks Schreibtisch. »Jemand ist verrückt geworden. Ich weiß nur nicht, wer es ist.«

Verrick blinzelte verwirrt. »Was heißt das? Ist diese Stimme –?«

»Das war John Preston!« Moores Gesicht hatte einen eigenartigen Ausdruck. »Es ist seine Stimme. Man hat sie mit früheren Aufzeichnungen verglichen. Es ist in dieser Hinsicht nicht der geringste Zweifel vorhanden.«

Verrick starrte ihn mit offenem Mund an. »Das verstehe ich nicht. Erklären Sie mir das.«

»John Preston ist dort draußen. Er erwartet das Schiff. Er hat mit ihm Verbindung aufgenommen. Er wird es zu der Flammenscheibe führen.«

»Aber Preston ist doch schon vor hundertfünfzig Jahren gestorben!«

Moore lachte scharf. »Halten Sie sich nicht selbst zum Narren. Lassen Sie umgehend die Gruft öffnen, dann werden Sie alles verstehen. John Preston lebt noch immer.«

10

Der MacMillan-Roboter stelzte den Mittelgang entlang und sammelte die Flugkarten ein. Oben glitzerte der Rumpf der schlanken Interkontinentalrakete in der Sonne, unter ihr breitete sich die ungeheure Bläue des Pazifischen Ozeans aus, ein unendliches Meer aus Licht und Farbe.

»Sieht wirklich sehr schön aus«, sagte der blonde junge Mann zu dem hübschen Mädchen auf dem Nebensitz. »Der Ozean, meine ich. Die Art und Weise, in der er sich mit dem Himmel vermischt. Ja, die Erde dürfte der schönste Planet im System sein.«

»Ja, sehr hübsch ...«

Das Mädchen war noch sehr jung, noch nicht über achtzehn. Ihre Brüste waren klein und straff, ihr Haar war lockig und kurz und orangenfarben – der letzte Schrei der Mode.

Der junge Mann mit den hellblauen Augen klappte ein Zigarettenetui auf und bot es dem Mädchen an.

»Danke«, sagte sie nervös, als ihre langen roten Fingernägel nach einer Zigarette angelten. »Danke«, sagte sie noch einmal, als er sein goldenes Feuerzeug schnippen ließ.

»Wohin geht die Reise?« erkundigte sich der junge Mann.

»Nach Peking. Ich habe einen Job bei der Soong-Hill – das denke ich wenigstens. Ich meine, ich habe eine Aufforderung bekommen, mich vorzustellen.« Sie öffnete ihre Miniaturhandtasche. »Ich habe die Benachrichtigung irgendwo. Vielleicht können Sie etwas mehr herauslesen ... Ich begreife all diese amtlichen Ausdrücke nicht ganz.« Sie fügte rasch hinzu: »Wenn wir natürlich in Batavia sind, könnte Walter ...«

»Sind Sie klassifiziert?«

Das Gesicht des Mädchens wurde rot. »Ja, Klasse 11-76. Es ist nicht viel, aber es hilft. Ich habe meine Klassifizierung im vergangenen Monat bekommen.« Nach kurzem Zögern fragte sie: »Sind Sie klassifiziert? Ich weiß, daß einige Leute empfindlich sind, besonders jene, die –«

»Der junge Mann deutete auf seinen Ärmel. »Klasse 56-3.«

»Sie sagen es so – zynisch.«

Der junge Mann lachte ein farbloses Lachen. »Vielleicht bin ich auch zynisch.« Er beäugte das Mädchen herablassend. »Wie heißen Sie?«

»Margaret Lloyd.« Sie senkte schüchtern ihren Blick.

»Mein Name ist Keith Pellig«, sagte der junge Mann, dessen Stimme jetzt noch dünner und trockener klang.

Das Mädchen überlegte einen Moment. »Keith Pellig?« Sie furchte ihre normalerweise völlig glatte Stirn. »Ich glaube, ich habe diesen Namen schon einmal gehört ...«

»Das ist möglich.« In der tonlosen Stimme schwang eine ironische Belustigung mit. »Aber es ist nicht weiter wichtig. Denken Sie nicht mehr darüber nach.«

»Ich ärgere mich immer, wenn ich mich nicht an bestimmte Dinge erinnern kann.« Jetzt erkannte sie den Namen des jungen Mannes und konnte offen sprechen. »Ich würde noch keine Klassifizierung haben, hätte ich nicht mit einer sehr wichtigen Person zusammengelebt. Sie wartet in Batavia auf mich.« In ihrem arglosen Gesicht spiegelten sich Stolz und Schüchternheit. »Walter hat alles für mich erledigt. Anderenfalls hätte ich es nie geschafft.«

»Ein Plus für ihn«, sagte Keith Pellig.

Der MacMillan-Roboter stand neben ihnen und streckte seine mechanische Hand aus. Sie gaben ihm ihre Flugkarten.

»Danke«, sagte Pellig, als er seine Karte zurückbekam.

Als der Roboter verschwunden war, fragte Margaret Lloyd: »Und wohin wollen Sie?«

»Batavia.«

»Geschäftlich?«

»Ich würde es geschäftlich nennen.« Pellig lächelte humorlos. »Bin ich einige Zeit da, sehe ich darin vielleicht einen Vergnügungsausflug. Meine diesbezüglichen Standpunkte unterscheiden sich voneinander.«

»Sie sprechen so seltsam«, sagte das Mädchen verwundert.

»Ich bin auch eine seltsame Persönlichkeit. Manchmal weiß ich nicht, was ich im nächsten Augenblick sagen und denken werde. Manchmal bin ich mir selber fremd. Und manchmal wundere ich mich über das, was ich tue, ohne zu wissen, weshalb ich gerade das tue.« Pellig drückte seine Zigarette aus und zündete die nächste an. Das ironische Lächeln war aus seinem Gesicht gewichen und hatte einem düsteren, besorgten Blick Platz gemacht. Er sprach jetzt auch langsamer und gepreßt. »Es ist ein großartiges Leben, wenn man nicht schwach wird.«

»Was bedeutet das? Ich habe es noch nie gehört.«

»Eine Phrase aus einem alten Manuskript.« Pellig blickte an ihr vorbei durch die große Luke hinunter auf den Ozean. »Wir sind bald da. Kommen Sie, ich lade Sie zu einem Drink ein.«

Margaret Lloyd war vor Furcht und Aufregung ganz nervös. »Ist das auch richtig? Ich meine, weil ich mit Walter zusammenlebe –«

»Es ist richtig«, sagte Pellig, stand auf und schlenderte, die Hände in den Taschen vergraben, den Mittelgang entlang. »Ich lade Sie sogar zu zwei Drinks ein. Vorausgesetzt, daß ich Sie immer noch kenne, wenn wir oben in der Bar sind.«

Peter Wakeman trank ein Glas Tomatensaft, schüttelte sich und schob die Analyse über den Frühstückstisch hinweg in Cartwrights Richtung. »Es ist wirklich Preston – kein übernatürliches Wesen aus einem anderen System.«

Cartwrights Finger spielten unruhig mit der Kaffeetasse. »Ich kann es nicht glauben.«

Rita O'Neill berührte seinen Arm. »Das meinte er in dem Buch. Er wollte uns führen. Dann die Stimmen . . .«

Wakeman war tief in Gedanken versunken. »Mich interessiert etwas anderes. Einige Minuten vor uns erreichte die öffentliche Informationsbibliothek ein anderer Antrag auf eine Identifizierungsanalyse.«

Cartwright richtete sich ruckartig auf. »Was bedeutet das?«

»Ich weiß es nicht. Ich weiß nur, daß es sich um Daten zwecks Analyse handelte. Im wesentlichen hatte es Ähnlichkeit mit unserem eingereichten Material. Aber man hat keine Ahnung, woher es kommt.«

»Kein Anhaltspunkt?« fragte Rita O'Neill.

»Sie sagen jedenfalls nichts, falls sie etwas wissen. Ich hatte Zeit zum Nachdenken. Ich spiele mit dem Gedanken, ein paar Korpsleute auf sie anzusetzen.«

Cartwright wedelte ungeduldig mit der Hand. »Vergessen Sie das. Wir haben über wichtigere Dinge nachzudenken. Irgendeine Neuigkeit von Pellig?«

Wakeman machte ein erstauntes Gesicht. »Nur, daß er Farben-Hill verlassen haben dürfte.«

Cartwrights Gesichtsmuskeln zuckten. »Waren Sie noch nicht in der Lage, eine Verbindung herzustellen?«

Ritas Hand legte sich beschwichtigend auf die seine. »Wir nehmen Kontakt auf, wenn er die Schutzzone betreten hat. Er ist zur Zeit noch draußen.«

»Um Himmels willen, können Sie nicht hinausgehen und ihn erwischen? Wollen Sie hier nur sitzen und auf ihn warten?« Cartwright schüttelte müde den Kopf. »Tut mir leid, Wakeman. Ich weiß, daß wir schon tausendmal darüber diskutiert haben.«

Wakeman war betroffen – wegen Leon Cartwright. Innerhalb von wenigen Tagen, seit Cartwright Quizmaster war, hatte er sich grundlegend verändert. Er war ein nervöser, verängstigter und gehetzt aussehender Mann geworden. Sein Gesicht war düster und zerfurcht. Seine hellblauen Augen glitzerten furchtsam. Wieder und wieder wollte er sprechen, doch immer überlegte er es sich anders und hüllte sich in eine Wolke des Schweigens.

»Sie sind in keiner guten Form, Cartwright«, sagte Wakeman.

Cartwright sah ihn an. »Ein Mann will mich umbringen! In aller Öffentlichkeit und am hellen Tag mit der vollen Billigung des Systems. Alle Welt sitzt vor dem Bildschirm, beobachtet und wartet auf ein Resultat. Wer ist der Sieger in diesem – diesem Nationalsport? Zum Teufel, wie sollte mir da wohl zumute sein?«

»Es ist nur ein Mann«, sagte Wakeman ruhig. »Er hat nicht mehr Kraft als Sie. Tatsächlich haben Sie das ganze Korps hinter sich und alle Hilfsmittel des Direktoriums.«

»Wenn wir ihn erwischen, kommt ein anderer, ein endloser Strom . . .«

»Damit muß jeder Quizmaster rechnen.« Wakeman zog eine Augenbraue empor. »Ich denke, Sie wollten nur so lange leben bleiben, bis das Raumschiff in Sicherheit ist?«

Cartwrights graues erschöpftes Gesicht war Antwort genug. »Ich will leben bleiben. Ist daran etwas verkehrt?« Cartwright nahm sich zusammen und zwang seine Hände zur Ruhe. »Sie haben natürlich recht.« Er lächelte unsicher und entschuldigend. »Versetzen Sie sich einmal in meine Lage. Sie hatten Ihr ganzes Leben lang mit diesen Mördern zu tun. Für mich ist das völlig neu. Ich war ein anonymes Wesen, von dem die Öffentlichkeit nichts wußte. Jetzt sind alle Scheinwerfer auf mich gerichtet. Ein perfektes Ziel.« Seine Stimme wurde lauter. »Und man will mich umbringen! Um Himmels willen, wie sieht Ihre Taktik aus? Was werden Sie tun?«

Er ist schrecklich durcheinander, dachte Wakeman, er fällt in sich zusammen. Er kümmert sich nicht um das Schiff, doch nur wegen des Schiffs ist er hier.

In Wakemans Gehirn tauchten Shaeffers antwortende Gedanken auf. Shaeffer saß an seinem Schreibtisch auf der anderen Seite des Direktionsgebäudes; er fungierte als Verbindungsperson zwischen Wakeman und dem Korps.

›Es ist an der Zeit, ihn hierher zu bringen. Obwohl ich nicht glaube, daß Pellig sehr nahe ist. Doch im Hinblick auf Verricks Patenschaft sollten wir der Möglichkeit eines Irrtums weiten Spielraum lassen.‹

›Das ist wahr‹, dachte Wakeman zurück. ›Interessant wäre, daß Cartwright zu einem anderen Zeitpunkt von der Tatsache überwältigt gewesen wäre, daß John Preston noch lebt. Jetzt interessiert ihn das nur flüchtig. Und er kann annehmen, daß sein Schiff den Bestimmungsort schon erreicht hat.‹

›Glauben Sie, daß es eine Flammenscheibe gibt?‹

›Anscheinend. Aber das geht uns nichts an. Offenbar kümmert sich auch Cartwright nicht mehr darum. Er hat sich zum Quizmaster aufgeschwungen, weil er das Schiff zur Flammenscheibe bringen wollte. Aber jetzt sieht er in dieser Situation eine Todesfalle.‹

Wakeman wandte sich Cartwright zu und sagte laut: »Okay, Leon. Machen Sie sich bereit. Wir bringen Sie hier heraus. Wir haben genügend Zeit. Noch kein Bericht über Pellig.«

Cartwright blinzelte und beäugte ihn mißtrauisch. »Wohin? Ich dachte, die Schutzkammer, die Verrick eingerichtet hat –«

»Verrick vermutet, daß Sie diesen Schutzraum benutzen werden. Dort würde er Sie zuerst erwischen. Wir werden Sie völlig von der Erde wegbringen. Das Korps hat ein Asyl auf Luna vorgeschlagen. Es ist als psychisches Sanatorium registriert und etwas ausgeklügelter als Verricks Einrichtungen hier auf der Erde in Batavia. Während das Korps sich mit Pellig beschäftigt, sind Sie schon Hunderttausende von Meilen weg.«

Cartwright sah hilflos Rita O'Neill an. »Was soll ich tun? Soll ich gehen?«

»Hier in Batavia«, sagte Wakeman, »landen stündlich hundert Schiffe. Tausende von Menschen auf den Inseln fliegen ein und aus. Dies ist der belebteste Platz des Universums – das Funktionszentrum des Neun-Planeten-Systems. Aber auf Luna kann ein Mensch alles überstehen. Unser spezielles Sanatorium ist weit von anderen Einrichtungen dieser Art entfernt. Unsere Frontorganisation kaufte Land in einer unwirtlichen Gegend. Sie werden von Tausenden von Meilen öden, luftleeren Raums umgeben sein. Sollte Keith Pellig trotzdem Ihre Spur aufnehmen, werden wir ihn in seinem Raumanzug todsicher entdecken.«

»Mit anderen Worten«, murmelte Cartwright, »Sie können mich hier nicht verteidigen.«

Wakeman seufzte. »Auf Luna können wir Sie besser verteidigen, das ist es. Wir haben dort alles sehr komfortabel eingerichtet. Es ist wirklich hübsch. Sie können schwimmen, spielen, in der Sonne liegen und sogar schlafen. Wir könnten Sie in Tiefschlaf versetzen, bis das Schlimmste vorüber ist.«

»Vielleicht wache ich dann nie wieder auf?« sagte Cartwright mißtrauisch.

Man hätte genausogut mit einem Kind reden können. Der alte Mann hatte keine Vernunft mehr, er hatte nur noch Angst. Wakeman stand auf und blickte auf seine Uhr. »Miss O'Neill wird Sie begleiten.« Er verlieh seiner Stimme einen festen Klang. »Ich ebenfalls. Natürlich können Sie jederzeit zur Erde zurückkehren. Aber ich schlage vor, daß Sie sich unseren Plan hier ansehen und sich entscheiden, wenn Sie ihn gesehen haben.«

Cartwright zögerte in einer Agonie des Zweifels. »Sie sagen, daß Verrick nichts davon weiß? Sind Sie sicher?«

›Am besten, Sie sagen ihm, daß wir sicher sind‹, vernahm Wakeman Shaeffers Gedanken. ›Er braucht Gewißheit. Es hat zum gegenwärtigen Zeitpunkt keinen Sinn, ihn mit einem Haufen Statistiken abzuspeisen.‹

»Wir sind sicher«, sagte Wakeman laut, und das war eine kaltblütige Lüge. Shaeffer teilte er auf telepathischem Wege mit: ›Ich hoffe, wir handeln richtig. Verrick weiß wahrscheinlich Bescheid. Aber das macht nichts; wenn alles klappt, kommt Pellig niemals aus Batavia heraus.‹

›Und wenn er doch herauskommt?‹

›Es ist Ihre Aufgabe, ihn daran zu hindern. Ich mache mir keine richtigen Sorgen; aber mir wäre wohler zumute, wenn Verricks Hills nicht auf drei Seiten unseres Erholungsheims Land besitzen würden.‹

Der Salon der Interkontinentalrakete war luxuriös ausgestattet und glitzerte vor Chrom. Miss Lloyd saß an einem Plastiktisch Keith Pellig gegenüber, sah ihn verwundert an und fragte: »Ist etwas nicht in Ordnung?«

»Alles in Ordnung.« Pellig betrachtete mürrisch die Karte. »Was möchten Sie trinken? Überlegen Sie nicht lange; wir sind bald da.«

Miss Lloyds Gesicht wurde feuerrot. Der nette junge Mann hatte sich jäh verändert. Sie unterdrückte das Verlangen, sofort wieder auf ihren Platz zurückzukehren.

Da glitt ein MacMillan-Kellner heran, fragte: »Sie wünschen, Sir oder Madam?«

Innerhalb des Pellig-Körpers dachte Ted Benteley fieberhaft nach. Er bestellte Whisky für sich und einen Tom Collins für Margaret Lloyd. Er nahm kaum Notiz, als der MacMillan die Drinks servierte, zahlte automatisch und begann zu trinken.

Miss Lloyd plapperte jugendlichen Unsinn. Ihre Augen glänzten erwartungsvoll, die weißen Zähne blitzten, und ihr orangefarbenes Haar leuchtete wie Kerzenschein. Aber sie vergeudete ihren Charme dem Mann gegenüber, dessen Finger mit dem Glas herumspielten.

Eine Umschaltung – und sofort war er wieder im Farben-Labor.

Es war ein Schock. Er schloß die Augen. Er hing in einem runden Metallband, das seinen Körper umschloß. Auf dem Bildschirm sah er die Szene, die er eben verlassen hatte: eine Miniatur von Margaret Lloyd und dem ihr gegenübersitzenden Keith Pellig! Und Miss Lloyd redete lustig darauf los, wie Benteley im Lautsprecher hören konnte. Er wollte sich aufrichten, doch Herb Moore drückte ihn zurück. »Vorsichtig. Sonst ist die Hälfte Ihres Geistes drüben und die andere Hälfte hier. Bleiben Sie ruhig in Ihrem Metallring, bis die Verbindung ordnungsgemäß abgeschaltet ist.«

Ein rotes Licht glühte auf dem Kontrollbrett auf, und Pellig verschüttete ein wenig Whisky, wie Benteley auf dem Bildschirm sah.

Miss Lloyds Geplapper verstummte vorübergehend. »Ist alles in Ordnung?« fragte sie den Pellig-Körper. »Sie sehen so – so blaß aus.«

»Alles in Ordnung«, sagte der Pellig-Körper.

»Er macht sich gut«, sagte Moore zu Benteley. »Das ist nämlich Ihr Freund Al Davis.«

»Und wenn die Person, die gerade in Pelligs Körper ist, umgebracht wird?« erkundigte sich Benteley.

»Das wird nie der Fall sein. Der Körper wird Cartwright erreichen und ihn vernichten.«

»Ihr Labor konstruiert schon einen zweiten Androiden«, sagte Benteley. »Wenn dieser zerstört ist, wird der Herausforderungskongreß einen zweiten Namen bekanntgeben, nicht wahr?«

»Gesetzt den Fall, daß etwas schiefgeht; dann wird der Operator zurückgezogen werden.«

»Was passiert eigentlich mit meinem richtigen Körper, wenn ich drüben bin?« fragte Benteley.

»Dann tritt diese Maschinerie in Aktion.« Moore deutete auf die Apparatur, welche die Metallkammer ausfüllte. »All das hier dient dem Zweck, Ihren Körper funktionsfähig zu halten. Luft, Blutdruck, Puls – alles, was man zum Leben braucht.«

Dann war Benteley allein in der Kammer und sah auf dem Bildschirm, wie Al Davis dem Mädchen einen zweiten Drink bestellte. Weder Al noch Miss Lloyd wußten viel zu sagen. Benteley hörte das Gemurmel anderer Leute und das Klirren der Gläser. Er konnte auch durch das Fenster der Interkontinentalrakete sehen und feststellen, daß sie sich der Metropole des Neun-Planeten-Systems näherte. Nach der Landung konnte die Gefahr in allen möglichen Verkleidungen lauern.

Und auf dem Bildschirm bereiteten die Passagiere sich jetzt auf die Landung vor. Sie standen auf, und es herrschte eine gewisse Spannung, bis die Rakete aufgesetzt hatte.

Keith Pellig machte eine vage Geste in Margaret Lloyds Richtung. Dann schlossen sich beide den zum Ausstieg gehenden Passagieren an. Davis machte seine Sache gut; er stolperte zwar einmal, aber das war alles. Benteley blickte gespannt auf das detaillierte Schema der Direktionsgebäude von Batavia. Das Landefeld befand sich unmittelbar neben dem Hauptgebäude; Pelligs Position zeichnete sich schon als farbiger Punkt auf der schematischen Darstellung ab. Doch nichts deutete auf die Positionen des telepathischen Personennetzes hin.

Benteley konnte vorauskalkulieren, wann der erste Kontakt zwischen Pellig, dem künstlichen Androiden, und dem Telepathennetzwerk zustande kommen würde.

Wakeman sorgte dafür, daß die C-Plus-Rakete aus ihrer unterirdischen Kammer an die Oberfläche gebracht wurde. Er genehmigte sich einen Whisky, trank hastig und konferierte mit Shaeffer.

›Eine halbe Stunde in Batavia, dann ist Pellig in einer Sackgasse. Ein Köder, aber keine Beute.‹

Shaeffers Antwort kam sofort: ›Wir haben jetzt einen Zwischenbericht über Pellig. Er stieg in Bremen in eine Nonstoprakete nach Java. Er befindet sich irgendwo zwischen Europa und hier.‹

›Sie kennen nicht den Namen der Rakete?‹

›Er hat ein allgemeines Flugticket, aber wir können mit Sicherheit annehmen, daß er schon gestartet ist.‹

Nach dieser telepathischen Unterhaltung eilte Wakeman zu Cartwrights Privatquartier hinauf.

Cartwright war lustlos mit dem Packen seiner Sachen beschäftigt. Zwei MacMillan-Roboter und Rita O'Neill halfen ihm dabei. Rita sah blaß und angespannt aus, doch ihre Bewegungen wirkten beherrscht. Wakeman betrachtete lächelnd ihre schlanke Gestalt und das Amulett in Form eines Hasenfußes, das zwischen ihren Brüsten baumelte.

»Behalte das nur«, sagte er, auf den Hasenfuß deutend.

Sie blickte rasch auf. »Etwas Neues?«

»Pellig wird sich jeden Augenblick zeigen. Jemand beobachtet die Landung der Raketen. Unser eigenes Schiff ist fast startbereit.« Er deutete auf die Sachen, die Cartwright noch nicht eingepackt hatte. »Soll ich Ihnen helfen?«

Cartwright richtete sich auf. »Hören Sie, ich möchte nicht im Raum erwischt werden.«

Wakeman wunderte sich über diese Worte und die Gedanken, die sich dahinter verbargen. Der alte Mann hatte eine eisige Furcht, die aus tiefster Seele kam. »Man wird uns nicht im Raum erwischen«, sagte Wakeman rasch. Für ein langes Hin und Her war keine Zeit mehr. »Es ist ein neues Experimentalschiff. Letztes Modell. Niemand kann ein C-Plus stoppen, wenn es unterwegs ist. Wir werden in unglaublich kurzer Zeit an Ort und Stelle sein.«

Cartwrights graue Lippen zuckten. »Ist es ein Vorteil, wenn man das Korps zersplittert? Sie sagten, daß einige bleiben und einige mitkommen. Und ich weiß, daß Sie aus dieser Entfernung keinen Kontakt aufnehmen können, weil –«

»Verdammt noch mal!« explodierte Rita O'Neill und ließ einen Armvoll Ton- und Filmspulen fallen. »Hören Sie auf damit! Das ist doch sonst nicht Ihre Art!«

Cartwright stöhnte elend und hantierte planlos mit seinen Sachen herum. »Ich werde tun, was Sie sagen, Wakeman. Ich vertraue Ihnen.« Er packte weiter, wenn das der richtige Ausdruck war, und seine Furcht wurde von Minute zu Minute stärker. Er hatte das überwältigende Verlangen, sich in die von Verrick konstruierte Sicherheitskammer zu flüchten und sich einzuschließen. Wakeman zuckte zusammen, als ihn die Wellen von Cartwrights Panik trafen. Er löste sich von Cartwright und wandte seine Gedanken Rita zu.

Da bekam er einen weiteren Schock. Denn ein eiskalter Haß strahlte von dem Mädchen auf ihn aus. Er wunderte sich, denn dieser Haß war vorhin noch nicht festzustellen gewesen.

Rita sah seinen Gesichtsausdruck und lenkte ihre Gedanken rasch in eine andere Richtung und ließ ein Tonband ablaufen. Argumente, Kommentare, Wortfetzen aus Prestons Büchern ...

»Was soll das?« fragte Wakeman.

Rita sagte nichts und preßte die Lippen zusammen, bis sie ganz blaß waren. Dann machte sie abrupt kehrt und eilte aus dem Raum.

»Ich kann Ihnen sagen, was das ist«, murmelte Cartwright heiser. Er klappte seine verbeulten Koffer zu. »Sie macht Ihnen Vorwürfe.«

»Warum?«

Cartwright nahm zwei Koffer auf und ging langsam auf die Korridortür zu. »Ich bin ihr Onkel. Sie hat immer nur mich Anweisungen geben hören, und jetzt ...« Seine Stimme verebbte und kam wieder. »Jetzt befinde ich mich in einer Situation, die ich nicht kontrollieren kann. Ich muß mich auf Sie verlassen, Wakeman.« Er überließ ihm das Öffnen der Tür und trat zur Seite. »Ich glaube, daß ich mich seit meinem Hiersein sehr verändert habe. Nun ist sie enttäuscht und macht Ihnen Vorwürfe.«

»Oh«, sagte Wakeman nur. Er ging hinter Cartwright her und war sich über zwei Dinge im klaren: daß er die Leute nicht so gut verstand, wie er glaubte, und daß Cartwright beschlossen hatte, das zu tun, was das Korps vorschlug.

Die C-Plus-Rakete stand aufrecht auf der Plattform in der Mitte des Hauptgebäudes. Als Cartwright, seine Nichte und die Gruppe Korpsleute eingestiegen waren, glitt die Luke zu. Die Decke des Gebäudes schob sich zurück. Man sah den strahlenden Mittagshimmel.

»Es ist ein kleines Schiff«, stellte Cartwright fest, als er sich mit zitternden Händen anschnallte. »Eine interessante Konstruktion . . .«

Wakeman befestigte rasch Ritas Gurte und dann seine eigenen. Sie sagte nichts zu ihm; etwas von ihrer Feindseligkeit war geschmolzen.

»Vielleicht werden wir während des Fluges bewußtlos«, sagte Wakeman. »Das Schiff ist computergesteuert.« Er lehnte sich in seinem Sitz zurück und gab dem komplizierten Mechanismus das geistige Startsignal. Die Sensoren sprachen an, und die Reaktoren erwachten mit einem schrillen Pfeifen zum Leben.

Nachdem das Schiff seine geistigen Signale beantwortet hatte, genoß Wakeman den Luxus absoluter Sicherheit. Er entspannte sich und lauschte dem beruhigenden Surren des Antriebs. Es war ein schönes Schiff, das erste nach dem Original gebaute Exemplar.

»Sie wissen, was ich denke«, unterbrach Rita O'Neill seine Gedanken.

»Ich weiß. Doch ich glaube nicht, daß Sie immer noch wütend auf mich sind.«

»Vielleicht nicht. Aber ich kann Ihnen keine Vorwürfe machen, denn Sie tun ja nur Ihre Arbeit.«

»Ich glaube, daß ich das Richtige tue«, sagte Wakeman. »Mir ist, als hätte ich die Situation unter Kontrolle.« Er wartete einen Moment. »Nun? Das Schiff ist startbereit.«

Cartwright nickte. »Ich bin auch bereit.«

Wakeman überlegte kurz und signalisierte Shaeffer: ›Irgendeine Spur?‹

›Ein weiterer Passagiertransporter trifft ein‹, kam die Antwort. ›Tritt jeden Augenblick in den Abtastradius ein.‹

Pellig würde in Batavia eintreffen, das war sicher. Er würde nach Cartwright suchen, auch das war sicher. Entkam er dem Telepathennetz, würde er das Sanatorium auf Luna entdecken. Und entdeckte er es, dann . . .

›Es gibt keinen Schutz auf Luna‹, dachte Wakeman. ›Wir verzichten praktisch auf alle Verteidigungsmöglichkeiten.‹

›Das ist richtig‹, kamen Shaeffers Gedanken. ›Aber ich denke, daß wir Pellig hier in Batavia ausschalten können, sofern wir Kontakt aufnehmen können.‹

›Wir nehmen das Risiko in Kauf‹, entschied Wakeman. Er gab das geistige Signal, worauf sich das Schiff in Bewegung setzte. Wakeman schloß die Augen.

Zunächst erfolgte der reguläre Turbinenschub, dann übernahm der C-Plus-Antrieb. Das Schiff schwebte einige Sekunden glitzernd über dem Direktionsgebäude und schoß dann, immer schneller werdend, in den Himmel.

Peter Wakeman verlor, wie zu erwarten, das Bewußtsein und spürte zuletzt eine tiefe Befriedigung über den bisherigen Verlauf der Operation. Keith Pellig würde in Batavia nichts vorfinden – nur seinen eigenen Tod.

Die Strategie des Korps schien einwandfrei zu funktionieren.

In dem Moment, als Wakemans Signal in Batavia die C-Plus-Rakete startete, landete die Interkontinentalrakete auf dem Raumflughafen.

Inmitten einer Gruppe Geschäftsleute und Pendler stieg Keith Pellig die metallene Rampe hinunter. Dann stand er im Sonnenlicht, blinzelte und blickte aufgeregt herum. Er betrachtete den Komplex der Direktionsgebäude und den endlosen Verkehrsstrom. Und er dachte an das Netzwerk der Telepathen.

11

Um 5.30 Uhr morgens setzte eine schwere Rakete in der Mitte eines Ballungszentrums auf, das einmal London gewesen war. Bewaffnete Soldaten stiegen aus, und wenige Minuten später war das baufällige alte Haus, in dem die Büros der Preston-Gesellschaft untergebracht waren, umstellt.

Reese Verrick stieg aus. Er folgte, in Stiefeln und mit einem schweren Übermantel, seinen Arbeitern den Bürgersteig entlang und verschwand hinter der Ecke des Gebäudes. Die Luft war kalt und dünn. Die Straßen waren noch feucht vom nächtlichen Niederschlag, und die grauen Gebäude verrieten kein Lebenszeichen.

»Hier ist der Platz«, sagte der Vorarbeiter zu Verrick. »Sie benutzten diese alte Scheune.« Er deutete auf den mit Gerümpel übersäten Hof. »Die Gruft ist dort.«

Verrick ging voraus. Die Arbeiter rissen schon das Stahl- und Plastikmonument ab. Der Plastikwürfel, John Prestons Gruft, stand auf der harten Betonfläche. Der Deckel war durchsichtig.

»Das ist also John Preston«, sagte Verrick nachdenklich.

Der Vorarbeiter bückte sich und untersuchte das Gehäuse. »Natürlich luftdicht verschlossen«, sagte er. »Wenn wir es hier öffnen, wird der Leichnam zu Staub zerfallen.«

Verrick zögerte. »Nun gut«, sagte er widerwillig. »Öffnen wir das Gehäuse im Labor.«

Die Arbeiter, die das Gebäude betreten hatten, kamen mit Armen voller Broschüren, Tonbandspulen, Kerzen, Mobiliar und allen möglichen Utensilien wieder zum Vorschein.

»Ein einziger Lagerraum«, sagte einer der Leute zu dem Vorarbeiter. »Reicht bis an die Decke. Da scheint es eine falsche Wand zu geben und einen großen Kellerraum. Wir beschäftigen uns gerade damit.«

Dies war das ausgesprochen unordentliche Hauptquartier, von dem aus die Gesellschaft operiert hatte. Verrick schlenderte in das Gebäude hinein. Die Arbeiter nahmen alles mit, was ihnen in die Quere kam, nur die abbröckelnden und wasserfleckigen Wände blieben stehen. Von dem vorderen Raum aus kam man in einen Flur. Verrick ging ihn ein Stück entlang und kam an einem Foto vorbei – John Prestons Bild hing noch zwischen den rostigen Kleiderhaken. »Vergessen Sie dieses Bild nicht«, sagte er zu dem Vorarbeiter.

Eine Sektion der Wand hinter dem Bild war abgerissen. Parallel zum Korridor verlief ein anderer Flur; dort schwärmten die Arbeiter herum und suchten nach weiteren verborgenen Gängen.

»Wir nehmen an, daß es noch eine Art Notausgang gibt«, erklärte der Vorarbeiter. »Wir suchen jetzt danach.«

Verrick verschränkte seine Arme und betrachtete das Foto von John Preston. Preston war ein kleiner Mann gewesen, wie die meisten Phantasten. Eine verhutzelte Kreatur mit großen Ohren, die von den Bügeln seiner dicken Hornbrille etwas nach vorn gekippt wurden. Das dunkelgraue Haar war ungeschnitten und ungekämmt. Er hatte kleine, fast feminin wirkende Lippen. Sein stoppeliges Kinn stand nicht vor, verriet aber harte Entschlossenheit. Er hatte eine plumpe, große Nase, einen vorstehenden Adamsapfel und trug ein fleckiges Hemd.

Aber was Verrick faszinierte, waren Prestons Augen: zwei stahlgraue Pupillen hinter den dicken Brillengläsern. Preston starrte ihn wütend an, wie ein alter Prophet. Eine Hand war zu sehen, die Finger gekrümmt von Arthritis. Es war wie ein Symbol des Widerstands, doch mehr eine deutende Geste. Die Lebendigkeit der Augen setzte Verrick in Erstaunen. Selbst hinter dem Glas des Bildes waren die Augen feurig und fieberglänzend. Preston, ein Krüppel, ein gekrümmter Gelehrter, Astronom und Sprachkundler ... Und was sonst noch?

»Wir haben den Fluchtgang entdeckt«, sagte Verricks Vorarbeiter. »Er führt zu einer öffentlichen Garage. Sie kamen und verschwanden möglicherweise in gewöhnlichen Wagen. Dies Gebäude scheint ihr einziges Quartier gewesen zu sein. Sie hatten allerdings über die ganze Erde verbreitete Klubs in Privatwohnungen. Jeder Klub hatte nicht mehr als zwei- oder dreihundert Mitglieder.«

»Ist alles verlassen?« fragte Verrick.

»Alles.«

Verrick folgte seinem Vorarbeiter zum Schiff. Wenige Augenblicke später waren sie auf dem Rückflug nach Farben-Hill.

Herb Moore erschien sofort, als der gelbe Würfel auf einen Labortisch gelegt worden war. »Ist das die Gruft?« fragte er.

»Ich dachte, Sie hätten mit dieser Pellig-Maschinerie zu tun«, sagte Verrick, seinen Mantel ausziehend.

Moore ignorierte ihn und begann den Dreck von dem durchsichtigen Deckel zu wischen, unter dem sich John Prestons sterbliche Hülle befand. »Aufmachen!« befahl er den Technikern.

»Altes Material«, sagte ein Mann. »Wir müssen vorsichtig sein, sonst verwandelt sich alles in Staub.«

Moore griff nach einem Schneidewerkzeug und begann den Deckel zu lösen. »Staub? Teufel, dieses Ding soll doch bestimmt eine Million Jahre halten.«

Der Deckel splitterte spröde, und Moore ließ ihn auf den Boden fallen. Aus dem offenen Würfel stieg eine dicke Staubwolke auf. Moore und seine Assistenten begannen zu husten und wichen zurück. Moore machte eine ungeduldige Geste. Zwei MacMillan-Roboter hoben den verhutzelten Körper aus dem Würfel und hielten ihn in Augenhöhe. Moore berührte das Gesicht mit einer spitzen Sonde, packte plötzlich den rechten Arm und zog daran. Der Arm löste sich ohne Widerstand. Moore starrte ihn verblüfft an.

Der vermeintliche Leichnam war eine Plastikimitation!

»Seht euch das an!« Er wollte den Arm auf den Boden werfen, doch einer der MacMillan-Roboter fing ihn rechtzeitig auf. Wo der

Arm gewesen war, da sah man jetzt ein Loch. Der ganze Körper war hohl.

Moore ging düsteren Gesichts herum und betrachtete die Imitation von allen Seiten. Schließlich packte er nach dem Haar und zog daran mit dem Erfolg, daß die ganze Schädeldecke frei wurde. Eine glänzende Metallkuppel. Moore warf die Perücke einem Roboter zu und kehrte diesem Schaustück den Rücken.

»Sieht genau wie das Foto aus«, sagte Verrick bewundernd.

Moore lachte. »Natürlich! Zuerst wurde die Imitation angefertigt und dann das Foto gemacht. Aber so ungefähr dürfte Preston ausgesehen haben.«

Eleanor Stevens löste sich aus der Gruppe der Beobachter und ging vorsichtig auf die Imitation zu. »Aber ist das etwas Neues? Ihre Arbeit ist doch noch viel intensiver. Wahrscheinlich adaptierte Preston die MacMillan-Unterlagen auf Ihre Art. Er baute ein synthetisches Ebenbild seiner selbst – wie Sie Keith Pellig konstruiert haben.«

»Was wir hörten«, sagte Moore, »war Prestons wirkliche Stimme. Es war keine künstliche Stimme. Keine zwei Stimmen haben den gleichen Klang. Selbst wenn er ein synthetisches Modell seines Körpers –«

»Sie meinen, daß er noch lebt, und zwar in seinem eigenen Körper?« fragte Eleanor. »Das ist doch unmöglich!«

Moore antwortete nicht. Er starrte mürrisch das Modell John Prestons an, hatte wieder den Arm an sich genommen und riß mechanisch einen der künstlichen Finger nach dem anderen ab. Der Blick in seinem Gesicht war mit nichts zu vergleichen, was Eleanor jemals darin gesehen hatte.

»Mein Synthetischer wird ein Jahr existieren«, sagte Moore leise. »Dann taugt er nichts mehr . . .«

»Zum Teufel«, grunzte Verrick, »wenn wir Cartwright nicht in einem Jahr erledigt haben, macht das nichts mehr aus!«

»Sind Sie sicher, daß ein Synthetischer nicht so akkurat gebaut werden könnte, daß Wort und Bild –«

»Ich kann es nicht«, unterbrach sie Moore. »Wenn es jemand kann, so weiß ich nicht, wie es gemacht wird.« Er schüttelte den Kopf und ging zur Tür des Labors. »Pellig sollte jetzt in das Netzwerk der telepathischen Verteidigung eingetreten sein. Ich möchte mit dem Apparat verbunden werden.«

Verrick und Eleanor Stevens vergaßen den Plastik-Preston und folgten ihm rasch.

»Das sollte interessant werden«, sagte Verrick kurz und eilte auf sein Büro zu. Erwartungsvoll schaltete er den Bildschirm ein, den die Techniker für ihn installiert hatten. Eleanor stand nervös hinter Verrick, als er sich auf den Anblick Keith Pelligs vorbereitete, der jeden Augenblick auf dem Landeplatz in Batavia auftauchen mußte.

Keith Pellig atmete tief die warme Luft ein und blickte herum.

Margaret Lloyd rannte aufgeregt die Rampe hinunter und hinter ihm her. »Ich möchte, daß Sie Walter kennenlernen, Mr. Pellig. Er ist irgendwo in der Nähe. Mein Gott, all diese Leute!«

Auf dem Feld herrschte Hochbetrieb. Angestellte des Direktoriums warteten auf den Heimtransport, Passagiere anderer Herkunft warteten auf Linienschiffe. MacMillan-Roboter beschäftigten sich mit Gepäckstücken. Dazu herrschte in weiter Runde ein wilder Lärm, der hauptsächlich von startenden und landenden Raketen ausgelöst wurde.

Al Davis nahm von allem Notiz, als er den Pellig-Körper stehenbleiben ließ, um auf Miss Lloyd zu warten. Je mehr Menschen, um so besser. Der Ozean der Geräusche tarnte seine eigene geistige Persönlichkeit.

»Dort ist er!« rief Margaret Lloyd mit leuchtenden Augen und wogendem Busen. Sie winkte eifrig. »Er sieht uns schon! Er kommt auf uns zu!«

Ein Mann Mitte Vierzig mit schmalem Gesicht bahnte sich einen Weg durch die Menge der lachenden und schwitzenden Leute. Er machte einen gelangweilten Eindruck, ein typischer klassifizierter Angestellter des Direktoriums, Teil einer gewaltigen Armee von Schreibtischarbeitern.

Er winkte Miss Lloyd zu und rief etwas, aber seine Worte gingen in dem Lärm unter.

»Wir könnten irgendwo essen«, sagte Miss Lloyd zu Pellig. »Kennen Sie ein Restaurant? Nein, Walter wird eins kennen; er kennt alles. Er ist schon lange hier und –« Ihre Stimme wurde von einem vorbeifahrenden Lastwagen übertönt.

Davis hörte ihr nicht zu. Er mußte weiter, mußte das plappernde Mädchen und den Mann mittleren Alters abschütteln und in Richtung des Direktionsgebäudes gehen. In seinem rechten Ärmel war der dünne Draht, der seine Daumenpistole auslöste. Der erste Blick von Cartwright, die erste Bewegung des Quizmasters, dann würde sich seine rechte Hand auf ihn richten ...

In diesem Moment sah er den Ausdruck in Walters Gesicht.

Al Davis dirigierte den Pellig-Körper zwischen den Leuten hindurch in Richtung der Straße und auf die Reihe der Oberflächenfahrzeuge zu. Walter war natürlich ein Telepath. Er hatte Davis' Gedanken erfaßt und las regelrecht das Mordprogramm. Eine Gruppe Leute teilte sich, und der Pellig-Körper prallte plump gegen ein Geländer. Mit einem Sprung schwang er sich darüber hinweg, blickte umher, kämpfte gegen eine Panik an. Denn Walter holte auf.

Davis ging eilig den Bürgersteig entlang. Er mußte in Bewegung bleiben. Er überquerte bei Rotlicht eine Kreuzung. Er kümmerte sich weder um die Fahrzeuge noch um die Leute. Jeder konnte ein Telepath sein, der die Meldung weitergab. Es war ein Netzwerk. Er würde Walter nicht davonlaufen können; der nächste Telepath vor ihm war schon alarmiert worden, dann der nächste, übernächste.

Er verschwand in einem eleganten Laden. Gutgekleidete Frauen standen an den Verkaufstischen. Er fegte an ihnen vorbei auf die Hintertür zu.

An der Tür fing ihn ein Angestellter ab, ein dicker Mann im blauen Anzug mit einem entrüsteten Puddinggesicht. »Hier können Sie nicht hinaus! Zum Teufel, wer sind Sie?« Er wälzte ihm seinen fetten Körper in den Weg.

Davis' Gedanken arbeiteten fieberhaft. Er sah nicht den Mann, der hinter ihm in den Laden getreten war, aber er spürte seine Nähe um so deutlicher. Er duckte sich, rannte an dem verdutzten Angestellten vorbei und, noch immer in geduckter Haltung, an den Ladentischen entlang. Er stieß eine alte Dame um und hielt hinter einer großen drehbaren Auslage. Was jetzt? Sie standen an beiden Türen, und er saß in der Falle. Seine Gedanken arbeiteten fieberhaft. Was jetzt?

Während er noch versuchte, einen Entschluß zu fassen, beförderte ihn ein leises Zischen heftig gegen den Schutzring, der seinen Körper umschloß. Er war wieder in Farben-Hill.

Vor seinen Augen raste eine Miniatur von Pellig über den Bildschirm. Der nächste Operator war schon mit der Lösung des Fluchtproblems beschäftigt, aber David interessierte sich nicht mehr dafür. Er saß schlaff in seinem Sessel und gestattete den an seinem echten Körper befestigten Kabeln und Drähten, das Adrenalin zu entziehen, das Brust und Herz im Griff hatte.

Ein anderer Knopf, nicht sein eigener, leuchtete auf. Er achtete nicht auf die schrillen Geräusche in seinen Ohren; jemand anders mußte jetzt für eine Weile die Probleme lösen. Er wollte nach dem Amulett unter seinem Hemd tasten, doch der Schutzring hinderte ihn daran. Es war auch unwichtig, denn er war schon in Sicherheit.

Auf dem Bildschirm sah er Keith Pellig durch das Schaufenster des Ladens springen. Die Leute draußen schrien entsetzt.

Der dicke, rotgesichtige Angestellte stand wie versteinert da, während alle anderen Leute im Laden herumrannten und gestikulierten. Seine Lippen zuckten. Speichel rieselte ihm aus dem Mund. Er verdrehte die Augen und sackte plötzlich zusammen.

Die Szene wechselte, als Pellig dem Rudel Menschen entfloh, die sich vor dem Laden versammelt hatten. Von dem dicken Angestellten war nichts mehr zu sehen. Al Davis wunderte sich. Hatte Pellig ihn umgebracht? Pellig rannte jetzt den Bürgersteig entlang; sein Körper war für rasche Bewegungen konstruiert. Er bog um eine Ecke, zögerte und verschwand in einem Filmtheater.

Das Theater war dunkel. Pellig stolperte herum – eine schlechte Taktik, dachte Davis. Die Dunkelheit würde den Telepathen nichts ausmachen, sie konnten ihm folgen wie am hellen Tag, und außerdem waren die Bewegungen des Pellig-Körpers gehemmt.

Jetzt erkannte der Operator seinen Fehler und suchte nach einem Notausgang. Schon bewegten sich die verschwommenen Silhouetten seiner Verfolger auf ihn zu. Pellig überlegte kurz und rannte in die Toilette. Eine Frau folgte ihm bis zur Tür und blieb stehen. In dieser Zeitspanne hatte Pellig mit seiner Energiepistole ein Loch durch die Wand geschweißt und erschien auf einer Seitenstraße hinter dem Theater.

Wieder überlegte er. Vor ihm war das riesige Direktionsgebäude, ein goldener Turm, der in der Mittagssonne glitzerte. Pellig atmete tief ein und trabte auf das Gebäude zu.

Ein anderer roter Knopf leuchtete auf. Der neue Operator im Pellig-Körper stürzte, rappelte sich auf und lief mit großen Schritten weiter. Niemand folgte ihm. Keine sichtbaren Verfolger. Jetzt hatte Pellig eine belebte Straße erreicht, blickte herum und winkte ein öffentliches Robot-Taxi heran.

Einen Moment später donnerte das Taxi in Richtung des Direktionsturms. Andere Wagen flitzten vorbei. Pellig saß entspannt auf dem Rücksitz, zündete sich lässig eine Zigarette an und beobachtete die Straßen. Er reinigte seine Fingernägel und versuchte den Roboter am Steuer in eine Unterhaltung zu ziehen.

Etwas Merkwürdiges war geschehen. Davis blickte auf das Positionsschema. Kein Zweifel, der Körper war zu weit gegangen. Unglaublicherweise war das telepathische Netzwerk nicht in der Lage gewesen, ihn aufzuhalten.

Warum?

Der Schweiß brach Davis aus. Ein Gefühl der Übelkeit erfaßte ihn. Vielleicht funktionierte alles. Vielleicht kam der Körper tatsächlich durch.

Ruhig und gelassen fuhr Keith Pellig auf die Büros des Direktionsgebäudes zu; die Energiepistole war bereit.

Major Shaeffer hatte sich vor seinem Schreibtisch aufgebaut und schnaufte vor Wut.

›Es ist nicht möglich‹, vernahm er die Gedanken des nächsten Korpsmannes. ›Es ist einfach nicht möglich!‹

›Es muß einen Grund geben, eine Ursache‹, dachte er zurück.

›Wir haben ihn verloren, Shaeffer, verloren! Walter Remington hatte ihn, als er das Schiff verließ. Er hatte ihn! Und dann –‹

›– haben Sie ihn entwischen lassen!‹

›Er verschwand!‹ Ein Strom von Ungläubigkeit. ›Plötzlich war er weg. Er verschwand in der Luft. Wir haben ihn insofern nicht verloren. An der zweiten Station hörte er auf zu existieren.‹

›Wie?‹

›Ich weiß es nicht.‹ Dem Mann schien elend zumute zu sein. ›Remington gab ihn an Allison in dem Bekleidungsgeschäft weiter. Alles war klar wie Glas, kein Zweifel. Der Mörder rannte durch den Laden. Seine Gedanken waren deutlich zu lesen und –‹

›Er muß einen Schutzschirm errichtet haben.‹

›Die ganze Persönlichkeit war weg – nicht nur seine Gedanken.‹

›Das ist uns noch nie passiert.‹ Shaeffer begann jetzt laut zu brüllen, so daß die Utensilien auf der Schreibtischplatte wackelten. »Und Wakeman ist auf Luna. Wir können mit ihm nicht telepathisch in Verbindung treten und werden das reguläre Sendesystem in Anspruch nehmen müssen.«

›Sagen Sie ihm, daß etwas nicht stimmt – das der Mörder sich in Luft aufgelöst hat.‹

Shaeffer rannte in den Übertragungsraum, und als er die Verbindung zu Luna herstellte, stürmten neue aufgeregte Gedanken auf ihn ein.

›Ich habe ihn!‹ meldete sich ein Korpsmann.

›Wo sind Sie jetzt? Und wo ist er?‹

›Filmtheater! Nähe des Bekleidungsgeschäfts. Er ist in der Toilette verschwunden, nur wenige Schritte von mir entfernt. Soll ich hineingehen? Ich könnte ihn leicht –‹

Der Gedanke verebbte.

›Weiter!‹ befahl Shaeffer.

Schweigen. Und dann ... ein telepathischer Schrei.

Shaeffer hielt sich überflüssigerweise die Ohren zu und schloß die Augen. Diese geistigen Schreie wiederholten sich noch mehrmals; das telepathische Netz schien zusammenzubrechen.

»Wo ist er?« rief Shaeffer laut. »Was ist geschehen?«

Die nächste Station antwortete schwach: ›Sie hat ihn verloren. Sie ist ausgeschaltet. Tot, denke ich. Ausgebrannt.‹ Befremdung. ›Ich bin im Bezirk, habe aber keinerlei Kontakt. Der Geist, den sie abtastete, existiert nicht mehr!‹

Shaeffer brachte es fertig, Peter Wakeman an den Bildschirm zu bekommen. »Wir sind geschlagen, Peter«, krächzte er.

»Was soll das heißen? Cartwright ist noch nicht einmal da!«

»Wir hatten den Mörder und verloren ihn. Wenig später hatten wir ihn in einem anderen Bezirk. Er ist an drei Stationen vorbeigekommen, Peter, und immer noch unterwegs. Wie ist das nur –?«

»Hören Sie genau zu«, unterbrach ihn Wakeman. »Wenn Sie ihn haben, lassen Sie ihn nicht mehr aus dem Griff. Folgen Sie ihm, bis die nächste Station übernimmt. Vielleicht sind die Leute zu weit auseinander. Vielleicht –«

›Ich habe ihn‹, flog Shaeffer ein Gedanke zu. ›Er ist in meiner Nähe ... Merkwürdig ...‹ Zweifel und Verwunderung. ›Da muß noch ein Mörder sein; aber das ist unmöglich ...‹ Steigende Spannung. ›Ich kann Pellig tatsächlich sehen. Stieg eben aus einem Taxi und geht die Straße entlang. Vor mir. Er geht auf den Haupteingang des Direktionsgebäudes zu. Ich werde ihn töten ... Er bleibt stehen, denkt daran, die Straße zu überqueren und –‹

Nichts mehr.

Shaeffer wartete. Noch immer nichts. »Ist er tot?« fragte er laut.

›Er ist weg!‹ Dieser Gedanke teilte sich Shaeffer mit einem hysterischen Kichern mit. Er steht vor mir und ist gleichzeitig nicht da ... Er ist hier und ist nicht hier. Wo sind Sie? Wen möchten Sie sprechen? Mr. Cartwright ist im Augenblick nicht da. Wie heißen Sie? Sind Sie der gleiche Mann, den ich ... oder ist da ...‹

Infantiles Gemurmel.

Es war undenkbar. Keith Pellig stand einem Korpsmann gegenüber – und doch war Keith Pellig vom Erdboden verschwunden!

*

Verrick, der die Bewegungen des Mörders am Monitor verfolgte, wandte sich an Eleanor Stevens. »Wir haben uns geirrt«, sagte er. »Alles funktioniert besser, als wir uns das vorstellten. Warum?«

»Vielleicht liegt es daran, weil Sie sich mit mir unterhalten haben und weil ich völlig verschwand. An meiner Stelle erschien eine völlig andere Person.«

»Eine andere Person in physischer Hinsicht, ja«, gab Verrick zu.

»Nicht einmal eine Frau. Ein junger Mann oder ein alter Mann. Ein paar völlig andere Körper, welche die Unterhaltung fortsetzten, als wäre nichts geschehen.«

»Ich verstehe«, sagte Verrick.

»Telepathen sind von telepathischen Mitteilungen abhängig«, erklärte Eleanor. »Nicht von rein visuellen Eindrücken. Jede Person hat einen einmaligen Instinkt. Die Telepathen sind auf einen geistigen Kontakt angewiesen, und wenn dieser gebrochen ist ... Reese, ich denke, Sie haben sie in den Wahnsinn getrieben.«

Verrick stand auf und entfernte sich von dem Beobachtungsschirm. »Passen Sie eine Weile auf, Eleanor.«

»Nein.« Eleanor fröstelte. »Ich will es nicht sehen.«

Auf Verricks Schreibtisch ertönte ein Summer. ›Flugliste aus Batavia‹, meldete sich ein Monitor. ›Abflugzeiten und Bestimmungsorte der letzten Stunde unter besonderer Berücksichtigung einmaliger Flüge.‹

»In Ordnung.« Verrick nickte, nahm die Metallfolie entgegen und legte sie auf den Schreibtisch. »Gut«, sagte er heiser zu Eleanor. »Es dauert nicht mehr lange.«

Ruhig, die Hände in den Taschen, ging Keith Pellig die breite Marmortreppe zum Haupteingang des Direktionsgebäudes in Batavia hinauf und steuerte zielstrebig Leon Cartwrights Abteilung an.

12

Peter Wakeman hatte einen Fehler gemacht.

Er saß lange Zeit da und dachte über die Tragweite seines Fehlers nach. Mit zitternder Hand goß er sich einen Drink ein. Whisky. In dem Glas war eine Schicht getrocknetes Protein. Er warf das Glas mit Inhalt in den Abfallschlitz und trank aus der Flasche. Dann stand er auf und stieg in den Lift zum oberen Stock des Sanatoriums.

Korpsleute, die auf Erholung waren, tummelten sich vergnügt in einem riesigen Bassin mit blauem Wasser. Unter der gewaltigen durchsichtigen Plastikkuppel war eine angenehm würzige Luft. Wakeman ging am Rand des Bassins entlang und sah Rita O'Neill, die gerade aus dem Wasser gestiegen war und unweit der Hauptgruppe ein Sonnenbad nahm. Ihr schlanker nackter Körper glitzerte in dem durch die Linsen der Kuppel sickernden Licht. Als sie Wakeman sah, richtete sie sich rasch auf, wobei ihr schwarzes Haar über ihre braunen Schultern fiel.

»Alles in Ordnung?« fragte sie.

Wakeman ließ sich in einen Liegestuhl fallen. Ein MacMillan-Roboter erschien, und Wakeman nahm mechanisch ein Glas von dem angebotenen Tablett. »Ich habe mich mit Shaeffer unterhalten«, sagte er.

Rita nahm einen Kamm und begann ihr Haar zu glätten. »Was hatte er zu sagen?« Sie verlieh ihrer Stimme einen gelassenen Klang. Ihre Augen waren groß, dunkel und ernst.

Wakeman nippte an seinem Glas und überließ seinen Körper der wohltuenden Wärme. Nicht weit von ihm entfernt planschte die ausgelassene Badegesellschaft lachend und scherzend in dem gechlorten Wasser herum. Ein riesiger Wasserball wurde hochgeschleudert, schwebte wieder abwärts und wurde von einem Korpsmann aufgefangen. Er blickte wieder Rita an und betrachtete ihre attraktive Figur. »Sie können ihn nicht aufhalten«, sagte er. Der Whisky in seinem Magen schien sich in einen kompakten Klumpen verwandelt zu haben. »Es wird nicht mehr lange dauern, dann ist er hier. Ich habe falsch kalkuliert.«

Ritas schwarze Augen weiteten sich. Sie vergaß sekundenlang ihren Kamm; dann kämmte sie langsam und methodisch weiter, strich endlich ihr Haar zurück und stand auf. »Weiß er, daß Leon hier ist?«

»Noch nicht. Doch das ist nur noch eine Frage der Zeit.«

»Und wir können ihn hier nicht verteidigen?«

»Wir können es nur versuchen. Vielleicht kann ich auch herausfinden, was schiefgegangen ist. Vielleicht kann ich weitere Informationen über Keith Pellig bekommen.«

»Werden wir Leon zu einem anderen Platz bringen?«

»Das hat keinen Sinn. Hier ist es so sicher wie überall.« Wakeman erhob sich steif und schob sein halbleeres Glas zur Seite. Er kam sich alt und verbraucht vor; seine Knochen schmerzten. »Ich gehe nach unten und höre die Bänder Herb Moores ab. Besonders interessiert mich das Band jenes Tages, an dem er sich mit Cartwright unterhielt. Vielleicht finde ich irgend etwas von Bedeutung heraus.«

Rita schlüpfte in ihren Bademantel und knotete locker die Gürtelenden. Sie schob ihre Füße in knöchelhohe Schuhe und suchte ihre Badeutensilien zusammen.

»Wie lange haben wir noch Zeit?« fragte sie.

»Nicht mehr lange. Es scheint einfach alles auseinanderzufallen ...«

Ritas Stimme klang ruhig. »Leon ruht jetzt. Ich habe ihn überredet. Der Arzt gab ihm eine einschläfernde Injektion.«

»Jedenfalls habe ich getan, was ich für richtig hielt«, sagte Wakeman. »Aber ich muß etwas übersehen haben. Es ist klar, daß wir gegen Dinge kämpfen, die wir nicht berücksichtigt haben.«

»Sie hätten Leon die Leitung überlassen sollen«, sagte Rita. »Sie haben ihm jede Initiative aus den Händen genommen. Sie sind wie Verrick und alle anderen. Sie haben nie geglaubt, daß er alles allein machen kann. Sie haben ihn wie ein kleines Kind behandelt, bis er selbst daran glaubte und aufgab!«

»Ich werde Pellig stoppen«, sagte Wakeman entschlossen. »Ich werde alles ins Lot bringen und ihn aufgehalten haben, bevor er Ihren Onkel bekommen hat. Nicht Verrick hat das eingefädelt, denn ihm wäre so etwas niemals in den Sinn gekommen. Es muß Moore sein.«

»Nur schade, daß Moore nicht auf unserer Seite ist«, sagte Rita sarkastisch.

»Ich werde ihn stoppen«, wiederholte Wakeman. »Irgendwie und irgendwo.«

»Zwischen Ihren diversen Drinks vielleicht.« Rita zog die Schnürsenkel ihrer Schuhe zu und ging dann die Rampe hinunter in Richtung von Cartwrights Privatquartier. Sie drehte sich nicht mehr nach Wakeman um.

Keith Pellig stieg zuversichtlich die breite Marmortreppe des Direktionsgebäudes hinauf. Er ging im gleichen Tempo wie die Direktionsangestellten. In der Halle blieb er einen Moment stehen, um sich zu orientieren.

Plötzlich schrillten mit unerhörtem Getöse alle Alarmsignale innerhalb des Gebäudes.

Die lächelnden Gesichter der Angestellten und Besucher in der Halle veränderten sich abrupt. Alle Leute verwandelten sich in eine mißtrauische, verstörte Masse. Aus versteckten Lautsprechern dröhnten blecherne Stimmen:

›Gebäude räumen! Jeder hat das Gebäude zu verlassen! Der Mörder befindet sich innerhalb des Gebäudes! Jeder hat das Gebäude zu verlassen!‹

Pellig verlor sich in einer wirbelnden Masse von Männern und Frauen. Er bahnte sich einen Weg zum nächsten Korridor.

Ein Aufschrei!

Jemand hatte ihn erkannt.

Jetzt kam es für Pellig darauf an, in Bewegung zu bleiben, kein Ziel zu bieten.

›Der Mörder ist jetzt in der Halle!‹ blökten die Lautsprecher. ›Auf die Halle konzentrieren!‹

»Dort ist er!« schrie ein Mann, und die anderen Leute fast im Chor: »Dort ist er!«

Auf dem Dach des Gebäudes landeten Militärtransporter. Grüngekleidete Soldaten fuhren in den Lifts nach unten. Schwere Waffen folgten in den Lifts oder wurden vom Dach hinuntergelassen.

»Das sind keine Telepathen«, sagte Reese Verrick am Bildschirm zu Eleanor Stevens. »Soll das heißen –?«

»Daß das Korps ausgeschaltet ist«, ergänzte Eleanor Stevens. »Sie sind erledigt.«

»Dann werden sie Pellig visuell verfolgen. Damit verringert sich der Wert unserer Maschinerie.«

›Der Mörder ist in der Halle!‹ dröhnten die mechanischen Stimmen.

Schwere Waffen rollten die Korridore entlang. Draußen umstellten die Soldaten den ganzen Gebäudekomplex. Alle Leute, die aus dem Gebäude kamen, wurden visuell genauestens überprüft.

Aber Pellig kam nicht heraus. Er machte kehrt – in diesem Augenblick glühte ein anderer roter Knopf auf, und Pellig überlegte es sich anders.

Der nächste Operator war schon bereit und hatte alles ausgearbeitet, als er in den synthetischen Körper schlüpfte. Er rannte einen Nebenkorridor entlang.

›Der Mörder hat die Halle verlassen!‹ brüllte es in den Lautsprechern. ›Achtung! Achtung!‹

Soldaten nahmen die Verfolgung Pelligs auf.

Mit seiner Energiepistole brannte er ein Loch in die Wand, stieg hindurch und stand in der Empfangshalle. Der Raum war leer und still – kein Mensch zu sehen.

Dies war der Raum, in dem Benteley auf Reese Verrick gewartet hatte . . .

Der synthetische Körper rannte von einem Büro zum anderen, ein hin und her flitzendes Etwas, das ohne jede sichtbare Gemütsbewegung alles vernichtete, was ihm in die Quere kam. Seine Füße berührten kaum den Boden. Er fegte durch große Büroräume und löste unter den Angestellten eine Panik aus.

Dann stand Pellig vor der Mauer der inneren Festung des Quizmasters. Seine Energiepistole hatte diesmal nicht die gewünschte Wirkung; der Strahl prallte ab. Pellig taumelte befremdet zurück.

›Der Mörder ist im Innenbüro!‹ dröhnten die mechanischen Stimmen über ihm, um ihn herum und den Korridor entlang. ›Kreist ihn ein und vernichtet ihn!‹

Pellig rannte planlos herum – und wieder flammte ein rotes Licht auf.

Der neue Operator stolperte, krachte gegen ein Pult, riß seinen synthetischen Körper auf die Beine und hatte schon die geheime Stelle in der Wand gefunden.

Verrick in seinem Büro rieb sich zufrieden die Hände. »Jetzt dauert es nicht mehr lange. Ist Moore jetzt der Operator?«

»Nein, es ist einer vom Stab«, antwortete Eleanor.

Jetzt sah man ein Loch in der Wand des versteckten Korridors und Pellig rannte ohne zu zögern hinein.

Die Gaskapseln unter seinen Füßen zerplatzten wirkungslos, denn ein synthetischer Körper brauchte nicht zu atmen.

Verrick lachte wie ein aufgeregtes Kind. »Sie können ihn nicht aufhalten! Er ist drin!« Er sprang auf und schlug mit den Fäusten auf seine Knie. »Jetzt wird er ihn erledigen! Jetzt!«

Aber die Festung, mit Waffen und elektronischen Geräten gespickt, war leer.

Verrick stieß einen schrillen Fluch aus. »Er ist weg! Er ist weg!« In seinem breiten Gesicht zeichnete sich maßlose Enttäuschung ab. »Sie haben diesen Hund herausbekommen!«

Herb Moore fummelte an den Schaltern seines Kontrollschirms herum, und der Pellig-Körper stand wie angewurzelt einen Schritt in der Kammer. Da war der schwere Schreibtisch, an dem Cartwright hätte sitzen müssen. Es war alles vorhanden – nur Cartwright nicht.

»Er muß doch in der Nähe sein!« schrie Verrick Moore ins Ohr. »Eine Falle! Ein Köder! Jetzt werden sie Pellig vernichten!«

Von überall eilten Soldaten heran.

›Der Mörder ist im Innenraum!‹ schrien die Lautsprecher triumphierend.

›Fangt den Mörder!‹

›Tötet ihn!‹

›Schießt ihn nieder und zertretet ihn!‹

Eleanor schob sich näher an Verrick heran und sagte: »Sie haben ihn absichtlich in die Kammer hineingelassen. Jetzt holen sie ihn . . .«

»Er soll sich bewegen!« schrie Verrick. »Um Himmels willen, sie verbrennen ihn zu Asche, wenn er nur auf der Stelle steht!«

Pelligs Verfolger ließen sich nun Zeit. Gewehrläufe schoben sich durch die Öffnung, die Pellig in die Wand geschnitten hatte. Er raste jetzt den Flur entlang und wie ein gefangenes Tier von einer Tür zur anderen. Einmal vernichtete er eine leichte MacMillan-Kanone, die sich zu weit vorgewagt hatte, und raste darüber hinweg. Aber der Korridor dahinter wimmelte von Soldaten und Waffen. Er gab auf und rannte wieder zurück.

»Sie haben Cartwright aus Batavia herausgebracht!« fauchte Herb Moore.

»Sucht ihn!«

»Er ist nicht mehr da. Zeitverschwendung«, sagte Moore und dachte: ›Übermitteln Sie mir Ihre Schiffbewegungsanalyse von Batavia, speziell die Bewegungen der letzten Stunde!‹

›Aber –‹

›Wir wissen, daß er noch vor einer Stunde da war. Beeilung!‹

Moore hatte die Metallfolie in der Hand, überflog die Daten und sagte auf telepathischem Wege: ›Er ist auf Luna. Sie beförderten ihn auf ihrem C-Plus-Schiff!‹

›Das weiß man nicht genau. Er kann auch sonst irgendwo sein.‹

Moore drückte auf einige Knöpfe, und sein Körper sank schlaff in den Schutzring.

Ted Benteley sah auf seinem eigenen Schirm den Pellig-Körper zusammenzucken. Ein neuer Operator hatte von der synthetischen Hülle Besitz ergriffen, und er verschwendete keine Zeit. Er brannte eine Handvoll Soldaten nieder und dann einen Teil der Wand. Stahl und Plastik schmolzen zusammen und quirlten wie Lava. Der synthetische Körper glitt durch die Öffnung, war draußen und flog wie ein Geschoß in Richtung der vollen Mondscheibe, die deutlich am Nachmittagshimmel zu sehen war.

Die Erde unter Pellig wurde kleiner – er bewegte sich jetzt im freien Raum.

Benteley saß wie erstarrt vor seinem Schirm. Plötzlich begriff er die Zusammenhänge. Das war kein Traum gewesen. Der synthetische Körper war ein Miniaturraumschiff und benötigte keinen Sauerstoff. Und er war auch unempfindlich gegen extreme Temperaturen. Der Körper konnte interplanetarische Flüge machen.

Peter Wakeman fing die Meldung wenige Sekunden, nachdem Pellig die Erde verlassen hatte, auf. »Er ist verschwunden«, murmelte Shaeffer. »Er flog wie ein Meteor in den Raum hinaus ...«

»Wohin?« fragte Wakeman.

»Richtung Luna«, murmelte Shaeffer tonlos. »Aus und vorbei ...«

Wakeman unterbrach die Verbindung und wandte sich wieder seinen Berichten zu. Sein Schreibtisch war ein Chaos aus Kaffeebechern, Zigarettenstummeln und einem Glas Whisky, das noch halbvoll war. Jetzt gab es keinen Zweifel mehr: Keith Pellig war kein menschliches Wesen. Er war ein Roboter und mit allen technischen Errungenschaften ausgerüstet, die Moores Labor hervorgebracht hatte. Aber das erklärte noch nicht die wechselnden Persönlichkeiten, vor denen die Korpsleute kapituliert hatten. Es sei denn ...

Die Persönlichkeiten kamen und verschwanden. So reagierte Pellig jedesmal anders. Shaeffer hatte die nichttelepathischen Truppen angefordert und logisch gehandelt.

Wakeman zündete sich eine Zigarette an und tastete an seinem Glücksamulett herum, bis es sich von der Kette löste und auf den Schreibtisch fiel. Er hatte es beinahe. Wären ein paar Tage Zeit gewesen ... Er stand plötzlich auf und ging auf einen Schrank zu. Dann gab er den Korpsleuten im Sanatorium bekannt, daß der Mörder dem Netz in Batavia entkommen und auf dem Weg zu Luna sei.

Diese Bekanntgabe erweckte Entsetzen und Enttäuschung.

›Der Mörder muß noch außerhalb der Kuppel gestellt werden‹, teilte er mit und berichtete, was er bisher über Pellig in Erfahrung gebracht hatte und glaubte.

Sofort trafen Empfangsbestätigungen ein:

›Ein Roboter?‹

›Eine vielfältige synthetische Persönlichkeit?‹

›Dann können wir uns nicht auf die telepathische Wahrnehmung verlassen und müssen uns nach seiner physisch-visuellen Erscheinung richten.‹

›Mordgedanken können wir feststellen‹, dachte Wakeman und streifte seinen Farley-Anzug über. ›Aber erwarten Sie keine Kontinuität. Der Gedankenprozeß bricht ohne Anzeichen ab.‹

›Erfordert jeder separate Komplex eine neue Strategie?‹

›Anscheinend.‹

Diese Antwort löste Bewunderung aus. ›Phantastisch! Ein brillanter Beitrag!‹

›Finden Sie ihn‹, dachte Wakeman grimmig, ›und töten Sie ihn auf der Stelle. Sobald Sie den Mordgedanken erfaßt haben, verwandeln Sie ihn in Staub. Warten Sie auf nichts anderes.‹

Wakeman genehmigte sich noch einen doppelten Whisky aus Reese Verricks Privatvorrat. Dann setzte er seinen Farley-Helm auf, griff nach einer Handfeuerwaffe und eilte zu der nächsten Schleuse der riesigen Kuppel.

Er justierte alle Vorrichtungen seines Raumanzugs, betrat die Schleuse und ging wenig später in die öde Mondlandschaft hinaus. Die von Meteoreinschlägen herrührenden Krater waren ein trostloser Anblick. Nichts rührte sich. Kein Wind, keine Staubwolke, nicht die geringste Spur von Leben. Wohin Wakeman auch blickte, er sah nur Felsen, Krater und Risse. Als Wakeman sich vorsichtig in Bewegung setzte, hatte er das Gefühl, über einen riesigen Totenschädel zu schreiten.

Die zahlreichen Linsen der Kuppel hinter ihm zwinkerten – ein gigantischer Ballon mit ausgeglichenen Temperaturen, Komfort und Gemütlichkeit.

Als Wakeman über die öde Landschaft schritt, hämmerte in seinem Gehirn ein triumphierender Gedanke:

›Ich habe ihn entdeckt, Peter! Er landete soeben eine Viertelmeile von mir entfernt!‹

Wakeman rannte mit großen Sätzen durch den grauen Staub und signalisierte: ›Verlieren Sie ihn nicht aus den Augen! Er darf sich nicht der Kuppel nähern!‹

Der Korpsmann war aufgeregt und erstaunt. ›Er landete wie ein Meteor. Ich war schon eine Meile von der Kuppel entfernt, als ich Ihren Befehl erhielt. Ich sah einen Blitz und ging auf die Stelle zu, um alles zu untersuchen.‹

›Wie weit sind Sie von der Kuppel entfernt?‹

›Ungefähr drei Meilen insgesamt.‹

Drei Meilen ... Keith Pellig war seiner Beute sehr nahe.

Wakeman verringerte seine Schwerkraft und rannte schneller. Mit weiten Sprüngen bewegte er sich auf seinen Korpskollegen zu. Die Kuppel hinter ihm wurde kleiner und kleiner. Keuchend und nach Luft schnappend rannte er in Richtung des Mörders.

Er stolperte über eine Spalte und stürzte der Länge nach. Als er sich aufrichtete, hörte er ein leises Zischen. Mit der einen Hand tastete er nach dem Reparaturzeug und mit der anderen nach der Pistole – sie war weg. Er hatte sie verloren, irgendwo zwischen den grauen Felsen.

Er mußte die Pistole vergessen und sich auf die Reparatur seines Raumanzugs konzentrieren. Die flüssige Plastikmasse wurde sofort hart, und das beängstigende Zischen hörte auf. Als er dann weiter nach der Pistole suchte, traf ihn ein neuer Gedanke:

›Er bewegt sich weiter! Er bewegt sich auf die Kuppel zu. Er hat das Sanatorium entdeckt!‹

Wakeman fluchte und stellte seine Suche ein. Er rannte mit schwebenden Sprüngen auf den Korpsmann zu, rannte über einen Hügel hinweg und schlidderte auf der anderen Seite hinunter. Die Gedanken des Korpsmannes waren nun stark. Er hielt sich in Wakemans Nähe auf.

Und zum erstenmal empfing er die Gedanken des Mörders.

Er blieb stehen und signalisierte wild: ›Das ist nicht Pellig. Das ist Herb Moore!‹

Moores Geist arbeitete auf Hochtouren. Weil er nicht wußte, daß er abgetastet wurde, hatte er die Maske fallen lassen. Seine hochbrisanten Gedanken und Empfindungen strömten ungetarnt aus und erreichten eine phantastische Stärke, als er die Kuppel des Sanatoriums entdeckte.

Wakeman stand starr da und konzentrierte sich auf die geistige Energie, die ihm entgegenprallte. Und darin steckte die ganze Geschichte. Moores supergeladenen Gehirnströme waren die Antwort auf alle Fragen, die ihn beschäftigt hatten.

Keith Pellig bestand aus einer Vielzahl menschlicher Persönlichkeiten, die mittels eines Schaltmechanismus beliebig ausgewechselt werden konnten, und zwar aufs Geratewohl. Es gab kein bestimmtes Schema, keinen Anschluß an eine schon vorhandene Gedankenkette, Minimax, Zufälligkeit, M-Spieltheorien, nichts weiter ...

Es war eine Lüge.

Wakeman wich zurück. Unter der dicken Schicht Spieltheorien war noch eine Ebene, ein Syndrom von Haß, Verlangen und schrecklicher Furcht. Eifersucht auf Benteley, ein tödlicher Terror mit Schemen und Plänen vermischt, eine kompliziert aufgebaute

Form von Notwendigkeit und zielorientierten Strebens und Ehrgeizes. Moore war ein gehetzter Mann und demzufolge in der Lage, sich die riskantesten taktischen Pläne auszudenken.

Jedenfalls war die Schaltung der Pellig-Maschinerie an sich nicht zufällig. Moore hatte die komplette Kontrolle. Er konnte jederzeit Operatoren in den Körper schalten und sie zu gegebener Zeit wieder zurückziehen. Er konnte jede Kombination wählen, konnte sich selbst beliebig ein- und ausschalten. Und ...

Moores Gedanken konzentrierten sich auf einen Brennpunkt. Er hatte den ihm folgenden Korpsmann erspäht. Der Pellig-Körper flog hoch und schickte dem Telepathen einen tödlichen Energiestrahl entgegen.

Der Mann schrie einmal auf, und dann verwandelte sich seine physische Wesenseinheit in Asche. Schmerzliche Empfindungen drangen auf Wakeman ein. Er spürte deutlich den Kampf des Geistes, das vergebliche Bemühen, die Persönlichkeit zu erhalten, als der Körper schon aufgehört hatte zu existieren.

»Peter ...« Wie eine Gaswolke war der Geist des Korpsmannes, und wie eine Gaswolke verflüchtigte er sich. Der Mann war tot, aufgelöst in die Zufallspartikel der freien Energie. Den Geist als Einheit gab es nicht mehr.

Wakemann verfluchte seine verlorene Pistole, verfluchte sich selbst und Cartwright und alle im System. Er warf sich hinter einen öden Felsen und wartete, bis Pellig wieder mit beiden Füßen auf der Mondoberfläche stand. Pellig blickte herum, schien mit dem Ergebnis zufrieden zu sein und begann vorsichtig auf die leuchtende, drei Meilen entfernte Kuppel zuzukriechen.

›Faßt ihn!‹ signalisierte Wakeman verzweifelt. ›Er hat es nicht mehr weit!‹

Keine Antwort. Kein anderer Korpsmann war in der Nähe, um seine Gedanken aufzufangen. Mit dem Tod des ihm nächsten Korpsmannes war das Relais zerstört. Pellig spazierte ruhig durch das Loch im Zaun.

Wakeman sprang auf die Beine, hob einen gewaltigen Gesteinsbrocken an und schleppte ihn zum Kamm des Hügels. Unter ihm ging Keith Pellig. Er schien zu lächeln – wie ein Jüngling ohne Schuld und Verschlagenheit. Wakeman hob den Brocken über seinen Kopf; die geringe Schwerkraft auf dem Mond kam ihm zur Hilfe. Er schwankte, balancierte den Brocken und schleuderte ihn auf die rasch gehende synthetische Gestalt.

Pellig sah rechtzeitig den auf ihn zufliegenden Brocken und

sprang leichtfüßig zur Seite. Sein Gehirnstrom verriet Überraschung, Furcht und Panik. Er stolperte und richtete seine Energiepistole auf Wakeman.

Und dann war Herb Moore verschwunden.

Der Pellig-Körper veränderte sich geringfügig. Wakeman erstarrte bei diesem Anblick das Blut. Hier auf der kahlen Mondoberfläche verwandelte sich vor seinen Augen ein Mensch! Es war nicht mehr derselbe Körper, nicht mehr dasselbe Gesicht ... denn es war nicht der gleiche Mensch. Moore war verschwunden, und ein neuer Operator hatte übernommen. Hinter den hellblauen Augen Pelligs verbarg sich jetzt eine andere Persönlichkeit.

Der neue Pellig-Operator schwankte ein wenig, stand dann aber fest auf den Beinen. Eine sekundenlange Verwirrung strahlte auf Wakeman aus, als er sich nach einem anderen Brocken umsah.

›Wakeman!‹ kamen die Gedanken. ›Peter Wakeman!‹

Wakeman hatte schon einen Brocken und ließ ihn wieder fallen. Der neue Operator hatte ihn erkannt, und es war ein bekanntes Gedankenmuster. Wakeman tastete ihn ab und wußte einen Moment nicht, um wen es sich handelte. Gewiß, das Gedankenmuster war ihm bekannt, aber in dieser Situation errinnerte er sich nur verschwommen. Ein Gefühl, in dem Furcht, Wachsamkeit und Widerstreit vermischt waren. Aber nun wußte er es ohne Zweifel.

Es war Ted Benteley.

13

Draußen im toten Universum, jenseits des bekannten Systems, flog der alte Erztransporter weiter. Captain Groves saß im Kontrollraum und lauschte mit angespanntem Gesicht.

›Die Flammenscheibe ist noch weit weg‹, murmelte die gewaltige Stimme in seinem Gehirn. ›Verliert nicht den Kontakt mit meinem Schiff ...‹

»Sie sind John Preston«, sagte Groves gedämpft.

›Ich bin sehr alt‹, erwiderte die Stimme, ›und ich bin schon lange hier.‹

»Anderthalb Jahrhunderte«, sagte Groves. »Es ist nicht zu fassen.«

›Ich habe hier gewartet. Ich wußte, daß ihr kommen würdet. Mein Schiff wird sich in der Nähe aufhalten; ihr werdet uns von

Zeit zu Zeit als Masse sehen können. Wenn alles korrekt verläuft, werde ich euch zum Landeplatz lotsen.‹

»Werden Sie dort sein?« fragte Groves. »Werden Sie mit uns zusammentreffen?«

Keine Antwort auf diese Frage. Die Stimme war weg, er war allein.

Groves rief mit unsicherer Stimme nach Konklin. Sekunden später kamen Konklin und Mary Uzich in die Kabine geeilt; Jereti folgte ihnen dichtauf.

»Ihr habt ihn gehört«, sagte Groves mit schwerer Stimme.

»Es war John Preston«, flüsterte Mary.

»Er ist steinalt geworden«, sagte Konklin. »Ein kleiner alter Mann, der hier im Raum auf uns gewartet hat. All diese Jahre ...«

»Ich denke, wir werden unser Ziel erreichen«, sagte Groves. »Selbst wenn Cartwright umgebracht wird, erreichen wir die Flammenscheibe.«

»Was sagte Cartwright?« fragte Jereti. »Freute er sich, von John Preston zu hören?«

Groves zögerte. »Cartwright war beschäftigt.«

»Aber sicher war er –«

»Er weiß, daß er ermordet werden soll«, unterbrach ihn Groves. »Da hat er keine Zeit, noch an etwas anderes zu denken!«

Niemand sagte für eine Weile etwas. Schließlich Konklin: »Gab es irgendwelche Neuigkeiten?«

»Pellig hat Batavia erreicht. Und es ist etwas verkehrt gelaufen. Cartwright ist in größter Gefahr. Irgendwie hat das telepathische Korps versagt.«

Wakeman schrie: »Benteley! Hören Sie mir zu! Moore hat alles eingefädelt. Sie sind getäuscht worden. Es ist kein Zufall!«

Sein Schreien war sinnlos. Ohne Atmosphäre erstarb seine Stimme schon unter seinem Helm. Benteleys Gedanken konnte er klar und deutlich empfangen, doch andererseits konnte er, Wakeman, sich ihm nicht mitteilen. Die Gestalt Keith Pelligs und der Geist Ted Benteleys waren nur wenige Schritte von ihm entfernt – und er hatte keine Kontaktmöglichkeit.

Benteleys Gedanken waren gemischt. Es ist Peter Wakeman, dachte er, der Telepath, dem ich schon begegnet bin. Er begriff, daß er in Gefahr war, wußte von der Nähe der leuchtenden Kuppel. Wakeman spürte auch den Gedanken an den Mord. Doch im Hintergrund Abneigung und Zweifel, Mißtrauen gegen Verrick und Antipathie gegen Herb Moore. Benteley war unentschlossen; seine Energiepistole schwankte.

Wakeman rutschte jetzt den Hang hinunter und malte rasch die Worte in den Staub:

›Moore hat Sie hereingelegt. Kein Zufall!‹

Benteley sah die Worte, und Keith Pelligs Gesicht wurde hart. Er erkannte die Einseitigkeit dieser teletpathischen Unterhaltung, Wakeman war nur Empfänger, aber nicht Sender. ›Weiter, Wakeman‹, signalisierte er. ›Was meinen Sie mit ‚hereingelegt'?‹

Und Wakeman schrieb in den Staub:

›Moore will Sie und Cartwright gemeinsam umbringen!‹

Benteley verriet Erstaunen. ›Was soll das heißen?‹ Dann mißtrauisch: ›Das ist Ihre Taktik.‹

Wakeman suchte verzweifelt nach einer weiteren Fläche zum Schreiben. Doch er hatte schon genug geschrieben, denn Benteley konnte sich den Rest allein zusammenreimen: seine Schlägerei mit Moore, seine sexuellen Beziehungen zu Eleanor Stevens, auf die Moore es abgesehen hatte, Moores Eifersucht. All das durchkreuzte in Sekundenschnelle Benteleys Gehirn. Er ließ die Pistole sinken. Sie beobachten das alles, dachte er. Die Operatoren an ihren Bildschirmen, und Moore sieht es auch.

Wakeman spürte die unmittelbare Gefahr, als er auf die Pellig-Gestalt mit Benteley darin zustolperte. Er gestikulierte wild und schrie sinnloserweise.

Benteley hob seine Pistole, als Wakeman nur noch einen Schritt vor ihm stand. ›Abstand halten!‹ dachte er grimmig. ›Ich weiß noch nicht, was ich von Ihnen halten soll. Sie arbeiten für Cartwright.‹

Wakeman malte rasch die Worte in den Staub:

›Pellig wird explodieren, wenn er in Cartwrights Nähe ist. Moore wird Sie dann in den Körper schalten.‹

›Weiß Verrick davon?‹ wollte Benteley wissen.

›Ja‹, malte Wakeman.

›Eleanor Stevens?‹

›Ja.‹

Benteleys Geist strahlte Schmerz aus. ›Woher soll ich wissen, daß das zutrifft? Beweisen Sie es!‹

›Überprüfen Sie Ihre Körperhülle‹, schrieb Wakeman. ›Suchen Sie nach der Kabelzündung der Bombe!‹

Benteley tastete mit fliegenden Fingern an seiner synthetischen Brust herum. Sein Geist signalisierte technische Daten, als er das

Kabel entdeckte, das sich in seiner synthetischen Hülle befand. Wakeman war ein paar Schritte zurückgetreten und tastete vergeblich nach seinem Glücksamulett, das er verloren und nicht mehr aufgenommen hatte.

Benteley schwankte. Die letzte Spur von Loyalität zu Reese Verrick verpuffte rasch. Haß und Widerwillen lösten sie ab. ›So sieht es also wirklich aus‹, dachte er schließlich. Eine embryonische Strategie blitzte in ihm auf. ›In Ordnung, Wakeman.‹ Sein Geist wurde hart. ›Ich bringe den Körper zurück – zurück nach Farben-Hill.‹

Wakeman atmete auf und sagte laut: »Gott sei Dank . . .«

Benteley wurde wieder aktiv. Er wußte, daß Moore ihn beobachtete, inspizierte Reaktor und Düsenkontroller und ließ den synthetischen Roboter lautlos in den schwarzen Himmel und in Richtung Erde schnellen.

Der Körper hatte eine Viertelmeile zurückgelegt, als Herb Moore den Selektivitätsmechanismus in Tätigkeit setzte. Ohne jede Vorwarnung wurde Ted Benteley in seinen Sessel geschmettert und gegen den Schutzring gedrückt.

Auf dem Monitor vor ihm flog der Pellig-Körper im weiten Bogen auf die Mondoberfläche zurück. Er entdeckte die Gestalt Peter Wakemans und richtete seine Energiepistole auf ihn.

Wakeman sah es, blieb stehen und war seltsam ruhig angesichts des synthetischen Körpers, der ihn in Asche verwandeln würde. Moore war wieder selbst der Operator.

Benteley zwängte sich aus seinem Schutzring und riß die Kabel ab, die sich unter seiner Haut, seiner Zunge, unter den Achselhöhlen und in den Ohren befanden.

Im nächsten Augenblick stand er an der Tür der Kammer und griff nach der schweren Klinke.

Die Tür war abgeschlossen. Elektronisch.

Er hatte es erwartet. Er riß eine Handvoll Verbindungsstücke samt Relais los. Ein Kurzschluß blitzte im Hauptkabel auf. Die ganze Maschinerie war außer Betrieb. Weil jetzt der elektronische Schließmechanismus versagte, öffnete sich die Tür der Kammer von allein. Benteley rannte den Flur entlang zu Moores Zentrallabor. Unterwegs stieß er mit einem Posten zusammen, schlug ihn nieder und nahm ihm die Pistole ab. Er rannte um eine Ecke und stürzte ins Labor.

Moore lag reglos in seinem Schutzring. Eine Gruppe Techniker beschäftigte sich mit dem zweiten synthetischen Körper. Keiner war bewaffnet.

Um das Hauptlabor herum befanden sich die Kammern der einzelnen Operatoren, die intensiv ihren Monitor beobachteten und einsatzbereit waren. Benteley erhaschte einen Blick von seiner eigenen Kammer, scheuchte die aufgeregten Techniker mit einer Handbewegung zur Seite und blickte auf Moores Bildschirm. Der Pellig-Körper hatte die Kuppel noch nicht erreicht. Es war genügend Zeit.

Benteley tötete den reglosen Körper Herb Moores.

Die Wirkung zeigte sich sofort am Pellig-Körper. Er machte einen Satz und wirbelte in einem Totentanz herum, um dann in den Raum hinauszufliegen.

Auf dem Bildschirm wich die Mondoberfläche zurück, verwandelte sich in einen Ball, einen Punkt und verschwand dann ganz.

Die Labortür flog auf.

Verrick und Eleanor traten ein.

»Was haben Sie gemacht?« fragte Verrick mit heiserer Stimme. »Er ist verrückt geworden. Er kommt ja zurück, ohne –« Er sah den leblosen Körper Herb Moores. »So ist das«, murmelte er.

Benteley war schon hinausgerannt. Verrick hatte nicht versucht, ihn aufzuhalten; er stand da und betastete Moores Leiche, sein breites Gesicht vom Schock betäubt und schlaff.

Benteley raste indessen die Rampe hinunter. Es war später Abend. Er erreichte den erleuchteten Parkplatz und winkte ein Taxi, einen Langstreckengleiter, heran.

»Wohin, Sir oder Madam?« fragte der MacMillan-Fahrer.

»Bremen«, stieß Benteley hervor und schnallte sich schon fest. »Und Beeilung«, fügte er hinzu.

»Verstanden«, sagte die metallene Stimme des Roboters.

Das schnittige Fahrzeug schoß in die Luft, und Farben-Hill blieb rasch zurück.

»Setzen Sie mich auf einem großen interplanetarischen Landeplatz ab«, befahl Benteley. »Kennen Sie die interplanetarischen Flugzeiten?«

»Nein, Sir oder Madam, aber ich kann eine Verbindung mit der Information herstellen.«

»Vergessen Sie es wieder«, sagte Benteley. Er fragte sich, was Peter Wakeman von seinem Unternehmen wußte. Ob es ihm recht war oder nicht, Luna war der einzige Platz, wo er halbwegs in Sicherheit war. Alle neun Planeten waren jetzt von Hills gesteuerte

Todesfallen geworden. Verrick würde nicht früher ruhen, bis er sich gerächt hatte. Aber niemand konnte sagen, was für einen Empfang ihm das Direktorium bereiten würde. Einer von Verricks Agenten konnte ihn auf der Stelle erschießen. Andererseits konnte man in ihm Cartwrights Retter sehen.

Wohin flog der synthetische Körper?

»Hier ist das Feld, Sir oder Madam«, sagte der Fahrer. Das Taxi senkte sich auf einen öffentlichen Parkplatz.

Auf dem Feld herrschte Hochbetrieb, wie Benteley sah, und er änderte seinen Entschluß.

»Nicht landen. Wieder hochziehen.«

»Wie Sie wollen, Sir oder Madam.«

Der Gleiter stieg höher.

»Gibt es hier nicht irgendwo einen Militärlandeplatz?« fragte Benteley.

»Das Direktorium unterhält einen kleinen Militärlandeplatz in Narvik. Wollen Sie hin? Nichtmilitärische Objekte dürfen dort nicht landen; ich könnte sie aber in der Nähe absetzen, Sir oder Madam.«

»Okay«, sagte Benteley, »das entspricht durchaus meinen Vorstellungen.«

Leon Cartwright war hellwach, als der Korpsmann in sein Quartier gerannt kam.

»Wie weit ist er noch entfernt?« fragte Cartwright, der trotz einer beruhigenden Injektion nur eine paar Stunden geschlafen hatte. »Er ist ziemlich nahe, nehme ich an.«

»Peter Wakeman ist tot«, sagte der Korpsmann.

Cartwright stand rasch auf. »Wer hat ihn umgebracht?«

»Der Mörder.«

»Das heißt, daß er hier ist!« Cartwright zog seine Pistole. »Wie können wir uns verteidigen? Wie hat er mich gefunden? Was ist mit dem Netz in Batavia?«

Rita O'Neill trat in den Raum. Sie war blaß im Gesicht und zwang ihre Stimme zur Ruhe. »Das Korps ist völlig zusammengebrochen. Pellig bahnte sich einen Weg in die Festung und stellte fest, daß du verschwunden warst.«

»Unsere Taktik hat versagt«, erklärte der Korpsmann ruhig. »Verrick wendet eine Täuschungsvorrichtung an. Ich denke, Wakeman hat sie noch vor seinem Tod analysieren können.«

»Wakeman ist tot?« fragte Rita.

»Pellig erwischte ihn«, sagte Cartwright kurz. »Damit sind wir vom Korps abgeschnitten und völlig allein.« Er wandte sich an den Korpsmann. »Wie sieht die exakte Situation aus? Kennen Sie die genaue Position des Mörders?«

»Unser Notstandsnetzwerk ist zusammengebrochen. Als Wakeman getötet wurde, verloren wir den Kontakt mit Pellig. Wir haben keine Ahnung, wo er ist. Wir haben überhaupt keine Verbindung bekommen.«

»Wenn Pellig es soweit geschafft hat«, sagte Cartwright nachdenklich, »haben wir kaum eine Chance, ihn zu stoppen.«

»Wakeman versagte«, sagte Rita. »Du kannst doch alles besser.«

»Warum?«

»Weil –« Sie zuckte ungeduldig die Achseln. »Weil Wakeman nicht mit dir zu vergleichen war. Er war nichts – nur ein kleiner Bürokrat.«

Cartwright zeigte ihr seine Pistole. »Erinnerst du dich daran? Sie lag seit Jahren unter dem Sitz des Wagens. Ich brauchte sie nie. Sie lag noch da. Ich schickte ein Team los, das sie mir holte.«

»Willst du dich mit diesem Ding verteidigen?« Ritas Augen glitzerten wütend. »Ist das alles?«

»Im Augenblick habe ich Hunger«, sagte Cartwright erstaunlicherweise. »Wie spät ist es? Während wir warten, können wir doch etwas essen.«

»Dies ist nicht der Moment –«, setzte Rita an, aber der Korpsmann unterbrach sie.

»Mr. Cartwright, ein Schiff von der Erde ist gelandet. Einen Augenblick . . .« Er konzentrierte sich. »Major Shaeffer und die restlichen Korpsleute sind an Bord. Da ist noch jemand. Er möchte Sie sofort sprechen.«

»Gut«, sagte Cartwright. »Wo ist er?«

»Er kommt jetzt die Rampe herauf.«

Cartwright suchte in seiner Manteltasche nach den Zigaretten. »Merkwürdig«, sagte er zu Rita. »Wakeman ist tot – trotz sorgfältiger Planung.«

»Wakeman tut mir nicht leid. Ich wollte, du würdest etwas tun und nicht nur hier herumstehen.«

»Wo sollte ich hin?« fragte Cartwright. »Wir haben alles unternommen, was möglich war. Und wenn ein Mann einen anderen umbringen will, gibt es nicht viel, was ihn davon abhalten könnte. Man kann ihm Hindernisse in den Weg legen, ihn täuschen, Zeit und Energie verschwenden, doch früher oder später ist er da . . .«

»Als du Angst hattest, gefielst du mir besser«, murmelte Rita bitter. »Das konnte ich wenigstens begreifen.«

»Und dieses begreifst du nicht?«

»Du hattest Angst vor dem Tod. Jetzt hast du anscheinend keine menschlichen Gefühle mehr. Vielleicht bist du schon tot.«

»Ich mache eine Konzession«, sagte Cartwright. »Ich halte die Tür im Auge.« Er setzte sich, die Pistole in der Hand, auf die Tischkante. Sein Gesicht wirkte ausdruckslos. »Wie sieht dieser Pellig aus?« fragte er den Korpsmann.

»Jung. Schmal. Blond. Keine besonderen Kennzeichen.«

»Was für eine Waffe benutzt er?«

»Eine Energiepistole nach dem Hitzestrahlprinzip. Natürlich kann er noch über eine andere Waffe verfügen, die uns nicht bekannt ist.«

»Ich möchte Pellig erkennen, wenn er vor mir steht.« Cartwright sah Rita an. »Vielleicht ist er die nächste Person, die durch diese Tür eintritt.«

Doch die nächste Person war Major Shaeffer.

»Ich habe diesen Mann mitgebracht«, sagte Shaeffer zu Cartwright, als er eintrat. »Ich denke, Sie möchten sich mit ihm unterhalten.«

Ein dunkler, sorgfältig gekleideter Mann Anfang Dreißig war dicht hinter Shaeffer eingetreten, welcher ihn Cartwright vorstellte.

»Das ist Ted Benteley«, sagte Shaeffer. »Ein Leibeigener von Reese Verrick.«

»Sie kommen etwas ungelegen«, sagte Cartwright. »Gehen Sie zum Swimming-pool oder in den Unterhaltungsraum oder in die Bar. Der Mörder muß jeden Augenblick auftauchen. Kann wirklich nicht mehr lange dauern.«

Benteley lachte scharf und gespannt. Er war nervöser, als die anderen anfangs angenommen hatten. »Shaeffer hat sich nicht präzise ausgedrückt«, sagte er. »Ich stehe nicht mehr bei Verrick unter Eid. Ich habe ihn verlassen.«

»Sie haben Ihren Eid gebrochen?« fragte Cartwright.

»Er hat seinen Eid gebrochen«, stellte Benteley richtig.

»Er hat Herb Moore getötet«, sagte Shaeffer.

»Ich habe nur seinen Körper getötet.«

Rita atmete hörbar ein. »Was ist passiert?«

Benteley schilderte die Situation. Als er die Hälfte erzählt hatte, unterbrach ihn Cartwright mit einer Frage.

»Wo ist Pellig? Wir hörten zuletzt, daß er in der Nähe ist. Irgendwo. Nicht weit von der Kuppel entfernt.«

»Der Pellig-Körper fliegt in die Tiefen des Weltraums«, sagte Benteley. »Moore ist für Sie nicht interessant. Er hat eigene Probleme und verließ Luna.«

»In welche Richtung?« erkundigte sich Cartwright.

»Das weiß ich nicht . . .«

»Es ist auch unwichtig«, sagte Rita ungeduldig. »Er ist nicht hinter dir her, und nur das allein ist wichtig. Vielleicht wurde er wahnsinnig und verlor die Kontrolle über seinen Körper.«

»Das ist möglich«, gab Benteley zu. »Es war ein Ereignis, mit dem er nicht gerechnet hatte.« Er schilderte, wie Moore Peter Wakeman vernichtet hatte.

»Das wußten wir«, sagte Cartwright. »Was für eine Geschwindigkeit kann dieser synthetische Körper entwickeln?«

»C-Plus«, antwortete Benteley. »Sind Sie nicht damit zufrieden, daß Moore sich von hier wegbewegt?«

Cartwright benetzte seine Lippen. »Ich weiß, wohin er geht.«

Ein rasches Gemurmel; dann sagte Shaeffer: »Natürlich.« Er tastete Cartwrights Geist ab. »Er mußte eine Lebensmöglichkeit finden. Benteley gab mir eine Menge Material, und ich kann die fehlenden Bruchstücke einbauen. Moore wird zweifellos zu Preston stoßen und –«

»Preston?« unterbrach ihn Benteley. »Ist er am Leben?«

»Das erklärt die frühere Informationsrückfrage«, sagte Cartwright. »Verrick muß den Funkleitstrahl von dem Schiff aufgefangen haben.« Er drückte den Rest seiner Zigarette aus und zündete die nächste an. »Ich hätte besser zuhören sollen, als Wakeman dieses Thema anschnitt.

»Was hätten Sie tun können?« fragte Shaeffer.

»Unser Schiff ist in der Nähe von Prestons Schiff, Moore wird sich kaum dafür interessieren.« Cartwright schüttelte gereizt den Kopf. »Können wir nicht einen Monitor aufstellen und Moore verfolgen?«

»Das müßte möglich sein«, sagte Benteley. »Wir könnten uns in den Bildleitstrahl von Farben einschalten. Ich kenne die Frequenz des Kanals.« Ihm kam ein Gedanke. »Harry Tate ist auf Verrick vereidigt.«

»Alle Welt scheint auf Reese Verrick vereidigt zu sein!« grunzte Cartwright. »Können wir mit jemandem in der Verbindungszentrale zusammenarbeiten?«

»Setzen Sie Tate unter Druck. Wenn Sie ihn von Verrick abschneiden, wird er zu einer Zusammenarbeit bereit sein. Nach allem, was Eleanor andeutete, ist er interessiert.«

»Sie hat Ihnen eine Menge erzählt«, sagte Shaeffer, seine Gedanken abtastend. Seit sie uns verließ und zu Farben ging, war sie sehr nützlich.«

»Ich möchte eine visuelle Kontrolle über Pelligs Körper haben.« Cartwright legte seine Pistole in den halbgepackten Koffer, der auf dem Fußboden stand. »Jetzt sind wir natürlich besser dran. Danke, Benteley.« Er nickte Benteley beiläufig zu. »So haben sich die Dinge geändert. Pellig wird nicht hierher kommen. Darüber brauchen wir uns keine Sorgen mehr zu machen.«

Rita beäugte Benteley intensiv. »Sie haben Ihren Eid gebrochen? Sie betrachten sich nicht als Verräter?«

»Ich sagte schon«, sagte Benteley, ihren Blick erwidernd, »daß Reese Verrick seinen Eid gebrochen hat. Er täuschte mich und entband mich somit von meinem Eid.«

Ein unbehagliches Schweigen folgte.

»Nun«, sagte Cartwright dann, »ich möchte nach wie vor etwas essen. Dann können Sie uns auch den Rest schildern, Benteley.« Er ging zur Tür, und die Andeutung eines Lächelns huschte über sein Gesicht. »Wir haben jetzt Zeit. Mein erster Mörder ist ein zugeklapptes Buch. Wir brauchen uns nicht zu beeilen.«

14

Während sie aßen, kleidete Benteley seine Gefühle in Worte. »Ich tötete Moore, weil ich keine andere Wahl hatte. In wenigen Sekunden hätte er Pellig einem Techniker übergeben, um in seinen eigenen Körper in Farben zurückzukehren. Pellig wäre weitergegangen und im Zusammenprall mit Ihnen explodiert. Einige Leute von Moores Stab sind so loyal.«

»Wie nahe hätte er kommen müssen?« fragte Cartwright.

»Noch zwei Meilen näher, dann würde Verrick jetzt das bekannte System beherrschen.«

»War kein direkter Kontakt nötig?«

»Die Bombe sollte mit einem Mechanismus ausgelöst werden, der auf Ihre Gehirnströme abgestimmt war.«

»Dann war alles von Pellig abhängig?« fragte Rita.

»Es war noch ein zweiter synthetischer Körper zum Einsatz vorgesehen. Er ist ungefähr zur Hälfte fertig. Niemand in Farben hatte mit einer totalen Disorganisation des Korps gerechnet. Moore ist nicht mehr vorhanden. Der zweite synthetische Körper wird nie zum Einsatz kommen; nur Moore kann ihn über das letzte Stadium hinausbringen. Er weihte keine anderen Leute ein – und Verrick weiß das.«

»Was geschieht, wenn Moore Preston erreicht?« fragte Rita O'Neill.

»Ich wußte nichts von John Preston«, sagte Benteley. »Ich zerstörte Moores Körper, so daß er den synthetischen Körper nicht mehr verlassen kann. Wenn Preston ihm helfen will, muß er rasch handeln. Der synthetische Körper hält es in der Tiefe des Weltraums nicht lange aus.«

»Warum wollten Sie nicht, daß er mich umbringt?« fragte Cartwright.

»Es war mir gleichgültig. Ich dachte nicht an Sie.«

»Das entspricht nicht ganz der Wahrheit«, warf Shaeffer ein. »Der Gedanke war da, und zwar als ganz natürliche Folge. Als Sie psychologisch ausbrachen, wandten Sie sich automatisch gegen Verricks Strategie.«

Benteley hörte nicht zu und sagte: »Ich wurde von Anfang an getäuscht. Alle hatten damit zu tun: Verrick, Moore und Eleanor Stevens. Wakeman versuchte von Anfang an, mich zu warnen. Er tat, was er tun konnte. Ich kam zum Direktorium, um der Fäulnis zu entgehen. Verrick gab mir die Befehle; ich befolgte sie. Aber was soll man in einer korrupten Gesellschaft schon viel tun können? Muß man sich korrupten Gesetzen beugen? Ist es ein Verbrechen, gegen ein faules Gesetz zu verstoßen oder einen ebenso faulen Eid zu brechen?«

»Es ist ein Verbrechen«, sagte Cartwright, »aber man kann genausogut richtig gehandelt haben.«

»In einer kriminellen Gesellschaft«, sagte Shaeffer, »werden die Unschuldigen ins Gefängnis geworfen.«

»Wer entscheidet darüber, daß die Gesellschaft aus Kriminellen besteht?« fragte Benteley. »Woher weiß man das? Wann weiß man, daß es an der Zeit ist, sich nicht mehr den Gesetzen zu beugen?«

»Man weiß es nur«, sagte Rita O'Neill hitzig.

»Haben Sie vielleicht einen eingebauten Wahrheitsmechanismus?« fragte Benteley die Frau. »Das ist großartig. Ich wollte, das wäre auch bei mir der Fall. Bei jedem müßte das der Fall sein. Milliarden von uns leben in diesem System, und die meisten dieser Leute glauben, daß das System einwandfrei arbeitet. Soll ich mich gegen all diese Leute auflehnen? Sie gehorchen ja nur Gesetzen.« Er dachte an Al und Laura Davis. »Sie sind glücklich und zufrieden, haben gute Jobs, gutes Essen und gute Wohnungen. Eleanor Stevens sagte, ich sei krank. Und wer sagt, daß ich es nicht bin?«

»Sie müssen Selbstvertrauen haben«, sagte Rita O'Neill.

»Das haben alle. Ich habe diese Fäulnis lange genug ertragen und endlich rebelliert. Vielleicht haben alle anderen Leute recht, vielleicht bin ich ein Verräter. Ich denke, Verrick hat mir gegenüber seinen Eid gebrochen ... Ich denke, daß ich damit von meinem Eid entbunden bin. Aber vielleicht habe ich unrecht damit.«

»Wenn Sie unrecht haben«, führte Shaeffer aus, »können Sie auf der Stelle erschossen werden.«

»Ich weiß. Aber ...« Benteley suchte nach den passenden Worten. »In gewisser Hinsicht ist das nicht wichtig. Ich habe mich nie nur deshalb an einen Eid gebunden gefühlt, weil ich Angst hatte, ihn zu brechen. Ich hielt mich an den Eid, weil ich der Meinung war, daß man ihn nicht brechen sollte. Aber dann hatte ich den Punkt erreicht, an dem ich nicht mehr so weiterarbeiten konnte.«

»Das kann vorkommen«, sagte Cartwright. »Und Verrick wußte von der Bombe?«

»Ja.«

Cartwright überlegte. »Ein Protektor hat nicht das Recht, einen klassifizierten Leibeigenen in den Tod zu schicken. Das gilt nur für die Unks. Er muß seine Klassifizierten beschützen und darf sie nicht zerstören. Sie wußten nicht, daß Reese Verrick abgelöst war, als Sie sich auf ihn vereidigen ließen?«

»Nein. Aber sie wußten es.«

Cartwright fuhr mit dem Handrücken über die Bartstoppeln an seinem Kinn. »Vielleicht haben Sie recht, vielleicht auch nicht«, sagte er dann. »Sie sind eine interessante Person, Benteley. Was werden Sie jetzt machen? Werden Sie wieder einen Treueeid schwören?«

»Das glaube ich nicht.«

»Warum nicht?«

»Dann wäre ich wieder der Leibeigene eines anderen Mannes.«

»Wie wäre es mit einem positionellen Eid?«

»Ich weiß es nicht.« Benteley schüttelte den Kopf. »Ich bin müde. Später vielleicht.«

Rita O'Neill sagte: »Sie sollten in den Stab meines Onkels eintreten, beziehungsweise auf ihn schwören.«

Alle sahen ihn an. Benteley sagte eine Weile nichts und fragte dann: »Das Korps nimmt einen positionellen Eid ab, nicht wahr?«

»Das ist richtig«, entgegnete Shaeffer. »Das ist der Eid, von dem Peter Wakeman soviel hielt.«

»Wenn Sie interessiert sind«, sagte Cartwright, seine schlauen alten Augen auf Benteley gerichtet, »vereidige ich Sie auf mich als Quizmaster. Ein positioneller Eid.«

»Ich bekomme niemals meine P-Karte von Verrick zurück.«

»So?« Cartwright griff in seine Tasche und brachte ein Päckchen zum Vorschein. Er packte es langsam aus und legte den Inhalt auf den Tisch.

Ein Dutzend P-Karten!

Cartwright suchte eine Karte heraus und packte die anderen wieder ein, um sie in die Tasche zu stecken. Die einzelne Karte reichte er Benteley. »Zwei Dollar, bitte. Sie können die Karte behalten. Ich verlange sie nicht zurück. Jeder sollte eine Karte und damit in dem großen Spiel eine Chance haben.«

Benteley stand langsam auf, nahm zwei Papierdollar aus seiner Brieftasche, legte sie auf den Tisch und steckte die P-Karte ein.

Cartwright erhob sich.

»Das kommt mir bekannt vor«, sagte Benteley.

»Ich kenne die genaue Eidesformel nicht«, murmelte Cartwright. »Jemand wird mich vertreten müssen.«

»Ich kenne sie«, sagte Benteley.

Rita O'Neill und Shaeffer waren Zeugen, als er den positionellen Eid auf Quizmaster Cartwright ablegte. Dann nahm er abrupt Platz. Sein Kaffee war kalt geworden, aber er trank ihn. Er schmeckte die braune Flüssigkeit kaum und war tief in Gedanken versunken.

»Jetzt gehören Sie offiziell zu uns«, sagte Rita O'Neill.

Benteley stieß einen Grunzlaut aus.

Ritas Augen waren dunkel und intensiv. »Sie haben meinem Onkel das Leben gerettet. Sie haben uns allen das Leben gerettet, denn der Pellig-Körper hätte dieses Sanatorium in Fetzen gerissen.«

»Lassen Sie ihn jetzt in Ruhe«, sagte Shaeffer.

Rita O'Neill hörte nicht auf ihn und fuhr fort: »Sie hätten Verrick töten sollen. Er war auch da.«

Benteley legte sein Besteck zur Seite. Er stand auf und verließ den Tisch. »Wenn niemand etwas dagegen einzuwenden hat, mache ich einen kleinen Spaziergang.«

Er verließ das Eßzimmer und trat in den Korridor hinaus. Hier und da standen ein paar Direktionsangestellte und unterhielten sich miteinander. Benteley wanderte ziellos herum und versuchte, seine Gedanken zu ordnen.

Nach einer Weile erschien Rita O'Neill im Türrahmen und beobachtete ihn mit verschränkten Armen. »Tut mir leid«, sagte sie, als er in ihrer Nähe war.

»Schon gut.«

Sie ging auf ihn zu. »Das hätte ich nicht sagen sollen. Sie haben genug getan.« Ihre Finger berührten Benteleys Arm. »Danke.«

Benteley zog seinen Arm weg. »Ich habe meinen Eid auf Verrick gebrochen, sehen wir dieser Tatsache ins Gesicht. Mehr kann ich nicht tun. Ich habe Moore getötet. Er war so seelenlos wie er jetzt körperlos ist. Er war ein Computer, kein Mensch. Aber ich werde jetzt Reese Verrick fassen.«

Ritas dunkle Augen blitzten. »Ihr gesunder Menschenverstand sollte anderer Meinung sein. Sie sind so nobel und voller Moralbegriffe! Wissen Sie nicht, was Reese Verrick mit Ihnen machen wird, wenn er Sie erwischt?«

»Sie wissen nicht, wann Schluß ist. Ich habe auf Ihren Onkel geschworen. Genügt das nicht? Auf dem Papier bin ich ein Verräter. Ich habe gegen das Gesetz verstoßen, aber ich sehe in mir keinen Kriminellen.« Er sah sie trotzig an. »Haben Sie verstanden?«

Rita zog sich zurück. »Auch ich sehe in Ihnen keinen Verräter.« Sie zögerte. »Wollen Sie ihm sagen, was zu tun ist?«

»Cartwright? Natürlich nicht!«

»Werden Sie ihm alles allein überlassen? Wakeman war anderer Meinung.«

»Ich habe in meinem ganzen Leben noch nie einem Menschen gesagt, was er zu tun hat. Ich möchte nur –« Benteley sprach den Satz nicht zu Ende und zuckte ärgerlich die Achseln. »Ich weiß es nicht. Vielleicht will ich nur ein anderer Al Davis sein, meine Wohnung und einen guten Job haben, mich um meine eigenen Angelegenheiten kümmern.« Seine Stimme nahm einen verzweifelten Klang an. »Aber nicht in diesem System, verdammt noch mal! Ich möchte ein Al Davis sein in einer Welt, mit deren Gesetzen ich einverstanden bin. Ich möchte den Gesetzen gehorchen, sie respektieren können. Und ich möchte die Leute um mich ebenfalls respektieren können.«

Rita schwieg einen Moment. »Sie respektieren meinen Onkel. Besser gesagt, Sie werden ihn noch respektieren. Und mich auch?«

»Sicher«, sagte Benteley.

»Meinen Sie es ernst?«

Benteley grinste schief. »Natürlich ...«

Am Ende des Korridors erschien Major Shaeffer und rief Benteley mit schriller Stimme zu: »Laufen Sie, Benteley! Laufen Sie!«

Benteley stand wie erstarrt da, sagte dann zu Rita O'Neill: »Gehen Sie zu Ihrem Onkel hinein!« und zog seine Pistole.

»Aber was soll das –?«

Benteley machte kehrt und rannte den Korridor in Richtung Rampe entlang.

Korpsleute und Direktionsangestellte rannten durcheinander.

Benteley hatte die untere Etage erreicht und rannte verzweifelt auf die Kuppelwand zu.

Es war zu spät.

Eine plumpe Figur in einem offenen Farley-Anzug verstellte ihm den Weg. Eleanor holte ihn keuchend ein. »Verschwinde von hier, Ted!« sagte sie. In dem ungewohnt schweren Anzug stolperte sie über eine Karre und taumelte gegen die Wand. »Stelle dich nicht gegen ihn, laufe einfach weg! Wenn er dich erwischt –«

»– wird er mich umbringen«, sprach Benteley den Satz zu Ende.

Vor dem Eingang der Kuppel war auf der öden Mondoberfläche ein Hilltransporter gelandet. Die Passagiere stiegen aus, eine Gruppe plumper Gestalten in Raumanzügen, die sich auf die Kuppel zubewegten. Reese Verrick war eingetroffen!

15

Leon Cartwright ging auf die Schleuse zu. »Am besten, Sie verschwinden für einige Zeit«, sagte er zu Benteley. »Ich werde mit Verrick reden.«

Shaeffer gab eilig Instruktionen. Eine Gruppe Korpsmänner und Direktionsangestellte eilte heran. »Das ist die Sache nicht wert«, sagte Shaeffer zu Cartwright. »Er kann genausogut hierbleiben. Er kann das Sanatorium nicht verlassen, und Verrick weiß sehr gut, daß er hier ist.«

»Verrick kann einfach herein?« fragte Benteley hilflos.

»Natürlich«, antwortete Cartwright. »Dies ist ein öffentliches Erholungsheim. Er ist kein Mörder, sondern ein ganz normaler Bürger.«

»Wollen Sie bleiben?« fragte Shaeffer Benteley. »Es kann Schwierigkeiten geben.«

»Ich bleibe.«

Verrick und seine kleine Gruppe kamen durch die Schleuse, legten ihre Anzüge ab und blickten vorsichtig umher.

»Hallo, Verrick«, grüßte Cartwright und tauschte mit ihm einen Händedruck aus. »Kommen Sie herein und trinken Sie eine Tasse Kaffee. Wir essen gerade . . .«

»Danke«, entgegnete Verrick. Er sah mitgenommen aus, machte aber sonst einen ruhigen Eindruck. Er folgte Cartwright den Korridor entlang in Richtung des Eßzimmers. »Sie wissen sicher, daß Pellig nicht mehr da ist, nicht wahr?«

»Ich weiß«, sagte Cartwright. »Er fliegt zu Prestons Schiff.«

Die anderen Männer folgten den beiden, als sie ins Eßzimmer traten und Platz nahmen. MacMillan-Roboter hatten den Tisch abgeräumt und deckten ihn nun wieder. Benteley setzte sich am hinteren Tischende neben Rita O'Neill, weit genug von Verrick entfernt. Verrick sah ihn, ließ sich aber kaum etwas anmerken. Shaeffer, die anderen Korpsleute und Direktionsangestellten nahmen weiter im Hintergrund Platz und lauschten und beobachteten respektvoll.

»Ich nehme an, daß er es finden wird«, murmelte Verrick. »Als ich Farben verließ, war er schon neununddreißig astronomische Einheiten draußen. Ich habe es überprüft. Danke.« Er trank erleichtert seinen heißen schwarzen Kaffee. »Heute ist eine Menge passiert.«

»Was würde Moore tun, wenn er Prestons Material bekäme?« fragte Cartwright. »Sie kennen ihn besser als ich.«

»Das ist schwer zu sagen. Moore war schon immer ein einsamer Wolf. Er war allein. Ich versorgte ihn mit Material, und er arbeitete an seinem eigenen Projekt. Ein brillanter Mann.«

»Diesen Eindruck hatte ich auch. Hat er nicht das ganze Pellig-Projekt inszeniert?«

»Alles war seine Idee. Ich engagierte ihn, weil ich wußte, daß er gut war. Ich habe ihm nie gesagt, was er tun muß.«

Eleanor war leise eingetreten. Sie stand jetzt nervös und unschlüssig da und hatte ihre schmalen Hände zusammengepreßt. Dann nahm sie in einem Sessel Platz und beobachtete diese Tischszene mit großen und ängstlichen Augen.

»Wird Moore zurückkehren, wenn er bekommen hat, was er will?« fragte Cartwright.

»Das bezweifle ich. Es gibt keinen realen Grund.«

»Sein Eid?«

»Darüber machte er sich nie Sorgen.« Verricks tiefliegende Augen blickten vage herum. »Das scheint unter den jungen Leuten so üblich zu sein. Ich glaube, Eide sind nicht mehr so wichtig wie früher.«

Benteley sagte nichts. Die Pistole in seinen Fingern war feucht vor Schweiß. Der Kaffee vor ihm kühlte unberührt ab. Rita O'Neill rauchte nervös und zündete sich nach ein paar Zügen wieder die nächste Zigarette an.

»Werden Sie einen zweiten Herausforderungskongreß einberufen?« fragte Cartwright Verrick.

»Vorläufig noch nicht.« Verrick bewegte seine kräftigen Hände, betrachtete sie aufmerksam und ließ sie wieder auf den Tisch sinken und blickte scheinbar gleichgültig im Raum herum. »Ich erinnere mich nicht an diesen Raum. Im Besitz der Direktion, nicht wahr?«

Shaeffer antwortete: »Wir pflegen immer etwas im voraus zu arrangieren. Sie werden sich an die interplanetarische Station erinnern, die wir für Sie auf dem Mars errichteten. Sie wurde während Robinsons Herrschaft konstruiert.«

»Robinson«, murmelte Verrick. »Ja. Ich erinnere mich natürlich an ihn. Gott, das war vor zehn Jahren. Ist es wirklich schon so lange her?«

»Warum sind Sie hierher gekommen?« platzte Rita O'Neill heraus.

Verrick zog seine buschigen Augenbrauen zusammen. Er kannte Rita offensichtlich nicht und wandte sich fragend an Cartwright.

»Meine Nichte«, sagte Cartwright und machte sie miteinander bekannt.

Rita O'Neill blickte in ihre Kaffeetasse und sagte nichts.

»Natürlich«, sagte Verrick endlich. »Ich weiß nicht, was Benteley Ihnen erzählt hat, nehme aber an, daß Sie meinen Standpunkt kennen.«

»Was Benteley mir nicht mündlich erzählte, hat Shaeffer abgetastet«, erwiderte Cartwright.

»Dann wissen Sie alles«, murmelte Verrick, seinen massigen Kopf hebend. »Darf ich das als selbstverständlich voraussetzen?«

»Natürlich.« Cartwright nickte.

»Ich möchte nichts sagen, was Herb Moore betrifft. Das ist erledigt.« Verrick zog eine Pistole aus der Tasche und lehnte sie aufrecht an sein Wasserglas. »Ich kann Benteley schlecht am Tisch umbringen und werde bis zu einem späteren Zeitpunkt damit warten.« Ihm fiel etwas ein. »Ich brauche ihn nicht hier im Sanatorium zu töten. Er kann mit mir zurückkehren, dann bringe ich ihn irgendwo unterwegs um.«

Shaeffer und Cartwright tauschten einen Blick miteinander aus. Verrick interessierte sich nicht dafür und betrachtete nachdenklich seine Pistole.

»Das ist unwichtig«, sagte Cartwright. »Aber eines sollten wir klären: Benteley ist auf mich als Quizmaster vereidigt. Ein positioneller Eid.«

»Aber er ist nach wie vor eidlich an mich gebunden, und darum hat sein neuer Eid keine Gültigkeit.«

»Ich glaube vielmehr, daß sein Eid auf Ihre Person hinfällig geworden ist«, sagte Cartwright.

»Sie haben ihn getäuscht, Verrick«, sagte Shaeffer.

»Nicht, daß ich wüßte«, erwiderte Verrick nach kurzem Überlegen. »Ich habe mich keiner Pflichtverletzung schuldig gemacht.«

»Das entspricht nicht einmal entfernt der Wahrheit«, widersprach Shaeffer.

Ein Augenblick des Schweigens.

Verrick betrachtete seine Pistole und steckte sie langsam wieder ein. »Wir brauchen den Rat eines anderen«, murmelte er. »Holen wir Richter Waring.«

»In Ordnung«, sagte Cartwright. »Wollen Sie hier auf ihn warten?«

»Ja. Ich bin hundemüde. Was ich brauche, ist eine lange Ruhepause.« Er blickte herum. »Ich denke, hier werde ich mich ganz wohl fühlen . . .«

Richter Felix Waring war ein griesgrämiger, gekrümmter alter Gnom in einem von Motten zerfressenen schwarzen Anzug. Er trug einen altmodischen Hut und unter dem Arm ein schweres Gesetzbuch. Er war der ranghöchste Jurist im System, und er hatte einen langen weißen Bart.

»Ich weiß, wer Sie sind«, murmelte er, Cartwright anblickend. »Und Sie sind mir auch bekannt.« Er sah Verrick an. »Sie und Ihre Million Dollar in Gold. Ihre Pellig-Idee war ein Reinfall, wie?« Er lachte krächzend. »Gefiel mir von Anfang an nicht. Ich wußte, daß er nichts taugte.«

Das Raumschiff, das Richter Waring an Bord gehabt hatte, hatte noch andere Direktionsleute und MacMillan-Nachrichtenmaschinen gebracht. Die Techniker kamen mit ihrem eigenen Schiff; ein ständiger Strom von Leuten kam in die Kuppel, und um die Mittagszeit ging es zu wie in einem Bienenkorb. Überall war Bewegung und Aktivität, überall wurden Kabel gelegt und Maschinen installiert.

Benteley stand in einer Ecke und sah finsteren Gesichts zu und hörte Rita O'Neill sagen: »Es ist recht hübsch hier, nicht wahr?«

Benteley nickte.

»Glauben Sie nicht auch, daß Leon schon an Gewicht zugenommen hat? Er sieht besser aus, seit diese Pellig-Geschichte zu Ende ist.«

»Er wird wahrscheinlich uralt werden«, sagte Benteley.

Rita errötete. »Das klingt nicht echt. Sie können zu niemandem ganz loyal sein, wie? Sie denken im Grunde nur an sich selbst.«

Benteley ging weiter. Rita folgte ihm nach kurzem Zögern.

»Wird Richter Waring inmitten all dieser Enthusiasten seine Entscheidung treffen?« fragte Benteley. »Alle scheinen sich ihres Lebens zu freuen. Sogar die MacMillan-Roboter genießen ihr mechanisches Leben. Die Bedrohung ist vorbei. Der Mörder ist verschwunden.«

Rita streifte ihr Kleid ab, übergab es einem mechanischen Bediensteten und warf sich in eines der zitternden Netze. Sie sank tief ein und wurde, infolge der geringen Schwerkraft, wie auf einem Trambolin unglaublich hochgeschleudert. Sie wiederholte es mehrmals und tastete schließlich in der Luft herum, um sich an etwas festzuhalten.

Benteley bekam sie schließlich zu fassen.

»Das sollten Sie auch einmal probieren«, sagte sie lachend und riß sich los. »Ich springe noch tiefer und fliege noch höher! Sie sollten einmal mitmachen.«

»Ich sehe zu«, murmelte Benteley nur.

Ihr schlanker Körper verschwand, prallte auf dem Netz ab und schwebte im Zeitlupentempo nach oben. Diesmal bewegte sie sich so, daß sie wie eine Akrobatin auf dem Rand des Netzrahmens landete. Der Schweiß auf ihren Schultern und ihrem Rücken glitzerte in der künstlichen Sonne.

»Jetzt bin ich müde . . .«

»Dann schlafen Sie«, sagte Benteley und deutete auf einen Liegestuhl.

Benteley schob seine Hände in die Taschen. Er war von einem

Schleier Farbe und Bewegung umgeben und sah überall vergnügte, lachende Leute. Als er sich zum Gehen wandte, stand er Eleanor Stevens gegenüber.

»Wer ist sie?« fragte Eleanor ohne jede Einleitung.

»Cartwrights Nichte.«

»Kennst du sie schon lange?«

»Ich habe sie eben näher kennengelernt.«

»Sie ist hübsch. Sie ist aber auch älter als ich, nicht wahr?« Eleanors schmales Gesicht war kalt wie Metall, darüber täuschte auch ihr Lächeln nicht hinweg. »Sie muß doch mindestens dreißig sein.«

»Nicht ganz«, sagte Benteley.

Eleanor zuckte ihre hübschen Schultern. »Ist ja auch egal.« Sie machte kehrt, und Benteley folgte ihr nach wenigen Sekunden. »Ist dir auch nach einem Drink zumute?« fragte sie über ihre Schulter hinweg. »Es ist hier so verdammt heiß. Und dieses Geschrei kann einem Kopfschmerzen verursachen.«

»Danke, ich möchte keinen Drink«, sagte er, als Eleanor einen Martini von einem Wandtablett nahm. »Ich möchte nüchtern bleiben.«

»Wie du willst.« Eleanor behielt das Glas für sich. »Gibt es etwas Neues von Moore?«

»Die Techniker haben eine Übertragungsanlage für Cartwrights Gebrauch errichtet. Verrick mischt sich nicht in diese Angelegenheit ein.«

»Schon was zu sehen?«

»Keine Ahnung. Ich habe mich noch nicht darum gekümmert.« Benteley blieb stehen. Durch eine halboffene Tür erhaschte er einen Blick von einem Tisch, Sesseln, Aschenbechern und Registrierinstrumenten. »Ist das –?«

»Ja, das ist der Raum.« Plötzlich schrie Eleanor entsetzt auf. »Bitte, Ted, bringe mich hier heraus!«

Reese Verrick war an der Tür vorbeigegangen.

»Er weiß alles«, sagte Eleanor, als sie an den lachenden Leuten vorbeigingen. »Ich bin gekommen, um dich zu warnen. Erinnerst du dich? Er weiß es, Ted.«

»Zu dumm«, sagte Benteley vage.

»Macht dir das etwa nichts aus?«

»Tut mir leid«, sagte Benteley. »Was Reese Verrick betrifft, so kann ich nichts tun. Könnte ich etwas tun, würde ich die Gelegenheit vielleicht nutzen . . .«

»Du kannst ihn töten!« Ein hysterischer Unterton schwang in ihrer Stimme mit. »Du hast eine Pistole. Du könntest ihn töten, bevor er uns beide umbringt!«

»Nein«, sagte Benteley. »Ich werde Reese Verrick nicht töten. Das kommt nicht in Frage. Ich werde abwarten und sehen, was passiert.«

»Und an mich denkst du nicht?«

»Du wußtest von der Bombe.«

Eleanor fröstelte. »Was konnte ich tun, Ted?« Er war schon wieder weitergegangen. Sie rannte hinter ihm her. »Wie hätte ich denn alles verhindern sollen?«

»Du wußtest es bereits in jener Nacht, als wir zusammen waren. Als du mich zum Mitmachen überredetest.«

»Ja!« Eleanor stellte sich trotzig vor ihm auf, so daß er stehenbleiben mußte. »Das ist richtig.« Ihre grünen Augen glitzerten wild. »Ich wußte es. Aber ich meinte alles ernst, was ich zu dir sagte, Ted.«

»Auch das noch«, murmelte Benteley und wandte sich angewidert ab.

»Hör mir doch zu!« Sie griff nach seinem Arm. »Reese wußte es auch. Alle wußten es. Aber was nützte das schon? Jemand mußte es doch machen. Antworte mir!« Sie stolperte hinter ihm her und schrie: »Antworte mir!«

Benteley wich aus, als der kleine weißbärtige Mann sich an ihm vorbeischob, um in den Vorraum zu gehen. Mit Nachdruck legte er dort sein schweres Buch auf den Tisch, schnaubte sich geräuschvoll die Nase, wanderte herum, musterte die einzelnen Stühle und nahm schließlich am Kopfende des Tisches Platz. Reese Verrick wechselte ein paar Worte mit ihm. Einen Augenblick später folgte Leon Cartwright Richter Waring.

Die Sitzung konnte beginnen.

16

Es waren fünf Personen im Raum.

Richter Waring saß am oberen Ende des Tisches, umgeben von seinen Gesetzbüchern und Mikrospulen. Leon Cartwright saß, durch zwei volle Aschenbecher und eine häßliche Wasserkaraffe getrennt, der massigen Gestalt Reese Verricks gegenüber. Benteley und Major Shaeffer saßen rechts und links am unteren Tischende. Oster, der Cheftechniker, und die erste Garnitur der Direktionsangestellten hatten keinen Zutritt. Sie waren im Gymnastik- und Unterhaltungsraum oder lagen in Nähe des Swimming-pools in der künstlichen Sonne.

»Rauchen nicht gestattet«, murmelte Richter Waring, blickte von Verrick auf Cartwright und wieder auf Verrick. »Läuft das Tonaufnahmegerät?«

»Ja«, sagte Shaeffer.

Ein Roboter nahm vor Reese Verrick Aufstellung, der seine Papiere ordnete.

»Ist das der Bursche?« fragte Waring, auf Benteley deutend.

»Seinetwegen bin ich gekommen«, sagte Verrick mit einem flüchtigen Blick auf Benteley. »Aber er ist nicht der einzige Mann. Alle brechen ihre Eide, täuschen mich, verraten mich. So war es früher ganz gewiß nicht.« Er erhob sich von seinem Platz und machte die Angaben zur Sache. »Benteley wurde von Oiseau-Lyre fallengelassen. Er war ein wertloser Klassifizierter ohne Position. Er kam zu mir nach Batavia und bewarb sich um eine 8-8-Position. Das ist seine Klasse. Zu jener Zeit standen die Dinge schlecht für mich. Ich wußte nicht, was mich erwartete, und dachte daran, einige Leute meines Stabs wegzuschicken. Wie dem auch sei, ich nahm ihn trotz meiner unsicheren persönlichen Stellung. Ich wies ihm eine Wohnung in Farben zu.«

Shaeffer warf Cartwright einen Blick zu; er war Verricks gesprochenen Worten voraus.

»Alles war in Unordnung geraten; aber ich gab Benteley, was er wünschte. Ich ordnete ihn meinem biochemischen Forschungsstab ein und gab ihm eine Frau, die sich in jeder Beziehung um ihn kümmerte. Ich nahm ihn in meinem größten Projekt auf.« Verrick hob seine Stimme ein wenig. »Er bekam einen verantwortungsvollen Posten in dem Projekt. Er wollte in die Politik einsteigen. Ich hatte Vertrauen zu ihm und kam seinem Wunsch nach. Doch im entscheidenden Augenblick verriet er mich. Er tötete seinen unmittelbaren Vorgesetzten, verließ seinen Arbeitsplatz und floh. Er brach also seinen Eid. Seinetwegen – wegen seiner Handlungsweise – brach das ganze Projekt zusammen. An Bord eines Direktionsschiffs kam er hierher und versuchte, sich auf den Quizmaster vereidigen zu lassen.«

Verrick schwieg. Er hatte geendet.

Benteley hatte die Worte in einer Art düster wachsender Verwunderung gehört. War es so gewesen? Waring sah ihn neugierig an und wartete auf ein Wort von ihm. Benteley zuckte die Achseln; er hatte nichts zu sagen. Die Sache war ihm völlig aus den Händen geglitten.

Cartwright sagte: »Was war in diesem Projekt Benteleys Aufgabe?«

Verrick zögerte. »Er tat im wesentlichen die Arbeit der anderen Leute der 8-8-Klasse.«

»Gab es einen Unterschied?«

Verrick schwieg einen Moment. »Nicht, daß ich wüßte.«

»Das ist eine Lüge«, sagte Shaeffer zu Richter Waring. »Er kennt den Unterschied.«

Verrick nickte zögernd. »Ja, es war ein Unterschied«, gab er zu. »Benteley bat darum und bekam die Intialposition. Er sollte das Projekt bis zum Endstadium bringen. Er genoß mein völliges Vertrauen.«

»Und was verstehen Sie unter diesem ›Endstadium‹?« fragte Richter Waring.

»Benteleys Tod«, antwortete Cartwright.

Verrick widersprach ihm nicht. Er blätterte düsteren Gesichts in seinen Papieren, bis Richter Waring schließlich fragte: »Ist das wahr?«

Verrick nickte.

»Wußte es Benteley?« fragte Richter Waring weiter.

»Anfangs nicht. Es war nicht möglich, ihn sofort zu informieren, denn er war ja erst eingetroffen. Und er verriet mich, als er es herausfand.« Verricks schwere Hand raschelte mit den Papieren. »Er zerstörte das Projekt.«

»Können Sie ein paar Namen nennen?« fragte Shaeffer neugierig.

»Eleanor Stevens. Herb Moore.«

»Oh«, sagte Shaeffer. »Ich dachte, Moore wäre der Mann, den Benteley tötete.«

Verrick nickte. »Moore war sein unmittelbarer Vorgesetzter. Er leitete das Projekt.«

»Wenn Benteley Moore tötete und Moore Sie betrog ...« Shaeffer wandte sich an Richter Waring. »Das hört sich an, als habe Benteley als loyaler Diener gehandelt.«

Verrick stieß einen Schnauflaut aus. »Moore verriet mich später. Nach Benteley –« Er sprach nicht weiter.

»Nun?« sagte Shaeffer.

»Nachdem Benteley ihn getötet hatte, wollte ich sagen.«

»Das verstehe ich nicht«, sagte Richter Waring.

»Schildern Sie ihm das Projekt«, schlug Shaeffer vor, »dann wird er es verstehen.«

Verrick starrte auf die Tischfläche, auf seine mit Eselsohren versehenen Papiere und stand langsam auf. »Ich habe nichts mehr zu sagen. Ich ziehe das Material bezüglich Moores Tod zurück. Es gehört nicht zur Sache.«

»Worauf berufen Sie sich dann?« fragte Cartwright.

»Daß Benteley ungerechtfertigt seinen Job aufgegeben hat.«

Cartwright erhob sich ebenfalls. »Ich für meine Person habe nichts mehr zu sagen«, erklärte er Richter Waring. »Ich habe Benteley eingeschworen, weil ich glaubte, daß sein Eid auf Verrick keine Gültigkeit mehr hatte. Ich nahm vielmehr an, daß Verrick seinerseits eidbrüchig geworden sei. Denn Benteley wurde ohne sein Wissen in den Tod geschickt. Ein Protektor darf einen klassifizierten Leibeigenen nicht unfreiwillig in den Tod schicken, es sei denn, er erklärt sich schriftlich damit einverstanden, falls es sich um einen riskanten Auftrag handelt.«

Richter Waring bewegte sein Kinn, so daß sein Bart wackelte. »Ein klassifizierter Leibeigener muß einverstanden sein. Und ein Protektor kann seinen Leibeigenen nur dann vernichten, wenn er seinen Eid gebrochen hat. Bricht er den Eid, so hat er seine Rechte verspielt, bleibt aber im Besitz des Protektors.« Richter Waring strich seine Papiere und Mikrospulen zusammen. »Dieser Fall sieht meiner Meinung nach folgendermaßen aus: Hat der fragliche Protektor seinerseits den Eid zuerst gebrochen, so hat der Leibeigene das Recht, seinen Job aufzugeben. Ist der Protektor hingegen nicht eidbrüchig geworden, dann ist der Leibeigene als Verräter zu betrachten. Er hat damit die Todesstrafe verdient.«

Cartwright bewegte sich zur Tür. Verrick folgte ihm mit düsterem Gesicht und in den Taschen vergrabenen Händen.

»Das wär's dann«, sagte Cartwright. »Wir werden auf Ihre Stellungnahme warten.«

Benteley war mit Rita O'Neill zusammen, als die Würfel fielen. Shaeffer kam auf ihn zu und sagte: »Ich habe die Gedanken des alten Richters überprüft. Er ist zu einer Entscheidung gekommen.«

Es war ›Abend‹ im Sanatorium. Benteley und Rita saßen in einer kleinen Barnische, zwei verschwommene Silhouetten in dem ihren Tisch umgebenden Halbdunkel. Zwischen ihnen stand eine Aluminiumkerze. Hier und da sah man Gruppen von Direktionsangestellten, die sich gedämpft unterhielten und an ihren Drinks nippten. Ein MacMillan-Kellner ging stur mit einem Tablett herum.

»Nun, wie liegen die Dinge?« fragte Benteley.

»Zu Ihren Gunsten«, sagte Shaeffer. »Er wird das Urteil in wenigen Minuten bekanntgeben. Cartwright gab mir den Auftrag, Sie umgehend zu informieren.«

»Dann hat Verrick keinen Anspruch mehr auf mich«, sagte Benteley erstaunt. »Ich bin sicher.«

»Das ist richtig.« Shaeffer entfernte sich schon wieder. »Herzlichen Glückwunsch.« Er verschwand.

Rita legte eine Hand auf Benteleys Arm. »Ich freue mich.«

Benteley spürte keine besondere Gemütsbewegung, sondern eher eine Art Betäubung. »Ich denke, damit wäre alles geklärt«, murmelte er und beobachtete ein Farbenspiel, das sich die Decke hinaufbewegte und wieder abwärtsglitt.

»Das sollten wir feiern«, sagte Rita O'Neill.

»Ja, ich bin da, wo ich hin wollte.« Benteley trank sein Glas leer. »Ich arbeite für das Direktorat und bin auf den Quizmaster vereidigt. Das wollte ich auch an jenem Tag. Es scheint eine Ewigkeit her zu sein. Nun, ich habe endlich mein Ziel erreicht.« Er blickte schweigend in sein Glas.

»Wie fühlen Sie sich jetzt?«

»Nicht viel anders.«

Rita riß ein kleines Streichholzheft in Fetzen und hielt sie in die Kerzenflamme. »Sie sind nicht ganz zufrieden – oder?«

»Ich bin weit davon entfernt, da haben Sie recht.«

»Warum?« fragte sie leise.

»Ich habe eigentlich nichts getan. Ich dachte, es läge an den Hills. Aber Wakeman hatte recht. Es sind nicht die Hills, sondern die ganze Gesellschaft. Es stinkt überall. Vom Hill-System wegzukommen, das hilft weder mir noch jemandem anders.« Er schob ärgerlich sein Glas zur Seite. »Ich könnte mir einfach die Nase zuhalten und mir einreden, daß es nicht stinkt. Aber das genügt nicht. Es ist keine Lösung. Etwas muß getan werden. Die ganze schwache Struktur muß abgerissen werden. Alles ist verfault und korrupt. Und es muß etwas anderes errichtet werden. Abreißen allein hat keinen Sinn. Ich muß das Neue aufbauen helfen – etwas grundlegend anderes.«

»Vielleicht können Sie das auch.«

»Aber wie? Woher soll diese Veränderung kommen? Ich bin noch immer ein Leibeigener, stehe noch immer unter Eid.«

»Sie sind jung. Wir sind beide jung. Wir haben noch viele Jahre vor uns, können planen und arbeiten.« Rita hob ihr Glas an. »Wir haben ein ganzes Leben, um den Lauf des Universums zu ändern.«

Benteley lächelte. »Okay, ich trinke darauf.« Er berührte ihr Glas mit dem seinen. »Aber ich trinke nicht viel.« Ihr Lächeln verschwand. »Verrick hält sich noch immer in der Nähe auf . . .«

»Was würde passieren, wenn er Sie umbringt?«

»Sie würden ihn erschießen.«

»Und was würde passieren, wenn er meinen Onkel umbringt?«

»Man würde ihm die P-Karte entziehen, und er könnte nie mehr Quizmaster werden.«

»Er wird es ohnehin nicht«, sagte Rita leise.

»Woran denken Sie jetzt?« fragte Benteley.

»Ich glaube nicht, daß er mit leeren Händen zurückkehren möchte.« Sie blickte ernst zu ihm auf. »Es ist noch nicht vorbei, Ted. Er wird jemanden töten wollen . . .«

Benteley wollte etwas sagen, als ein Schatten über den Tisch fiel. Er hob den Kopf, eine Hand in der Tasche und am Kolben seiner Pistole.

»Hallo«, sagte Eleanor Stevens. »Darf ich mich zu dir setzen?«

Sie setzte sich ihnen gegenüber. Ein kühles Lächeln umspielte ihre Lippen. Ihre grünen Augen blitzten, als sie erst Benteley und dann Rita ansah. In dem Halbdunkel der Bar leuchtete ihr Haar dunkelrot.

»Wer sind Sie?« fragte Rita O'Neill.

Eleanors grüne Augen tanzten, als sie sich vorbeugte, um sich an der Kerze eine Zigarette anzuzünden. »Nur ein Name. Keine wirkliche Person mehr. Stimmt das nicht, Ted?«

»Am besten, du verschwindest von hier«, sagte Benteley. »Ich glaube, Verrick ist es nicht sehr recht, wenn du mit uns sprichst.«

»Ich habe Verrick lange nicht mehr gesehen – nur von weitem. Vielleicht verlasse ich ihn. Jeder scheint das zu tun.«

»Dann sei vorsichtig«, warnte Benteley.

»Vorsichtig? Warum?« Eleanor blies eine Rauchwolke in Benteleys und Ritas Richtung. »Ich hörte zwangsläufig, was du sagtest, Ted. Du hattest übrigens recht.« Ihre Augen waren auf Rita gerichtet, während sie mit einer scharfen und lebhaft klingenden Stimme weitersprach: »Verrick will dich haben, Ted, und wird sich auf Cartwright konzentrieren, falls er dich nicht bekommen kann. Er ist jetzt unten im Quartier und denkt nach. Normalerweise hätte er jetzt Moore in der Nähe gehabt, der ihm alles mathematisch vorgerechnet hätte. Verrick will eine Rechnung begleichen. Und ich natürlich auch.«

»Ich weiß nicht, worüber Sie reden«, sagte Rita gleichgültig.

»Aber ich«, sagte Benteley. »Vorsicht!«

Eleanor war mit der Geschmeidigkeit einer Katze aufgesprungen, hatte auch schon den Leuchter in der Hand und drückte dessen Flamme Rita ins Gesicht.

Benteley schlug ihn zur Seite – und da war Eleanor schon um den Tisch herumgegangen. Rita rieb sich hilflos das Gesicht. Ihr schwarzes Haar war verbrannt, und es roch auch nach verbranntem Fleisch. Eleanor riß Rita die Hände von dem Gesicht. Sie hatte jetzt eine Nadel und wollte sie Rita in die Augen bohren. Benteley schleuderte Rita zur Seite, doch Eleanor hatte sich an ihr festgeklammert und stach blindlings mit der Nadel in die Luft, bis Benteley sie von Rita getrennt hatte. Eleanors grüne Augen sprühten Haß, als sie plötzlich kehrtmachte und in den Schatten des Raums verschwand.

Benteley wandte sich Rita zu.

»Mir ist nicht viel passiert«, sagte Rita O'Neill mit zusammengepreßten Zähnen. »Danke. Die Kerze ging gleich aus, und mit der Nadel erwischte sie mich glücklicherweise nicht. Am besten, Sie laufen ihr nach.«

Aus allen Richtungen kamen Leute herbeigeeilt. Eleanor war schon aus der Bar verschwunden. Ein MacMillan-Mediziner, der reglos auf seinem Platz an der Wand gestanden hatte, setzte sich jetzt in Bewegung und kam an den Tisch, um die Leute zurückzuhalten und Erste Hilfe zu leisten.

»Gehen Sie ihr nach«, sagte Rita. Sie verbarg ihr Gesicht in den Handflächen und stützte die Ellenbogen auf den Tisch. »Sie wissen, wohin sie geht. Halten Sie sich zurück. Sie wissen, was er ihr antun wird.«

Benteley verließ die Bar. Im Korridor war niemand zu sehen. Er rannte auf den Lift zu und erschien wenige Augenblicke später im Erdgeschoß des Sanatoriums. Ein paar Leute standen hier und da herum. Am Ende des Korridors blitzte es rot und grün auf. Er rannte in diese Richtung, bog um eine Ecke – und blieb wie angewurzelt stehen.

Eleanor Stevens stand Reese Verrick gegenüber. »Aber begreifen Sie nicht?« sagte Eleanor gerade. »Es ist der einzige Weg.« In ihrer Stimme schwang Panik mit. »Um Himmels willen, Reese, glauben Sie mir doch! Nehmen Sie mich mit. Es tut mir leid. Ich werde so etwas nicht wieder machen. Ich habe Sie verlassen, aber ich tue es nicht wieder.«

Verrick sah Benteley. Er lächelte leicht und griff mit seinen eisenharten Fingern nach Eleanors Handgelenk. »Wir kehren alle drei zurück«, sagte er.

»Sie irren sich«, sagte Benteley zu ihm. »Eleanor wollte Sie nicht verraten. Sie ist völlig loyal.«

»Sie taugt überhaupt nichts«, erwiderte Verrick. »Sie ist kindisch und verräterisch veranlagt. Sie taugt nichts.«

»Dann lassen Sie sie gehen.«

Verrick überlegte und sagte dann: »Ich werde sie nicht gehen lassen.«

»Reese!« jammerte das Mädchen. »Ich habe Ihnen erzählt, was sie sagten! Ich erzählte Ihnen, wie Sie es handhaben können. Verstehen Sie das nicht? Sie werden damit fertig. Ich machte es möglich.«

»Ja«, sagte Verrick kalt, »ich werde damit fertig. Aber ich hatte schon alles ausgearbeitet.«

Benteley trat vor; aber nicht rasch genug.

»Ted!« schrie Eleanor. »Hilf mir!«

Verrick packte sie und trug sie mit drei riesigen Schritten zur Versorgungsschleuse. Hinter der transparenten Kuppel breitete sich die öde Totenlandschaft der Mondoberfläche aus. Verrick hob das kreischende und um sich schlagende Mädchen in die Höhe, stieß mit einem Fuß die Schleuse auf, ging hinein und schleuderte von dort aus Eleanor in den luftlosen Raum.

Benteley stand da wie erstarrt, als Verrick wieder zum Vorschein kam. Eleanor war in das Geröll gestürzt. Sie wollte sich aufrichten und hatte ihren Oberkörper halb der Kuppel zugedreht. Ihr Gesicht war verzerrt, die Augen traten weit hervor. Eine Sekunde lang versuchte sie wie ein zerschmettertes Insekt auf Benteley zuzukriechen. Dann war es vorbei. Eleanor war tot.

Noch betäubt zog Benteley seine Pistole. Leute kamen den Korridor entlanggerast; eine Sirene heulte klagend. Verrick stand unbeweglich da.

Shaeffer schlug Benteley die Pistole aus der Hand. »Es hat keinen Sinn! Sie ist tot!«

Benteley nickte. »Ich weiß.«

Shaeffer hob die Pistole auf. »Ich behalte sie einstweilen.«

»Und niemand wird ihn zur Rechenschaft ziehen«, murmelte Benteley.

»Es ist legal«, sagte Shaeffer. »Sie war nicht klassifiziert.«

Benteley ging in Richtung der Klinik und die Rampe hinauf.

Hinter sich hörte er schwere Schritte und ein heftiges Keuchen. Die Rampe zitterte unter einem enormen Gewicht. Verrick war ihm gefolgt.

»Warten Sie einen Moment, Benteley«, sagte er. »Ich werde Sie begleiten. Ich möchte mit Cartwright ein Arrangement besprechen, eine geschäftliche Transaktion, die ihn sicher interessieren wird.«

Verrick wartete, bis Richter Waring endlich Platz genommen hatte. Cartwright, noch betäubt und mit blassem Gesicht, saß ihm gegenüber.

»Wie geht es Ihrer Nichte?« fragte Verrick.

»Sie wird sich, dank Benteley, von dem Schock erholen«, sagte Cartwright.

»Ja«, sagte Verrick, »ich war schon immer der Meinung, daß er handeln würde, wenn es die Situation erforderlich macht. Dann hatte Eleanor es auf ihr Gesicht abgesehen?«

»Man kann die Verletzung mit Hautverpflanzungen beheben. Ihren Augen ist nichts passiert, nur ihren Haaren und ihrer Gesichtshaut. Eleanor hatte es auf ihre Augen abgesehen.«

Benteley konnte seinen Blick nicht von Reese Verrick losreißen. Verrick machte einen ruhigen, konzentrierten Eindruck. Er atmete wieder normal; sein Gesicht war grau und hatte Flecken, aber seine Hände zitterten nicht.

»Was wollen Sie?« fragte ihn Cartwright und wandte sich an Richter Waring. »Ich weiß nicht, was das zu bedeuten hat.«

»Was soll das, Reese?« fragte auch Richter Waring. »Woran denken Sie?«

»Ich möchte, daß Sie zugegen sind«, sagte Verrick. »Ich habe Cartwright einen Vorschlag zu machen. Sie sollen bekunden, daß dieser Vorschlag legal ist.« Er zog seine Pistole und legte sie vor sich auf den Tisch. »Wir sind in eine Sackgasse geraten. Sie können mich nicht umbringen, Leon. Ich bin nicht als Mörder hier, sondern als Gast.«

»Und Sie sind selbstverständlich willkommen«, sagte Cartwright tonlos, ohne seinen Blick von Verrick zu wenden.

»Ich bin gekommen, um Benteley zu töten, aber ich kann es nicht. Eine Sackgasse. Eine Sackgasse in allen Richtungen. Sie können mich nicht umbringen, ich kann Benteley nicht umbringen, und ich kann Sie nicht umbringen.«

Schweigen.
»Oder kann ich das?« sagte Verrick nachdenklich und betrachtete seine Pistole. »Vielleicht werde ich doch etwas unternehmen.«
Richter Waring sagte gereizt: »Dann werden Sie für den Rest Ihres Lebens vom M-Spiel ausgeschlossen. Das wäre dumm von Ihnen. Was hätten Sie davon?«
»Eine Befriedigung.«
»Wäre es für Sie befriedigend, Ihre P-Karte zu verlieren?« fragte Richter Waring.
»Nein«, gab Verrick zu. »Aber ich habe meine drei Hills, die nicht davon beeinträchtigt werden.«
Cartwright rührte sich nicht. »Wenigstens sind Sie mit dem Leben davongekommen, und das dürften Sie mir voraushaben, nicht wahr?«
»Das ist richtig«, sagte Verrick.
Shaeffer trat ein. Er blickte Richter Waring an und nahm Platz. »Das ist ein Bluff, Leon«, sagte er zu Cartwright. »Er hat nicht die Absicht, Sie zu töten. Er will Sie nur einschüchtern.« Shaeffers kalte Augen flackerten.
»Ich weiß«, sagte Cartwright. »Er stellt mich vor die Wahl: Tod oder Arrangement. Wie sieht das Arrangement aus, Reese?«
Verrick griff in seine Tasche und zog seine P-Karte heraus. »Ein Tausch«, sagte er. »Ihre Karte gegen meine.«
»Dann wären Sie Quizmaster«, stellte Cartwright fest.
»Und Sie leben weiter. Sie kommen mit dem Leben davon, und ich bin Quizmaster. Damit wären wir aus der Sackgasse heraus.«
»Dann haben Sie Benteley«, sagte Cartwright.
»Stimmt«, erwiderte Verrick.
Cartwright wandte sich an Shaeffer. »Wird er mich töten, wenn ich ablehne?«
Shaeffer schwieg lange Zeit. »Ja«, sagte er schließlich. »Er wird Sie umbringen. Er verschwindet nicht von hier, ohne Sie umgebracht oder Benteley mitgenommen zu haben. Wenn Sie nicht verhandlungsbereit sind, wird er Sie erschießen und seine Karte aufgeben. Ansonsten bekommt er Benteley wieder. Er bekommt entweder Sie oder ihn. Er weiß, daß er nicht beide bekommen kann.«
»Was wäre ihm lieber?« fragte Cartwright interessiert.
»Benteley. Er hat den Punkt erreicht, an dem er Sie bewundert, Sie beinahe respektiert. Und er muß Benteley wieder unter seine Kontrolle bekommen.«
Cartwright suchte in seinen Taschen, bis er das Päckchen P-Kar-

ten gefunden hatte. Er blätterte sie langsam durch. »Ist das legal?« fragte er dabei Richter Waring.

»Sie können damit handeln. Die Leute kaufen und verkaufen diese Karten.«

Benteley stand halb auf und gestikulierte hilflos. »Cartwright, wollen Sie wirklich –?«

»Bleiben Sie sitzen und verhalten Sie sich ruhig!« sagte Richter Waring mit scharfer Stimme.

Cartwright fand die richtige Karte, verglich sie mit seinen anderen Papieren und legte sie auf den Tisch. »Hier ist meine Karte.«

»Sind Sie zu einem Tausch bereit?« fragte Verrick.

»Ja.«

»Wissen Sie, was das bedeutet? Sie geben auf legale Weise Ihre Position auf. Mit Ihrer Karte verzichten Sie auf alles.«

»Ich weiß«, sagte Cartwright. »Ich verstehe das Gesetz.«

Verrick drehte sich nach Benteley um. Beide sahen sich einen Augenblick schweigend an. Dann grunzte Verrick: »Es gilt also.«

»Warten Sie«, sagte Benteley mit schwerer Stimme. »Um Himmels willen, Cartwright, Sie können doch nicht einfach –« Er schluckte. »Sie wissen doch, was er mit mir machen wird, oder?«

Cartwright hörte nicht auf ihn und schob das Päckchen P-Karten in seine Tasche zurück. »Reden Sie weiter«, forderte er Verrick mit ruhiger Stimme auf. »Ich möchte nämlich nach unten gehen und mich um Rita kümmern.«

»Fein«, sagte Verrick und nahm Cartwrights P-Karte an sich. »Jetzt bin ich der Quizmaster.«

Da zog Cartwright die Hand aus der Tasche und schoß Reese Verrick mit einer altmodischen Pistole genau ins Herz. Verrick kippte, noch die Karte in der Hand, nach vorn und schlug mit dem Gesicht auf die Tischplatte.

»Ist das legal?« fragte Cartwright den alten Richter.

»Ja«, entgegnete Waring, ihn bewundernd. »Das ist absolut legal. Damit haben Sie Ihr Päckchen P-Karten verloren.«

»Darüber bin ich mir im klaren«, sagte Cartwright und warf die Karten dem Richter zu. »Wissen Sie, es gefällt mir in diesem Sanatorium. Ich bin zum erstenmal in meinem Leben in einem modernen Kurzentrum. Ich werde viel in der Sonne liegen und es mir angenehm machen. Ich bin eben ein müder alter Mann.«

Benteley atmetete auf. »Er ist tot. Es ist vorbei . . .«

»O ja«, sagte Cartwright, »es ist endgültig vorbei. Ich denke, jetzt können wir nach unten gehen und feststellen, wie es Rita geht.«

17

Rita O'Neill war schon auf den Beinen, als Benteley und Cartwright in der Klinik eintrafen.

»Mir geht es den Umständen entsprechend gut«, sagte sie heiser. »Was ist geschehen?«

»Verrick ist tot«, sagte Benteley.

»Ja, wir sind alle mehr oder weniger erledigt«, fügte Cartwright hinzu und küßte die Stirn seiner Nichte. »Du hast ein paar Haare verloren. Schade.«

»Das wächst wieder nach«, sagte Rita. »Ist er wirklich tot?« Sie nahm an dem kleinen weißen Tisch Platz.

»Ja.«

»Du hast ihn getötet und bist mit deinem Leben davongekommen?«

»Mit meinem Leben, aber ohne meine P-Karte«, sagte Cartwright. Er schilderte ihr das Geschehen. »Jetzt gibt es keinen Quizmaster. Die Flasche muß vorausgedreht werden. Man braucht einen Tag, um den Mechanismus einzustellen.« Er grinste schief. »Ich sollte das wissen, denn ich habe mich oft genug damit beschäftigt.«

»Ich kann es kaum glauben«, sagte Rita. »Es scheint, als hätte es immer einen Reese Verrick gegeben . . .«

»Das stimmt.« Cartwright suchte in seinen Taschen, brachte ein schwarzes Notizbuch zum Vorschein, machte einen Vermerk und schloß es wieder. »Alles ist klar – bis auf Herb Moore. Um ihn müssen wir uns noch Sorgen machen. Das Raumschiff ist noch nicht gelandet, und der Pellig-Körper ist irgendwo in seiner Nähe, irgendwo in einigen hunderttausend Meilen Umkreis der Flammenscheibe.« Er zögerte und fuhr dann fort: »Tatsache ist, daß der Monitor sagt, daß Moore Prestons Schiff betreten wird.«

Unschlüssiges Schweigen.

»Könnte er unser Schiff zerstören?« fragte Rita.

»Leicht«, antwortete Benteley. »Er könnte auch den größten Teil der Flammenscheibe vernichten.«

»Vielleicht wird Preston etwas dagegen unternehmen«, sagte Rita optimistisch. Doch ihre Stimme klang nicht sehr überzeugt.

»Das ist zum Teil vom nächsten Quizmaster abhängig«, führte Benteley aus. »Eine Art Arbeitsteam sollte hinter Moore herfliegen. Vielleicht können wir ihn auf irgendeine Weise vernichten.«

»Nicht mehr, wenn er Preston erreicht hat«, sagte Cartwright nachdenklich.

»Wir sollten uns in dieser Angelegenheit an den nächsten Quizmaster wenden«, schlug Benteley vor. »Moore wird eine Gefahr für das ganze System sein.«

»Sicher.«

»Glauben Sie, daß der nächste Quizmaster damit einverstanden sein wird?«

»Das glaube ich«, sagte Cartwright, »denn Sie werden der nächste Quizmaster sein. Vorausgesetzt, Sie haben noch die P-Karte, die ich Ihnen gegeben habe.«

Benteley hatte die Karte, zog sie ungläubig aus der Tasche und betrachtete sie. Die Karte entglitt seinen zitternden Fingern. Er hob sie auf. »Und das soll ich glauben?«

»In vierundzwanzig Stunden, sagen wir.«

Benteley studierte die Karte gründlich. Sie sah aus wie jede andere. Die gleiche Form, Farbe, Größe und Textur. »Zum Teufel, wo haben Sie diese Karte her?«

»Der ursprüngliche Besitzer hielt fünf Dollar, in Anbetracht der Marktsituation, für einen guten Preis. Ich habe seinen Namen vergessen.«

»Und Sie haben diese Karte mit sich herumgetragen?«

»Ich trage ein ganzes Päckchen mit mir herum«, erwiderte Cartwright. »Ich nahm einen Verlust in Kauf, aber ich möchte, daß Sie diese Karte nehmen und wissen, daß es sich um eine legale Transaktion handelt. Nicht nur um eine Anleihe.«

»Lassen Sie mir ein wenig Zeit zum Überlegen«, sagte Benteley. »Ich muß mich erst daran gewöhnen.« Er steckte die P-Karte ein. »Ist wirklich alles korrekt?«

»Ja«, sagte Cartwright. »Und verlieren Sie die Karte nicht.«

»Dann haben Sie ein Voraussagesystem entwickelt, das jeder sucht. Und so wurden Sie Quizmaster.«

»Nein«, sagte Cartwright. »Ich habe keine bestimmte Formel und kann nichts voraussagen.«

»Aber Sie hatten seine Karte! Sie wußten, wie es ausgehen würde.«

»Ich habe lediglich an der Maschine herumhantiert. Ich hatte während meines Lebens tausendmal Gelegenheit dazu. Und es klappte gegen meine Erwartungen. Natürlich kann ich immer noch auffliegen.«

»Wie lange haben Sie sich mit diesem Beeinflussungsproblem beschäftigt?« erkundigte sich Benteley.

»Ich begann damit, als ich ein junger Mann war. Wie alle anderen Leute, suchte auch ich nach einem narrensicheren System mit der richtigen Voraussage. Ich studierte alle Unterlagen, die mit der Konstruktion der Flasche in Zusammenhang standen. Heisenbergs Prinzip: Zufall und Wahrscheinlichkeit. Ursache und Wirkung. Ich kam als Reparaturmann für elektronische Geräte hinein. Als ich Ende Dreißig war, arbeitete ich in Genf an der Flasche – unten in der Hauptkontrolle. Damals war mir klar, daß ich das Resultat nicht vorausberechnen konnte. Das konnte niemand. Die Bewegung der subatomaren Partikel, mit denen die Maschinerie arbeitet, ist jenseits aller menschlichen Kalkulationen.« Er legte eine Pause ein. »Ich spielte das Spiel jahrelang. Nun, die meisten Menschen spielen es bis zu ihrem Tod. Ich begriff, daß die Regeln so gesetzt waren, daß ich niemals gewinnen konnte. Die Bank gewinnt eben immer.«

»Das ist wahr«, sagte Benteley und murmelte nach einiger Zeit: »Aber was taten Sie dann, nachdem Sie entdeckt hatten, daß alles so abgestimmt war, daß Sie nicht gewinnen konnten?«

»Man arbeitet neue Regeln aus und richtet sich nach ihnen. Regeln, nach denen alle Spieler die gleiche Chance haben. Und das M-Spiel gibt niemandem die gleiche Chance. Denn das M-Spiel, das ganze Klassifizierungssystem, ist gegen uns. So stellte ich mir die Frage, welche Regeln besser sein könnten. Ich setzte mich hin und arbeitete sie aus. Dann spielte ich nach ihnen, so, als wären sie schon im Gebrauch. Und ich schloß mich der Prestongesellschaft an.«

»Warum?«

»Weil Preston dasselbe wollte wie ich. Er wollte ein Spiel, das jedem Spieler eine Chance bot. Nicht, daß ich damit rechnete, jeder würde am Ende den gleichen Gewinn kassieren. Ich hatte nicht die Absicht, alle Gewinne gleichmäßig zu verteilen. Trotzdem dachte ich mir, daß jeder seine Chance haben müßte.«

»Dann wußten Sie, daß Sie Quizmaster werden würden, bevor man Ihnen diese Mitteilung machte?«

»Ich wußte es Wochen im voraus. Immer, wenn ich an der Maschinerie arbeitete, justierte ich sie nach meinen eigenen Berechnungen. Dadurch konnte ich die Wahrscheinlichkeit beeinflussen. Schließlich hatte ich mir einen schematischen Überblick verschafft. Nach und nach bekam ich alles unter Kontrolle. In diesem Moment arbeitet die Maschinerie nicht mehr nach dem Zufälligkeitsprinzip – jedenfalls nicht für mich –, sondern auf Jahre hinaus nach meinen Berechnungen. Aber das ist nun unwichtig. Ich habe keinen Nachfolger.«

»Was werden Sie jetzt tun?« fragte Benteley. »Sie können nicht wieder zur Macht kommen.«

»Ich ziehe mich zurück. Rita und ich haben uns nie lange Ruhepausen gegönnt. Ich werde den Rest meiner Tage in einem modernen Sanatorium wie diesem verbringen. Ich werde viel schlafen, nachdenken und Broschüren verfassen.«

»Broschüren?«

»Über die Pflege und Erhaltung elektronischer Geräte«, sagte Cartwright. »Mein Spezialgebiet.«

»Sie haben ungefähr vierundzwanzig Stunden, Ted«, sagte Rita, »dann sind Sie Quizmaster. Sie werden dort sein, wo mein Onkel vor einigen Tagen war. Sie werden warten, bis man Sie benachrichtigt. Das war schon ein besonderer Augenblick, als wir sie auf dem Dach landen hörten und Major Shaeffer mit seiner Aktentasche kam.«

»Shaeffer weiß Bescheid«, sagte Cartwright. »Er und ich haben alles ausgearbeitet, bevor ich Ihnen die Karte gab.«

»Dann wird das Korps alles respektieren?«

»Das Korps wird Sie respektieren«, entgegnete Cartwright ruhig. »Es wird ein großer Job. Es passiert so manches. Die Sterne öffnen sich wie Rosen. Die Flammenscheibe ist draußen. Das ganze System wird sich verändern.«

»Glauben Sie, daß Sie mit allem fertig werden?« fragte Rita.

»Ich glaube schon«, murmelte Benteley. »Ich wollte dort sein, wo ich etwas ändern kann. Hier bin ich.« Er lachte plötzlich. »Ich bin wahrscheinlich die erste Person, die auf sich selbst vereidigt ist. Ich bin Protektor und Leibeigener in einem. Ich selbst habe die Macht über mein Leben und meinen Tod.«

»Vielleicht findet das Anklang«, sagte Cartwright. »Ich halte das für einen guten Eid. Sie übernehmen die volle Verantwortung für Protektion und Ausführung der Arbeit. Sie haben nur Ihrem – eigenen Gewissen zu folgen. Ist das die richtige Bezeichnung?«

Major Shaeffer trat ein. »Ja, das ist die richtige Bezeichnung«, bestätigte er. »Ich habe eine Information. Der Monitor brachte einen letzten Bericht über Moore.«

»Einen letzten Bericht?« fragte Cartwright. »Wie ist das zu verstehen?«

»Die Techniker verfolgten den synthetischen Körper bis zu seinem Eintritt in Prestons Schiff. Der Körper sprach noch mit Preston, und dann verschwand das Bild.«

»Es verschwand? Warum?«

»Der synthetische Körper muß sich selbst gesprengt haben, wie die Techniker sagen. Moore, das Schiff, John Preston und seine ganze Maschinerie wurden zu Staub zerblasen. Die Astronomen haben schon einen direkt sichtbaren Flecken wahrgenommen.«

»Hat irgendein Kraftfeld die Bombe ausgelöst?« fragte Benteley. »Diese Möglichkeit war doch gegeben.«

»Moore öffnete vorsätzlich die Brust des synthetischen Körpers und führte einen Kurzschluß der Zündkabel herbei. Es wäre interessant, den Grund herauszufinden.« Shaeffer zuckte die Achseln. »Ich denke, wir sollten ein Erkundungsteam hinausschicken. Ich werde nicht früher ruhig schlafen können, bis ich die ganze Geschichte kenne.«

»Das glaube ich gern«, sagte Benteley.

Cartwright zog sein schwarzes Notizbuch, las mit einem Blick des Befremdens die letzte Eintragung und steckte es wieder ein. Dann blickte er auf seine alte Taschenuhr und sagte: »Das Schiff sollte bald landen. Wenn nichts schiefgegangen ist, wird Captain Groves das Schiff auf der sogenannten Flammenscheibe aufsetzen.«

Die Scheibe war groß. Die Bremsraketen fauchten. Winzige Metallsplitter umschwirrten Groves; ein Indikator rasselte, und irgendwo im Rumpf platzte ein Leitungsrohr.

»Das Schiff kracht bestimmt gleich zusammen«, stieß Konklin gepreßt hervor.

Groves schaltete die Beleuchtung des Kontrollraums aus.

»Zum Teufel –«, setzte Konklin an. Und dann sah er es.

Auf dem Bildschirm war ein weißes kaltes Feuer. Keine Sterne und keine schwarze Weltraumleere – die Flammenscheibe lag direkt unter ihnen. Der lange Flug war vorüber.

»Es ist gespenstisch«, murmelte Konklin.

»Das hat Preston gesehen.«

»Was ist das? Stammt diese Farbe von irgendeiner Algenart?«

»Wahrscheinlich radioaktive Mineralien.«

»Wo ist Preston?« fragte Konklin. »Ich denke, sein Schiff wollte uns führen.«

Groves zögerte und sagte dann: »Meine Instrumente haben vor ungefähr drei Stunden eine thermonukleare Explosion registriert. Entfernung etwa zehntausend Meilen. Seit der Explosion habe ich Prestons Schiff nicht mehr orten können. Natürlich ist eine so winzige Masse in der Nähe der Flammenscheibe –«

Jereti kam in den Kontrollraum, blickte auf den Schirm und blieb stehen. »Großer Gott! Das ist sie . . .«

»Unsere neue Heimat«, sagte Konklin. »Groß – nicht wahr?«

»Sind Sie sicher, daß es die Flammenscheibe ist?«

Konklin verließ den Kontrollraum und eilte den vibrierenden Korridor hinunter. Ein grüner Lichtschein schien ihm zu folgen, als er die Rampe hinunterstieg und in die Hauptkabine trat. Vor seiner Kabinentür blieb er stehen und lauschte.

Unten im Frachtraum befanden sich die wenigen Habseligkeiten der Passagiere, die jetzt alles zusammenlasen. Konklin hörte in dem Düsenlärm ihre Stimmen. Gardener gab die Raumanzüge und -helme aus.

Konklin öffnete die Tür und trat ein.

Mary blickte rasch auf. »Sind wir da?«

»Noch nicht ganz. Alles zum Ausstieg in unsere neue Welt bereit?«

Mary deutete auf ihre Besitztümer. »Ich packe.«

Konklin lachte. »Du und alle anderen. Aber laß nur alles liegen. Wir bleiben hier wohnen, bis wir draußen die entsprechenden Kuppeln gebaut haben.«

»Oh!« sagte Mary und packte sofort alles wieder aus. »Wollen wir nicht eine Art Kolonie gründen?«

»Sicher wollen wir das.« Konklin klopfte an das Schott neben seiner Schulter. »Und dies sind die einstweiligen Grenzen.«

Mary blieb mit einem Armvoll Kleidungsstücke stehen. »Es wird doch nett werden, nicht wahr, Bill? Ich meine, zunächst haben wir eine harte Zeit vor uns, aber später wird es gar nicht so übel sein. Wir werden unter der Oberfläche leben – wie sie das auf Uranus und Neptun machen. Das kann auch ganz hübsch sein.«

»Wir werden unser Leben schon gestalten.« Konklin nahm ihr die Kleidungsstücke vom Arm. »Ziehen wir lieber die Raumanzüge an, die Gardener schon ausgibt.«

Janet Sibley begrüßte sie, nervös und zappelnd vor Aufregung. »Ich komme nicht in meinen Raumanzug«, sagte sie. »Er ist zu eng.«

Konklin war ihr beim Ankleiden behilflich und sagte: »Sie dürfen unter keinen Umständen stolpern. Es sind noch Anzüge alten Stils. Das winzigste Loch kann innerhalb einer Sekunde den Tod zur Folge haben.«

»Wer steigt zuerst aus?« fragte Mary. »Captain Groves?«

»Wer der Ausstiegluke am nächsten ist.«

»Vielleicht bin ich es«, sagte Jereti, nach seinem Anzug greifend. »Vielleicht bin ich der erste Mensch, der einen Fuß auf die Flammenscheibe setzt.«

Sie hantierten noch an ihren Anzügen herum, als die Landesirene zu kreischen begann.

»Festhalten!« schrie Konklin durch den Lärm. »Und dann sofort die Anzüge überprüfen!«

Das Schiff setzte hart auf, und die Passagiere wurden herumgewirbelt wie welke Blätter. Die Bremsraketen fauchten wild. Die Beleuchtung flackerte und erlosch schließlich ganz. Ein ohrenbetäubendes Kreischen von Metall auf hartem Gestein. Der Lärm war unerträglich und schien der Vorbote einer Katastrophe zu sein.

Konklin wurde gegen das Schott geschleudert, tastete in der Dunkelheit herum und schrie: »Mary! Wo bist du?«Er spürte eine Bewegung in unmittelbarer Nähe.

»Ich bin hier«, hörte er Marys Stimme. »Ich denke, mein Helm ist angeknackst!«

»Hauptsache, du bist noch ganz«, sagte Konklin, nach ihr tastend. Das Licht flammte einen kurzen Augenblick auf und verschwand wieder. Irgendwo tropfte Nässe herab. Im Vorratsraum war ein Feuer ausgebrochen.

»Löschen!« befahl Groves.

Jereti griff nach einem Schaumlöscher und ging in den Korridor. »Ich denke, wir sind da«, sagte er in sein Helm-Mikrophon. Seine Stimme zitterte.

Jemand knipste eine Taschenlampe an.

»Der Rumpf muß es ausgehalten haben«, sagte Konklin. »Ich kann kein Leck feststellen.«

»Steigen wir aus«, sagte Mary gepreßt.

Groves war schon an der Luke. Er stand steinern da und wartete, bis sich alle versammelt hatten. Dann öffnete er von Hand den Verschluß der Luke, die wenig später zurückglitt. Luft zischte heraus. Groves machte die ersten Schritte. Die anderen Passagiere drängten sich hinter ihm und folgten ihm dann die Rampe hinunter.

Mary stolperte auf halbem Weg. Jereti konnte sie stützen. Einer der japanischen Optiker stand zuerst auf der Oberfläche und blickte durch sein Helmvisier aufgeregt zu ihnen hinauf. Dann grinste er und winkte.

»Okay!« rief er. »Keine Ungeheuer zu sehen!«

Mary zögerte und wisperte: »Seht einmal dieses Leuchten ...«

Der Planet war eine Fläche grünen Lichts. Wohin sie auch blickten, überall war diese sanfte grüne Farbe: auf den Felsen und Geröllblöcken, auf dem Boden selbst. Die Männer und Frauen der kleinen Gruppe sahen wie schwarze Flecken in diesem Grün aus.

Jereti stieß mit dem Fuß gegen das harte Gestein. »Wir sind die ersten Menschen hier«, sagte er ergriffen.

»Vielleicht auch nicht«, meinte Captain Groves. »Als wir landeten, sah ich etwas. Und Preston meinte, die Flammenscheibe wäre möglicherweise ein Ausreißer eines anderen Systems.«

Es war ein Gebäude, eine Art Struktur, die sie auf der glatten Oberfläche vor sich auftauchen sahen. Eine Halbkugel aus einem ihnen unbekannten Material, ohne besondere bauliche Merkmale oder Ornamente. Grüne Kristalle erstarrter Gase flogen um sie herum, als sie sich vorsichtig der Halbkugel näherten.

»Zum Teufel, wie kommen wir da hinein?« fragte Konklin.

Groves hob seine Waffe. »Ich sehe keine andere Möglichkeit«, hörten sie seine Stimme in ihren Helmlautsprechern. Er zog den Abzug durch und bewegte den Lauf seiner Waffe langsam im Kreis herum. »Sieht fast wie rostfreier Stahl aus. Dieses Gebilde kann von Menschenhand gebaut worden sein ...«

Dann krochen Konklin und Groves durch die runde Öffnung und standen in einer Kammer mit allen möglichen Maschinen und Apparaturen. Die Luft zischte durch die Öffnung hinaus, als sie staunend herumblickten.

»Wir müssen die Öffnung wieder abdichten«, sagte Groves.

Sie erledigten diese Arbeit gemeinsam.

»Willkommen«, sagte plötzlich eine trocken und krächzend klingende Stimme.

Sie wirbelten, ihre Waffen schußbereit, herum.

»Habt keine Angst«, sprach der alte Mann weiter. »Ich bin nur ein Mensch wie ihr selbst.«

Konklin und Groves standen wie angewurzelt auf dem Metallfußboden.

»Großer Gott!« entfuhr es Groves. »Ich dachte –«

Und der alte Mann sagte: »Ich bin John Preston.«

Eine Gänsehaut rieselte Konklin über den Rücken. Seine Zähne begannen hörbar zu klappern. »Sie sagten, sein Schiff sei zerstört worden. Sehen Sie sich ihn an: Er muß eine Million Jahre alt sein!«

Die papierdünnen Lippen des Alten bewegten sich, und wieder hörten sie seine krächzende Stimme.

»Ich bin sehr alt, bin fast völlig taub und gelähmt.« Seine Lippen verzogen sich zu einem Lächeln. »Ich habe Arthritis, wie ihr wahrscheinlich wißt. Und irgendwo verlor ich meine Brille; so kann ich euch nicht einmal deutlich sehen ...«

»Dann sind Sie vor uns hier gelandet?« fragte Konklin.

Der alte Kopf nickte.

»Er beobachtet uns«, sagte Groves gedämpft. »Das ist beängstigend – nicht natürlich.«

»Wie lange sind Sie schon hier?« fragte Konklin die verwittert aussehende Gestalt.

»Entschuldigt«, sagte Preston, »aber ich kann leider nicht hinunterkommen, um euch zu begrüßen.«

Konklin blinzelte. »Ich denke, er hat mich nicht gehört.«

»Wir repräsentieren die Preston-Gesellschaft«, sagte Groves linkisch. »Wir folgen Ihrer Arbeit. Sind Sie –?«

»Es war ein langes Warten«, unterbrach ihn der alte Mann. »Viele, viele Jahre. Viele lange Tage allein ...«

»Da stimmt etwas nicht«, sagte Konklin verängstigt. »Mit ihm ist etwas nicht in Ordnung.«

»Er ist taub und blind.«

Konklin bewegte sich auf die Maschinen zu. »Dies ist kein Schiff, sondern etwas anderes, das nur wie ein Schiff aussieht. Ich denke –«

»Ich möchte euch von der Flammenscheibe erzählen«, unterbrach ihn John Prestons rasselnde Stimme. »Das halte ich für wichtig.«

»Das gilt auch für uns«, sagte Groves erstaunt und verwirrt.

Konklin inspizierte fieberhaft die glatte Innenfläche der Halbkugel, konnte aber keinerlei Antriebsaggregate entdecken. Plötzlich sprang er zurück. »Das ist kein Schiff, Groves! Das ist eine Art Boje. Jetzt begreife ich ...«

»Laßt mich zu Ende sprechen«, sagte John Preston. »Ihr werdet mehr von der Flammenscheibe erfahren.«

»Es muß noch mehr von diesen Bojen geben«, sprach Konklin weiter. »Diese muß abgetrieben und von der Schwerkraft heruntergezogen worden sein. Tausende davon, die sich alle gleichen.«

Groves begriff langsam und sagte: »Wir kamen mit einer Serie solcher Bojen in Kontakt, nicht mit einem Schiff. Wir folgten diesen Bojen Schritt für Schritt.«

»Tut, was ihr wollt«, sagte die trockene Stimme. »Aber hört, was ich zu sagen habe.«

»Halten Sie den Mund!« schrie Konklin.

»Ich muß hierbleiben«, sagte Preston langsam und seine Worte mit unendlicher Sorgfalt sprechend. »Ich wage nicht, von hier wegzugehen. Wenn ich –«

»Preston!« schrie Konklin wild. »Wieviel sind zwei und zwei?«

»Ich weiß nichts von euch«, wisperte die Stimme weiter.

»Wiederholen Sie, was ich sage!« schrie Konklin. »Mary hatte ein kleines Lamm, seine Wolle war weiß wie Schnee.«

»Aufhören!« rief Groves. »Sind Sie verrückt geworden?«

»Die Suche dauerte lange«, rasselte Prestons Stimme monoton weiter. »Und sie hat mir nichts eingebracht. Überhaupt nichts.«

Konklin wich bis zu dem Loch in der Wand zurück. »Er lebt nicht. Das ist nichts weiter als eine Art wesenloser Substanz, auf die ein Bild projiziert wird. Eine Kopie! Der wirkliche John Preston ist über hundertfünfzig Jahre tot!«

Und die Stimme Prestons rasselte weiter und weiter.

Konklin blickte durch die Öffnung und rief den anderen zu: »Kommt herein!«

»Wir haben den größten Teil mitgehört«, sagte Jereti, als er hineinkletterte. »Was hatte das alles zu bedeuten? Ich hörte etwas wie: ›Mary hatte ein kleines Lamm . . .‹« Da sah er die Nachbildung John Prestons und sprach nicht mehr weiter. Die anderen Leute kletterten atemlos und aufgeregt hinein. Einer nach dem anderen blieb angesichts des alten Mannes stehen und lauschte seinen krächzenden Worten in der dünner werdenden Luft der Boje.

»Verschließt das Loch!« befahl Groves, als der letzte japanische Optiker eingestiegen war.

»Aber – aber warum redet er so seltsam?« fragte Mary. »Es klingt wie auswendig gelernt . . .«

Konklin legte den Handschuh seines Raumanzugs auf die Schulter des Mädchens. »Es ist nur eine Kopie, eine Nachbildung. Er hat Hunderte und vielleicht sogar Tausende davon im Raum zurückgelassen, um die Aufmerksamkeit der Raumschiffe zu erwecken und sie zur Flammenscheibe zu führen.«

»Dann ist er tot!«

»Er starb schon vor langer Zeit«, erklärte Konklin. »Nach seinem Aussehen zu urteilen, starb er als sehr alter Mann. Vielleicht wenige Jahre, nachdem er die Flammenscheibe entdeckt hatte. Er wußte, daß die Schiffe eines Tages in diese Richtung steuern würden und wollte sie zu seiner Welt führen.«

»Ich glaube, er wußte nicht, daß es eine Preston-Gesellschaft geben würde«, sagte Mary traurig. »Und er glaubte wohl auch nicht, daß jemand die Flammenscheibe suchen würde.«

»Das stimmt«, sagte Konklin. »Aber er wußte, daß eines Tages Schiffe in diese Richtung fliegen würden.«

»Es ist irgendwie – enttäuschend.«

»Das glaube ich nicht«, korrigierte Groves. »Denn nur der physische Teil John Prestons ist tot, und dieser Teil ist nicht wirklich wichtig.«

»Zugegeben«, sagte Mary. Ihre Augen leuchteten auf. »Es ist auch wundervoll. In gewisser Hinsicht ist es tatsächlich ein Wunder.«

»Hört jetzt zu«, sagte Konklin leise.

Alle lauschten schweigend.

»Es ist kein sinnloser Antrieb«, sagte das Ebenbild des alten Mannes. Seine blinden Augen blickten über die Gruppe hinweg, sahen sie nicht, und seine Ohren hörten sie nicht. Er spürte nicht ihre Gegenwart. Er schien zu Zuhörern zu sprechen, die unendlich weit entfernt waren. »Es ist kein tierischer Instinkt, der uns ruhelos und unzufrieden macht. Ich will euch sagen, was es ist: Es ist das höchste Ziel des Menschen, zu wachsen, sich weiterzuentwickeln, neue Welten zu entdecken, sich auszubreiten. Er muß weiter in den Weltraum vorstoßen, neue Erfahrungen sammeln, das Unbekannte untersuchen und immer wieder forschen. Er muß Routine und Wiederholungen zur Seite schieben, herausbrechen aus geistloser Monotonie und vorwärtsstreben. Er muß in Bewegung bleiben und weiterschreiten bis . . .«

ENDE

Goldmann SCIENCE FICTION

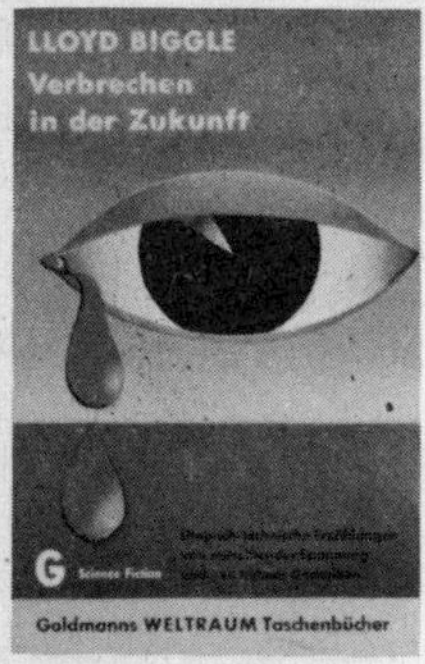

Lloyd Biggle
Verbrechen in der Zukunft
Utopisch-technische Erzählungen
192 Seiten. Band 098.

Die Polizei hat ein Gerät erfunden, mit dessen Hilfe man auf einem Fernsehschirm Ereignisse beobachten kann, die erst in einigen Wochen stattfinden werden. Aber kann man die Zukunft, die man vorhergesehen hat, manipulieren?

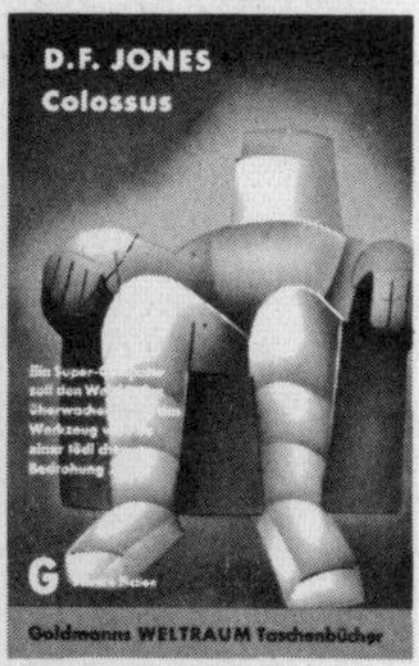

D. F. Jones
Colossus
Technischer Zukunftsroman
176 Seiten. Band 094.

Colossus – diesen Namen gab Professor Charles Forbin dem riesigen Computer, den er in langjähriger Arbeit entwickelte. Seine Aufgabe: Die Verteidigung des amerikanischen Kontinents. Als der Super-Computer in Betrieb genommen wird, muß man feststellen, daß er sich nicht mehr abschalten läßt. Der Menschheit droht die Gefahr, von Colossus regiert zu werden ...

E. C. Tubb
Projekt Ming-Vase
Utopisch-technische Erzählungen
176 Seiten. Band 093.

Zehn Geschichten von morgen – in kühnem Gedankenflug entführen sie den Leser in eine ferne Zukunft, in die unendlichen Weiten des Universums. Eine Auswahl, in der die ganze Spannweite der Science Fiction aufgezeigt wird. Telepathie, Raumfahrt, Leben auf anderen Planeten, Abenteuer im Weltraum – das sind einige der Themen.

WILHELM GOLDMANN VERLAG MÜNCHEN

Goldmann SCIENCE FICTION

Lloyd Biggle
Spiralen aus dem Dunkel
Utopisch-technischer Abenteuerroman
208 Seiten. Band 096.

In den USA landet ein mysteriöses Flugobjekt. Niemand sah es kommen – plötzlich ist es da. Wie aus dem Nichts ... Vom Landungsplatz breiten sich in großen Spiralen, wie von Riesenhand gezogen, breite Bahnen der Vernichtung und Zerstörung aus. Woher kam dieses geheimnisvolle, tödliche Flugobjekt?

Harry Harrison
New York 1999
Utopisch-technischer Kriminalroman
192 Seiten. Band 0103.

New York im Jahre 1999 – eine gigantische Stadt, in der 35 Millionen Menschen leben! Aber ihr Leben ist nicht mehr menschenwürdig. Die Bevölkerungsexplosion ist Wahrheit geworden. An der Wende zum 21. Jahrhundert steht New York vor einem Chaos.

Philip K. Dick
Die seltsame Welt des Mr. Jones
Utopisch-technischer Roman
192 Seiten. Band 0126.

Skrupellos und machthungrig, dabei noch außerordentlich zählebig und gegen jegliche Attentatsversuche unheimlicherweise immun – das ist Mr. Jones. Als er aber nach fernen Sonnensystemen greifen will, um seine irdische Position zu festigen, schließt sich um unser Sonnensystem ein undurchdringlicher Ring ...

WILHELM GOLDMANN VERLAG MÜNCHEN

Alan E. Nourse
Die verbotene Wissenschaft
Zukunftsroman
160 Seiten. Band 0127.

Jeff Meyer sucht den Mann, der seinen Vater ermordet hat. Drei Jahre dauert die Jagd, aber im letzten Moment findet der Verfolgte einen Ausweg, der es Jeff fast unmöglich macht, seiner habhaft zu werden: Er verschwindet im unterirdischen Geheimlabor des Hoffman Medical Center. Um die Verfolgung zu Ende führen zu können, meldet sich Jeff als Versuchskaninchen ...

Emil Petaja
Zwischen gestern und niemals
Utopisch-technischer Roman
128 Seiten. Band 0130.

Als der Wissenschaftler Steve McCord in der abgeschiedenen Stadt Hellmouth ankommt, findet er ein vergessenes Paradies. Die Menschen sind freundlich, das Leben ist ruhig. Nur eines wundert Steve: Auf der Landkarte gibt es Hellmouth schon seit sechzig Jahren nicht mehr. Und mit Entsetzen erkennt er, daß er in einen Abgrund der Zeit geraten ist.

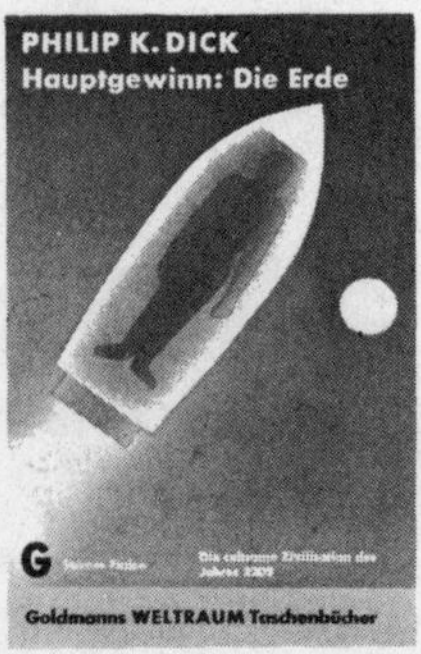

Philip K. Dick
Hauptgewinn: Die Erde
Utopisch-technischer Roman
160 Seiten. Band 0131.

»Ich begann mich für von Neumanns Spieltheorie zu interessieren, und zwar zunächst in einer ganz intellektuellen Weise, wie für das Schachspiel, und dann mit unangenehmer werdendem Bewußtsein, daß sie eine immer größere Rolle im Leben unseres Staates zu übernehmen schien ...« Philip K. Dick

WILHELM GOLDMANN VERLAG MÜNCHEN

D. F. Jones
Laß die Blumen stehn
Utopisch-technischer Roman
192 Seiten. Band 0147.

Bei Probebohrungen am Grund des Pazifiks wird der Erdmantel durchstoßen. Gigantische Mengen Stickstoff, seit Jahrmillionen unter Druck eingeschlossen, dringen an die Oberfläche. Der Sauerstoffgehalt der Erdatmosphäre geht zurück, und große Flächen der USA werden unbewohnbar!

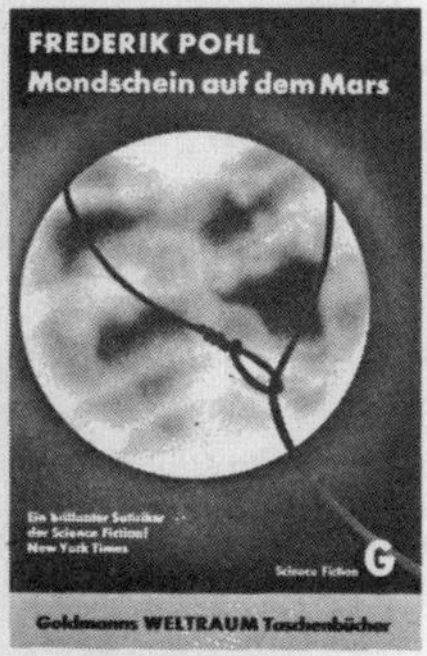

Frederik Pohl
Mondschein auf dem Mars
Utopisch-technische Erzählungen
192 Seiten. Band 0148.

Erzählungen voll Phantasie und Witz; sie reichen von einem kleinen Kaff in den USA bis zur Venus. Ihr Verfasser: ein vielseitiges Talent und ein berühmter Science-Fiction-Autor. Die New York Times schreibt über Frederik Pohl: »Ein brillanter Satiriker der Science-Fiction!«

Howard Berk
Das Zeichen der Lemminge
Utopisch-technischer Roman
192 Seiten. Band 0149.

Die Bevölkerungsexplosion hat den Punkt längst überschritten, wo die Vernunft endet und das Chaos beginnt. Die Erde kann ihre Bewohner nicht mehr versorgen. Da setzt eine Wesensveränderung des Menschen ein, die mit dessen natürlicher Selbstzerstörung endet. Schon in ein paar Generationen wird die Erde wieder wüst und leer sein.

Goldmann SCIENCE FICTION

James Ross
Im Namen der Menschheit
Utopisch-technischer Roman
160 Seiten. Band 0151.

Nach Jahrhunderten interplanetarischer Kriege hat der Mensch ein galaktisches Schiedsgericht ins Leben gerufen, das weitere Konflikte zu einer Art Gottesgericht reduziert. Zwei Champions werden auserwählt und kämpfen gegeneinander mit allen zur Verfügung stehenden Mitteln. Dieser Kampf bringt Zerstörung und bittere Verluste für die Menschheit!

Harlan Ellison
Der silberne Korridor
Utopisch-technische Erzählungen
192 Seiten. Band 0152.

Wollen Sie eine Reise irgendwohin ins Nirgendwo machen? Es gibt nur zwei Möglichkeiten, dorthin zu kommen: Sie können einen Computer-Zug besteigen und Ihren Nachbarn im Raumanzug bewundern – oder dieses Buch lesen. Zurück kommen Sie in keinem Fall ...

Bob Shaw
Die Antikriegs-Maschine
Utopisch-technischer Roman
160 Seiten. Band 0153.

Der Mathematiker Luke Hutchman war ein Mann wie Millionen andere: Er überwachte Raketen-Leitsysteme. Er entwickelte nicht einmal einen besonderen Ehrgeiz. Bis er eines Tages entdeckte, daß er es in der Hand hatte, die Welt auf einen Schlag zu vernichten – oder sich selbst. Seine Mitmenschen entscheiden sich für die zweite Lösung ...

WILHELM GOLDMANN VERLAG MÜNCHEN

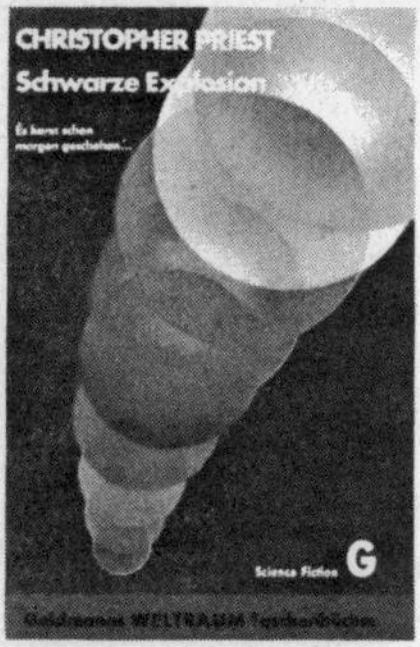

Christopher Priest
Schwarze Explosion
Utopisch-technischer Roman
160 Seiten. Band 0154.

Quer durch die kaum mehr erkennbare Wüste seines Heimatlandes sucht der wenig heldenhafte Akademiker Alan Whitman Frau und Tochter. Was er dabei erlebt, reicht aus, um den Lack der Zivilisation von ihm abbröckeln zu lassen und aus dem Flüchtling einen skrupellosen Mörder zu machen.

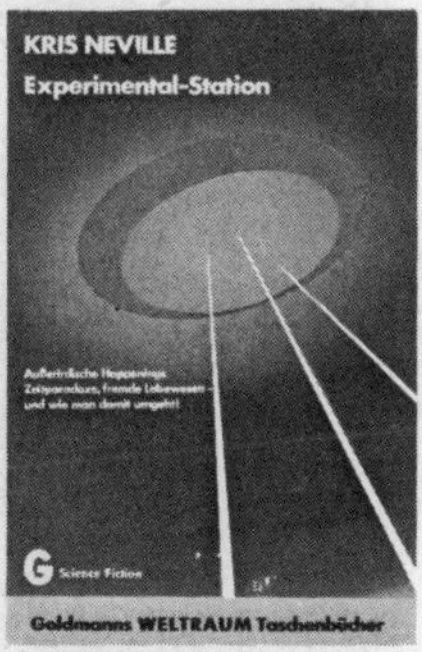

Kris Neville
Experimental-Station
Utopisch-technische Erzählungen
160 Seiten. Band 0155.

Sein Auftrag lautete: Stoppt die Menschen, die ihre eigene Vernichtung planen. Aber er kam aus der Zukunft, und keiner schenkte ihm Glauben . . . Zeitparadoxe, fremde Lebewesen und der Umgang mit ihnen, die Folgen einer allzu perfekten Technisierung, die Umgestaltung des Menschen zum Bewohner fremder unwirtlicher Planeten.

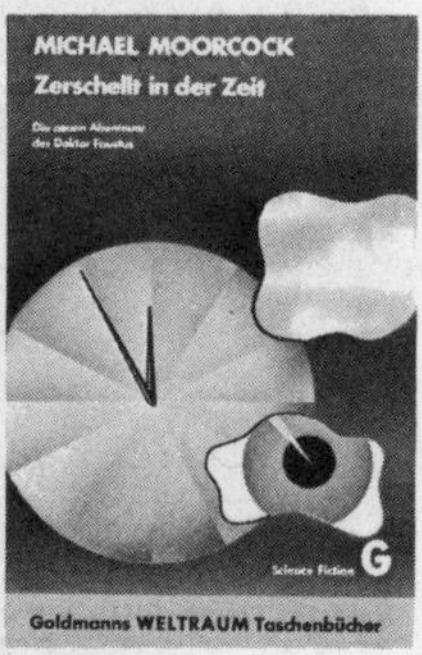

Michael Moorcock
Zerschellt in der Zeit
Utopisch-technischer Roman
192 Seiten. Band 0156.

Jenseits des Raumes und der Zeit: fünfzehn Materieklumpen – jeder ein Planet mit dem Namen ›Erde‹. Sie waren einander einmal völlig gleich gewesen, doch davon konnte man nun nichts mehr erkennen. Diese Wracks der Zeit – Alternativ-Welten, dem Untergang geweiht: Vermögen sie sich zu verbinden in einer neuen besseren Zukunft?

WILHELM GOLDMANN VERLAG MÜNCHEN

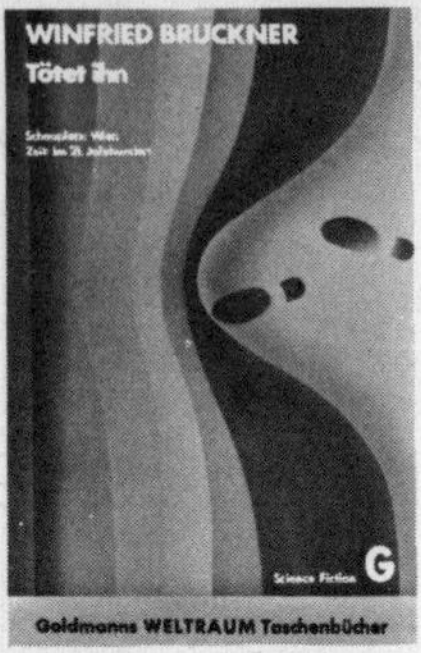

Winfried Bruckner
Tötet ihn
Utopisch-technischer Roman
160 Seiten. Band 0157.

Im Wien des 21. Jahrhunderts herrscht die Welt, die George Orwell für »1984« vorhergesehen hat. Das Leben findet unter der Erde statt; die Bevölkerung wird scharf überwacht. Unter der Leitung eines jungen Arztes bricht in einem der unterirdischen Stadtviertel die lang erwartete Revolte aus . . .

Eric Franc Russell
Sechs Welten von hier
Utopisch-technische Erzählungen
160 Seiten. Band 0158.

Eines steht fest: Es gibt keine zwei Welten, die einander gleichen! In diesen Erzählungen über interstellare Entdeckungsreisen präsentiert der berühmte amerikanische Science-Fiction-Autor acht bemerkenswerte Möglichkeiten. Jede dieser Welten ist einmalig und unverwechselbar – Science Fiction der Spitzenklasse!

Richard Cowper
Welt ohne Sonne
Utopisch-technischer Roman
192 Seiten. Band 0159.

Zweitausend Jahre nach der atomaren Verwüstung der Erde leben die Menschen in unterirdischen Städten. Sie wissen nicht, daß die Oberfläche unseres Planeten wieder bewohnbar geworden ist. Und sie dürfen nicht erfahren, daß das Leben dort oben besser und freier ist als unten in den Bunkerstädten . . .

WILHELM GOLDMANN VERLAG MÜNCHEN

T. J. Bass
Die Ameisenkultur
Utopisch-technischer Roman
192 Seiten. Band 0163.

Tief unten in den Schachtstädten leben drei Trillionen menschenähnlicher Wesen. Sie nennen sich zwar ›Homo sapiens‹, aber sie sind zu kleinen, der Umwelt angepaßten Geschöpfen mutiert. Bis eines Tages das ›perfekte‹ System ihrer automatischen Kultur nicht mehr funktioniert ...

Brian N. Ball
Die Nacht der Roboter
Utopisch-technischer Roman
160 Seiten. Band 0164.

Die Erde ist längst zu einem verwüsteten Museumsstück für Besucher von anderen Planeten geworden. Eine Gruppe von Touristen besieht sich die alten Befestigungen und gerät in die Tiefen der Roboterbunker. Das Raumschiff der Besucher wird vernichtet. Die Armee der Roboter erwacht und beginnt den Kampf gegen das Universum ...

Christopher Priest
Transplantationen
Utopisch-technische Erzählungen
160 Seiten. Band 0165.

Mit ein paar Strichen gelingt es dem bekannten Autor, die Veränderungen und Möglichkeiten einer nahen Zukunft aufzuzeigen. Fesselnde Erzählungen, die aus den Gegebenheiten unserer Zeit heraus das Morgen auszuloten versuchen!

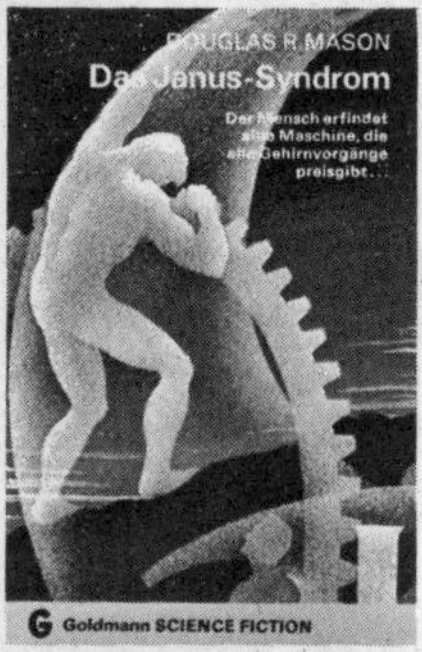

Douglas R. Mason
Das Janus-Syndrom
Utopisch-technischer Roman
160 Seiten. Band 0166.

Der Wissenschaftler Dr. Mark Brant wird durch den terrestrischen Geheimdienst gezwungen, in dessen Auftrag auf dem Planeten Lados zu spionieren. Ein Auftrag, der zum Scheitern verurteilt scheint, denn dort hat man einen Apparat erfunden, der alle Gehirnvorgänge wiedergeben kann – auch die eines Spions . . .

Robert Sheckley
Der grüne Jademond
Utopisch-technische Erzählungen
160 Seiten. Band 0167.

Bizarre Schlaglichter auf eine mögliche oder auch unmögliche Zukunft – ungewöhnliche Erzählungen des bekannten Autors, der das im deutschen Fernsehen berühmt gewordene ›Millionenspiel‹ erdachte!

Lester del Rey
Psi-patt
Utopisch-technischer Roman
160 Seiten. Band 0168.

Harry Bronston, Ingenieur und Erfinder, stellt mit Entsetzen fest, daß er über die Gabe außersinnlicher Wahrnehmungen verfügt. Mit Entsetzen, denn er ahnt, daß er darüber wahnsinnig werden muß . . . Oder gibt es für ihn einen Weg, diese dunklen Kräfte zu beherrschen? Gewinnt er den Kampf gegen sein eigenes, zukünftiges Ich?

Goldmann SCIENCE FICTION

Brian N. Ball
Zeitpunkt Null
Utopisch-technischer Roman
128 Seiten. Band 0169.

Ein spannendes Experiment an der Grenze des Vorstellbaren. ›Zeitpunkt Null‹ beginnt in einer Epoche, als man den ›Abgrund der Zeit‹ längst isoliert und abgesondert hat. Jahrhundertelang hatte sich die Menschheit so sicher gefühlt. Doch dann macht sich einer daran, die letzten Rätsel von Raum und Zeit zu lösen ...

Philip K. Dick
Vulkan 3
Utopisch-technischer Roman
160 Seiten. Band 0170.

Vulkan 3 ist das Gehirn einer Weltregierung, die aus Chaos und Kriegen entstand. Und Vulkan 3 ist vernunftbeherrscht, objektiv und unbestechlich – wie es nur ein Computer sein kann. Doch die Erdbevölkerung erkennt, daß sie sich einen gefährlichen Gegner geschaffen hat, der bereit ist, alles zu zerstören, was seine Existenz bedroht ...

Isaac Asimov
Der fiebernde Planet
Utopisch-technischer Roman
192 Seiten. Band 0171.

Ein Meisterwerk des berühmten Schriftstellers moderner utopischer Romane. Isaac Asimov wurde in Rußland geboren und ist in den USA aufgewachsen. Er studierte an der Columbia-Universität New York und war dann als Professor für Biochemie an der Universität Boston tätig. Er gehört zu den führenden Schriftstellern auf dem Gebiet der Science Fiction.

WILHELM GOLDMANN VERLAG MÜNCHEN

Goldmann SCIENCE FICTION

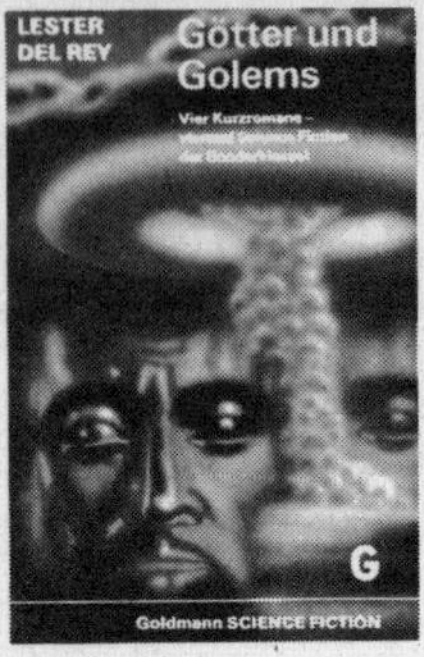

Lester del Rey
Götter und Golems
Science Fiction-Erzählungen
160 Seiten. Band 0196

Vier spannende Kurzromane. Die Roboter rächen sich für den Untergang der Menschheit ... Ein abergläubischer Raumfahrer setzt sich durch – mit Telepathie ... Fremde Geschöpfe unterwerfen die Menschen und machen sie zu willenlosen Robotern ...

Wilson Tucker
Das Jahr der stillen Sonne
Science Fiction-Roman
208 Seiten. Band 0197

Eine Zeitmaschine bringt den Antihelden dieser Geschichte, die einem das Blut gefrieren läßt, in die Alptraumwelt einer nahen Zukunft ...

Daniel F. Galouye
Das Reich der Tele-Puppen
Science Fiction-Erzählungen
192 Seiten. Band 0198

Fünf spannende Kurzromane über den Versuch des Menschen, das Universum zu erschließen. Grenzsituationen, die nur unter äußerstem Einsatz gemeistert werden können.

WILHELM GOLDMANN VERLAG MÜNCHEN

Aus dem Wilhelm Goldmann Verlag bestelle ich
durch die Buchhandlung:

Anzahl	Titel	Preis

Name

Ort

Straße

Datum Unterschrift

7056 · 5084 · 3.000

Bitte mit
Postkarten-
Porto
frankieren.

Wilhelm Goldmann
Verlag

8000 München 80
Postfach 80 07 09